U0080836

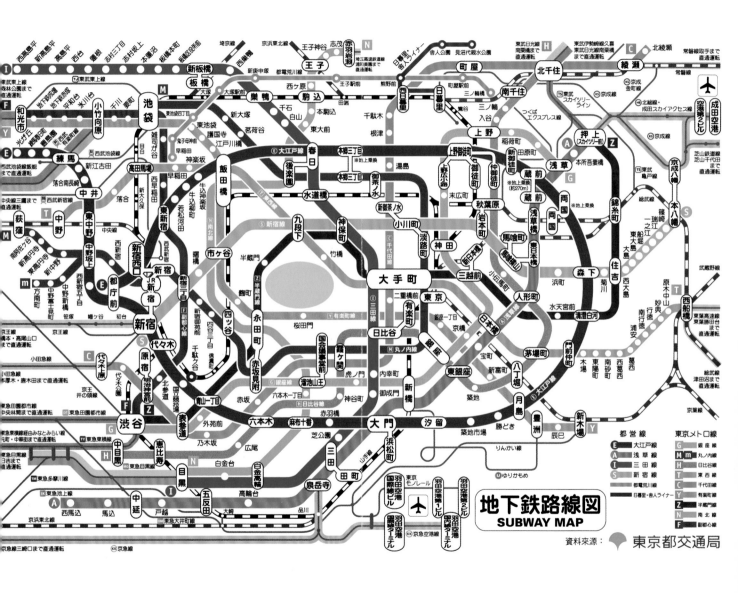

地下鉄路線図
SUBWAY MAP

資料來源： 東京都交通局

日語50音發音表

圖例：羅→羅馬拼音　平→平假名　片→片假名　ㄅ→ㄅㄆㄇ拼音

清音

羅	平	片	ㄅ
a	あ	ア	ㄚ
i	い	イ	ㄧ
u	う	ウ	ㄨ
e	え	エ	ㄝ
o	お	オ	ㄛ
ka	か	カ	ㄎㄚ
ki	き	キ	ㄎㄧ
ku	く	ク	ㄎㄨ
ke	け	ケ	ㄎㄝ
ko	こ	コ	ㄎㄛ
sa	さ	サ	ㄙㄚ
shi	し	シ	ㄒㄧ
su	す	ス	ㄙㄨ
se	せ	セ	ㄙㄝ
so	そ	ソ	ㄙㄛ
ta	た	タ	ㄊㄚ
chi	ち	チ	ㄑㄧ
tsu	つ	ツ	ㄘ
te	て	テ	ㄊㄝ
to	と	ト	ㄊㄛ
na	な	ナ	ㄋㄚ
ni	に	ニ	ㄋㄧ
nu	ぬ	ヌ	ㄋㄨ
ne	ね	ネ	ㄋㄝ
no	の	ノ	ㄋㄛ
ha	は	ハ	ㄏㄚ
hi	ひ	ヒ	ㄏㄧ
fu	ふ	フ	ㄈㄨ
he	へ	ヘ	ㄏㄝ
ho	ほ	ホ	ㄏㄛ
ma	ま	マ	ㄇㄚ
mi	み	ミ	ㄇㄧ
mu	む	ム	ㄇㄨ
me	め	メ	ㄇㄝ
mo	も	モ	ㄇㄛ
ya	や	ヤ	ㄧㄚ
yu	ゆ	ユ	ㄧㄨ
yo	よ	ヨ	ㄧㄛ
ra	ら	ラ	ㄌㄚ
ri	り	リ	ㄌㄧ
ru	る	ル	ㄌㄨ
re	れ	レ	ㄌㄝ
ro	ろ	ロ	ㄌㄛ
wa	わ	ワ	ㄨㄚ
wo	を	ヲ	ㄛ
n	ん	ン	ㄣ

濁音 & 半濁音

羅	平	片	ㄅ
ga	が	ガ	ㄍㄚ
gi	ぎ	ギ	ㄍㄧ
gu	ぐ	グ	ㄍㄨ
ge	げ	ゲ	ㄍㄝ
go	ご	ゴ	ㄍㄛ
za	ざ	ザ	ㄗㄚ
ji	じ	ジ	ㄐㄧ
zu	ず	ズ	ㄗㄨ
ze	ぜ	ゼ	ㄗㄝ
zo	ぞ	ゾ	ㄗㄛ
da	だ	ダ	ㄉㄚ
ji	ぢ	ヂ	ㄐㄧ
zu	づ	ヅ	ㄗㄨ
de	で	デ	ㄉㄝ
do	ど	ド	ㄉㄛ
ba	ば	バ	ㄅㄚ
bi	び	ビ	ㄅㄧ
bu	ぶ	ブ	ㄅㄨ
be	べ	ベ	ㄅㄝ
bo	ぼ	ボ	ㄅㄛ
pa	ぱ	パ	ㄆㄚ
pi	ぴ	ピ	ㄆㄧ
pu	ぷ	プ	ㄆㄨ
pe	ぺ	ペ	ㄆㄝ
po	ぽ	ポ	ㄆㄛ

拗音

羅	平	片	ㄅ
kya	きゃ	キャ	ㄎㄧㄚ
kyu	きゅ	キュ	ㄎㄧㄨ
kyo	きょ	キョ	ㄎㄧㄛ
gya	ぎゃ	ギャ	ㄍㄧㄚ
gyu	ぎゅ	ギュ	ㄍㄧㄨ
gyo	ぎょ	ギョ	ㄍㄧㄛ
sha	しゃ	シャ	ㄒㄧㄚ
shu	しゅ	シュ	ㄒㄧㄨ
sho	しょ	ショ	ㄒㄧㄛ
ja	じゃ	ジャ	ㄐㄧㄚ
ju	じゅ	ジュ	ㄐㄧㄨ
jo	じょ	ジョ	ㄐㄧㄛ
cha	ちゃ	チャ	ㄑㄧㄚ
chu	ちゅ	チュ	ㄑㄧㄨ
cho	ちょ	チョ	ㄑㄧㄛ
nya	にゃ	ニャ	ㄋㄧㄚ
nyu	にゅ	ニュ	ㄋㄧㄨ
nyo	にょ	ニョ	ㄋㄧㄛ
hya	ひゃ	ヒャ	ㄏㄧㄚ
hyu	ひゅ	ヒュ	ㄏㄧㄨ
hyo	ひょ	ヒョ	ㄏㄧㄛ
mya	みゃ	ミャ	ㄇㄧㄚ
myu	みゅ	ミュ	ㄇㄧㄨ
myo	みょ	ミョ	ㄇㄧㄛ
rya	りゃ	リャ	ㄌㄧㄚ
ryu	りゅ	リュ	ㄌㄧㄨ
ryo	りょ	リョ	ㄌㄧㄛ
pya	ぴゃ	ピャ	ㄆㄧㄚ
pyu	ぴゅ	ピュ	ㄆㄧㄨ
pyo	ぴょ	ピョ	ㄆㄧㄛ
bya	びゃ	ビャ	ㄅㄧㄚ
byu	びゅ	ビュ	ㄅㄧㄨ
byo	びょ	ビョ	ㄅㄧㄛ

ABC ㄅㄆㄇ

雙拼音立可說！

旅遊日語開口說

1秒

三木勳／著
陳泳家／審訂

羅馬拼音+ㄅㄆㄇ雙效學習，一本就GO！

祭

前言

　　在你有機會去日本旅遊的時候，如果你能說日語，甚至只會一點點，是不是會覺得方便一些，能玩得更盡興。而且即使你講的日語怪怪的、不自然，日本人通常都會親切地回應你。本書是能讓你立刻開口說的日語旅遊會話書！是初學者自助遊日時的最佳幫手！一切旅遊途中想說的會話，本書都有，包含旅遊時的食、衣、住、行、購物等各方面單字、用語、常用句子，讓你無論是跟團或是自由行都能夠輕鬆用日文，不用再害怕語言帶來的不方便！

　　帶著本書就能暢行日本，書中收錄各種情境需要的日文單字及必用基本句及好用句，以機上、機場、交通、購物、美食、觀光等等旅遊情境為主軸，每個情境舉出最簡單常用的句子，如「～ください」，再列出豐富的單字，如「新聞、コーヒー、お茶……」，讓讀者可以直接套入使用，短時間內就能立即學會最基礎的句子，沒學過文法也可以現學現用。而每句會話、每個單字下面，都有

羅馬拼音及ㄅㄆㄇ發音對照，迅速教會你輕鬆開口說。所以，沒學過日文五十音的你也沒關係，沒有學習過日語的人也能看得懂，因為這裡沒有沒有艱澀的文法。就算不會說，也能隨手指，只要就用手指一指單字或句子，日本人一看就知道了，不用開口，也能溝通，應付旅行時各種狀況都能游刃有餘。就算第一次去日本、不會五十音，只要依照著羅馬拼音、ㄅㄆㄇ注音跟著說、照著唸，就能讓你溝通無障礙，再也不用比手畫腳！

想去日本，不用等到學好日文才出發！只要買好機票、準備行李、帶著玩樂的心以及夠用的日文，帶著本書說走就走，隨身帶、馬上用，邊指邊玩，開心遊日本！

不會不行的
第**3**天 **打招呼語**

Hold 住場面
第**4**天 **必備關鍵句**

這時該怎麼說的 好用便利句

第5天

JTW 軟體使用說明

本書附贈「JTW」旅遊日語應用光碟——查找
會話、單字、聽發音,即查即用,快易通!

Step
1
先在電腦上安裝本書書後附贈光碟裡的
「JTW」軟體。

Step
2
裝好之後,啟動「JTW」軟體。密碼:63。

Step
3
進入畫面後,請點選⊙,安裝日文單字聲音。
(僅需安裝一次即可,可點選 ? 看相關說明)

Step
4
安裝好之後,就可以點選單字或會話聽日文發
音了。

Step
5
先選〔場景〕,再點擊平/片假名的日文,即
可聽到這個日文單字的發音。也可以用檢索查
找單字,輸入中文或日文均可檢索。

單字		中文檢索 🔍	日文檢索 🔍

↓選場景Ⅱ名稱	料理名			↓波字聽音

シーン	場景
▶ 料理名	料理名稱
調理法	烹調方法
野菜	蔬菜
肉・魚	肉・魚
豆製品・乳...	豆產品・乳...
果物・菓子	水果・點心
飲み物	飲料
調味料	調味料
飲食店・食...	飲食店・食...
レストラン	餐廳
食器・調理...	餐具・烹飪...

No.	中文	日文	平/片假名
747	意大利肉醬麵	スパゲッティ	スパゲッティ
748	咖哩飯	カレーライス	カレーライス
749	燉	シチュー	シチュー
750	漢堡牛肉餅	ハンバーグ	ハンバーグ
751	牛排	ステーキ	ステーキ
752	沙拉	サラダ	サラダ
753	壽司	寿司	すし
754	天婦羅	天ぷら	てんぷら
755	壽喜燒	すき焼き	すきやき
756	主菜	メインディッシュ	メインディッシュ
757	菜肉蛋卷	オムレツ	オムレツ

先選〔區分〕，再點日文句子，即可聽到句子
的發音。

例句

日程	區分		No.	日程	區分	中文	日文
第三天	請問		40	第三天	你好	你好	こんにちは。
第三天	隨聲附和		41	第三天	你好	早安	おはようございます。
第四天	問路		42	第三天	你好	晚安	こんばんは。
第四天	飛機上		43	第三天	你好	晚安(睡前用語)	おやすみなさい。
第四天	坐火車		44	第三天	你好	謝謝!	ありがとう。
第四天	搭公車		45	第三天	你好	不客氣	どういたしまして。
第四天	坐計程車		46	第三天	你好	彼此,彼此!	こちらこそ。
第四天	租車		47	第三天	你好	對不起!	すみません。(失礼)
第四天	在飯店		48	第三天	你好	抱歉!	ごめんなさい。
第四天	買東西		49	第三天	你好	請不要在意!	気にしないで。
第四天	在餐廳		50	第三天	你好	了解了!	分かりました。
第五天	觀光		51	第三天	你好	不懂!不了解!	分かりません。
第五天	生病了		52	第三天	你好	幸會!幸會!	はじめまして。
第五天	緊急找		53	第三天	你好	我姓陳。	私は陳と言います。

「JTW」也有日本旅遊單字通 APP 可免費下載

Android 手機:

https://play.google.com/store/apps/

details?id=jp.yokohama.i.m.jptravelwords

一定要會的
基本句

1. 是
2. 很
3. 做
4. 誰

5. 哪裡
6. 什麼時候
7. 為什麼
8. 怎麼樣

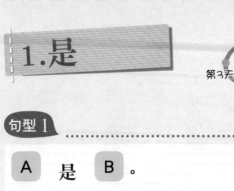

1.是

第1天　第2天　第3天　第4天　第5天

句型 1

A	是	B	。

A	は	B	です。
A	wa	B	de.su
A	ㄨㄚ.	B	ㄉㄝㄥ

* 助詞【は】表示之前的名詞是句子的主題。

* 【です】表示判斷、斷定的意思。

例句

1 我是臺灣人。

私	は	台湾人	です。
wa.ta.shi.	wa.	ta.i.wa.n.ji.n.	de. su
ㄨㄚ.ㄊㄚ.ㄒㄧ.	ㄨㄚ.	ㄊㄚ.ㄧ.ㄨㄚ.ㄣ.ㄐㄧ.ㄣ.	ㄉㄝㄥ

2 這是壽司。

これ	は	寿司	です。
ko.re.	wa.	su.shi.	de.su
ㄎㄛ.ㄌㄝ.	ㄨㄚ.	ㄙ.ㄒㄧ.	ㄉㄝㄥ

* 【これ】是指示代名詞。

句型2 ·····

A	是	B	嗎？

A	は	B	ですか

A	wa.	B	de.su.ka
A	ㄨㄚ.	B	ㄉㄝ.ㄙ.ㄎㄚ

* **[か]** 表示疑問句。

例句 ·····

1 這裡是橫濱嗎？

ここ	は	横浜	ですか。

ko.ko.	wa.	yo.ko.ha.ma.	de.su.ka
ㄎㄛ.ㄎㄛ.	ㄨㄚ.	ㄧㄛ.ㄎㄛ.ㄏㄚ.ㄇㄚ.	ㄉㄝ.ㄙ.ㄎㄚ

* **[ここ]** 是指示代名詞。

2 是，是的。

はい,(そう です。)

ha.i.	(	so.u.	de. su.)
ㄏㄚ.ㄧ.	(	ㄙㄛ.ㄨ.	ㄉㄝ. ㄙ.)

* **[そう]** 是 **[那樣]** 的意思。

A 是 什麼？

A は 何 です か

A. wa. na.n. de.su.ka
A ㄨㄚ. ㄋㄚ.ㄣ. ㄉㄝ.ㄙㄨ.ㄎㄚ

例句

▶ 那是什麼？

それ は 何 です か

so.re. wa. na.n. de.su.ka
ㄙㄛ.ㄌㄝ. ㄨㄚ. ㄋㄚ.ㄣ. ㄉㄝ.ㄙㄨ.ㄎㄚ

▶ 日語的書。

日本語 の 本です。

ni.ho.n.go. no. ho.n.de.su
ㄋㄧ.ㄏㄛ.ㄣ.ㄍㄛ. ㄋㄛ. ㄏㄛ.ㄣ.ㄉㄝ.ㄙㄨ

* 當前面的名詞修飾限定後面的名詞時，用【の】連接兩個名詞。

句型 4

A 不是 **B** 。

A は **B** ではありません。

A	wa.	B	de.wa.a.ri.ma.se.n
A	ㄨㄚ.	B	ㄉㄝ.ㄨㄚ.ㄚ.ㄌㄧ.ㄇㄚ.ㄙㄝ.ㄣ

較口語的表達

A は **B** じゃありません。

A	wa.	B	ja.a.ri.ma.se.n
A	ㄨㄚ.	B	ㄗㄚ.ㄚ.ㄌㄧ.ㄇㄚ.ㄙㄝ.ㄣ

例句

▶ 不，不是橫濱。

いいえ、 <ruby>横浜<rt>よこはま</rt></ruby> ではありません。

i.i.e.,	yo.ko.ha.ma.	de.wa.a.ri.ma.se.n
ㄧ.ㄧ.ㄝ.,	ㄧㄛ.ㄎㄛ.ㄏㄚ.ㄇㄚ.	ㄉㄝ.ㄨㄚ.ㄚ.ㄌㄧ.ㄇㄚ.ㄙㄝ.ㄣ

關鍵單字

人稱

我

わたし
私
wa.ta.shi
ㄨㄚ.ㄊㄚ.ㄒㄧ

你

あなた
a.na.ta
ㄚ.ㄋㄚ.ㄊㄚ

你

きみ
君
ki.mi
ㄎㄧ.ㄇㄧ

他

かれ
彼
ka.re
ㄎㄚ.ㄌㄝ

她

かのじょ
彼女
ka.no.jo
ㄎㄚ.ㄋㄛ.ㄐㄧㄛ

我們

わたし
私たち
wa.ta.shi.ta.chi
ㄨㄚ.ㄊㄚ.ㄒㄧ.ㄊㄚ.ㄑㄧ

你們

きみ
君たち
ki.mi.ta.chi
ㄎㄧ.ㄇㄧ.ㄊㄚ.ㄑㄧ

你們

あなたたち
a.na.ta.ta.chi
ㄚ.ㄋㄚ.ㄊㄚ.ㄊㄚ.ㄑㄧ

他們

かれ
彼ら
ka.re.ra
ㄎㄚ.ㄌㄝ.ㄌㄚ

她們

かのじょ
彼女ら
ka.no.jo.ra
ㄎㄚ.ㄋㄛ.ㄗㄛˉ.ㄌㄚ

大家

みんな
mi.n.na
ㄇㄧ－.ㄣ.ㄋㄚ

諸位

みなさん
mi.na.sa.n
ㄇㄧ－.ㄋㄚ.ㄙㄚ.ㄣ

人們

ひとびと
人々
hi.to.bi.to
ㄏㄧ－.ㄊㄛ.ㄅㄧ－.ㄊㄛ

這個人

この ひと
この人
ko.no.hi.to
ㄎㄛ.ㄋㄛ.ㄏㄧ－.ㄊㄛ

那個人
（指較近
者）

その ひと
その人
so.no.hi.to
ㄙㄛ.ㄋㄛ.ㄏㄧ－.ㄊㄛ

那個人
（指較遠
者）

あの ひと
あの人
a.no.hi.to
ㄚ.ㄋㄛ.ㄏㄧ－.ㄊㄛ

~先生 / 小姐

さま
~様

~sa.ma

~ㄙㄚ.ㄇㄚ

~先生 / 小姐

~さん

~sa.n

~ㄙㄚ.ㄣ

我（男子用）

おれ

o.re

ㄛ.ㄌㄝ

我（男子用）

ぼく
僕

bo.ku

ㄅㄛ.ㄎㄨ

指示代名詞

這個 これ ko.re ㄎㄛ.ㄌㄝ	**那個** それ so.re ㄙㄛ.ㄌㄝ
那個 あれ a.re ㄚ.ㄌㄝ	**哪個** どれ do.re ㄉㄛ.ㄌㄝ
這裡 ここ ko.ko ㄎㄛ.ㄎㄛ	**那裡** そこ so.ko ㄙㄛ.ㄎㄛ
那裡 あそこ a.so.ko ㄚ.ㄙㄛ.ㄎㄛ	**哪裡** どこ do.ko ㄉㄛ.ㄎㄛ

這邊	那邊
こちら	そちら
ko.chi.ra	so.chi.ra
ㄎㄛ.ㄑㄧ.ㄌㄚ	ㄙㄛ.ㄑㄧ.ㄌㄚ

那邊	哪邊
あちら	どちら
a.chi.ra	do.chi.ra
ㄚ.ㄑㄧ.ㄌㄚ	ㄉㄛ.ㄑㄧ.ㄌㄚ

連體詞

這個

この
ko.no

ㄎㄛ.ㄋㄛ

那個

その
so.no

ㄙㄛ.ㄋㄛ

那個

あの
a.no

ㄚ.ㄋㄛ

哪個

どの
do.no

ㄉㄛ.ㄋㄛ

各式各樣的人

女性

じょせい
女性

jo.se.i

ㄐㄧ－ㄛ.ㄙㄟ.－

男性

だんせい
男性

da.n.se.i

ㄉㄚ.ㄣ.ㄙㄟ.－

大人

おとな
大人

o.to.na

ㄛ.ㄊㄛ.ㄋㄚ

少年

しょうねん
少年

sho.u.ne.n

ㄒㄧ－ㄛ.ㄨ.ㄋㄟ.ㄣ

少女

しょうじょ
少女

sho.u.jo

ㄒㄧ－ㄛ.ㄨ.ㄗㄧ－ㄛ

孩子

こ
子ども

ko.do.mo

ㄎㄛ.ㄉㄛ.ㄇㄛ

小寶寶

あか
赤ちゃん

a.ka.cha.n

ㄚ.ㄎㄚ.ㄑㄧ－ㄚ.ㄣ

中年人

ちゅうねん
中年

chu.u.ne.n

ㄑㄧ－ㄨ.ㄨ.ㄋㄟ.ㄣ

老人

ろうじん
老人

ro.u.ji.n

ㄌㄛ.ㄨ.ㄐㄧ.ㄣ

熟人

ち じん
知人

chi.ji.n

ㄑㄧ.ㄐㄧ.ㄣ

同班同學

どうきゅうせい
同 級 生

do.u.kyu.u.se.i

ㄉㄛ.ㄨ.ㄎㄧㄨ.ㄨ.ㄙㄟ.ㄧ

朋友

ともだち
友達

to.mo.da.chi

ㄊㄛ.ㄇㄛ.ㄉㄚ.ㄑㄧ

戀人

こいびと
恋人

ko.i.bi.to

ㄎㄛ.ㄧ.ㄅㄧ.ㄊㄛ

男朋友

かれ し
彼氏

ka.re.shi

ㄎㄚ.ㄌㄝ.ㄒㄧ

女朋友

かのじょ
彼女

ka.no.jo

ㄎㄚ.ㄋㄛ.ㄗㄧㄛ

朋友

なか ま
仲間

na.ka.ma

ㄋㄚ.ㄎㄚ.ㄇㄚ

021

上司

じょう し
上司

jo.u.shi

ㄐㄧㄛˋ.ㄨ.ㄒㄧ—

同事

どうりょう
同僚

do.u.ryo.u

ㄉㄛˋ.ㄨ.ㄌㄧㄛˋ.ㄨ

外國人

がいこくじん
外国人

ga.i.ko.ku.ji.n

ㄍㄚ.ㄧ.ㄎㄛ.ㄎㄨ.ㄐㄧ—.ㄣ

日本人

に ほんじん
日本人

ni.ho.n.ji.n

ㄋㄧ—.ㄏㄛ.ㄣ.ㄐㄧ—.ㄣ

台灣人

たいわんじん
台湾人

ta.i.wa.n.ji.n

ㄊㄚ.ㄧ.ㄨㄚ.ㄣ.ㄐㄧ—.ㄣ

韓國人

かんこくじん
韓国人

ka.n.ko.ku.ji.n

ㄎㄚ.ㄣ.ㄎㄛ.ㄎㄨ.ㄐㄧ—.ㄣ

中國人

ちゅうごくじん
中 国人

chu.u.go.ku.ji.n

ㄑㄧㄨ.ㄨ.ㄍㄛ.ㄎㄨ.ㄐㄧ—.ㄣ

美國人

アメリカ人

a.me.ri.ka.ji.n

ㄚ.ㄇㄝ.ㄌㄧ—.ㄎㄚ.ㄐㄧ—.ㄣ

2.很

第1天 第2天 第3天 第4天 第5天

日語的形容詞分為兩大部分：「**い形容詞**」與
「**な形容詞**」。
光碟附錄 [**形容詞**] 有收錄常見的形容詞。

---

1. い形容詞

例

<ruby>高<rt>たか</rt></ruby>い

高的、昂貴的

ta.ka.i

ㄊㄚ.ㄎㄚ.－

<ruby>美<rt>うつく</rt></ruby>しい

漂亮的

u.tsu.ku.shi

ㄨ.ㄘ.ㄎㄨ.ㄒㄧ.－

<ruby>忙<rt>いそが</rt></ruby>しい

忙碌的

i.so.ga.shi.i

－.ㄙㄛ.ㄍㄚ.ㄒㄧ.－

<ruby>安<rt>やす</rt></ruby>い

便宜的

ya.su.i

－ㄚ.ㄙ.－

023

A	很	(形容詞)	。

A	は	(い形容詞) ~い	です。
A	wa.		de.su
A	ㄨㄚ.		ㄉㄝ.ㄙ

句型 2

A	不	(形容詞)	。

A	は	(い形容詞) ~い ↳ くない	です。
A	wa.	ku na i	de.su
A	ㄨㄚ.	ㄎㄨ.ㄋㄚ.ㄧ.	ㄉㄝ.ㄙ

例句

❶ 這個時鐘很貴。

この	時計	は	高い	です。
ko.no.	to.ke.i.	wa.	ta.ka.i.	de.su
ㄎㄛ.ㄋㄛ.	ㄊㄛ.ㄎㄝ.ㄧ.	ㄨㄚ.	ㄊㄚ.ㄎㄚ.ㄧ.	ㄉㄝ.ㄙ

* [この] 是連體詞。
* [高い] 是 [い形容詞]。

❷ 這個皮包很貴嗎？

その	バッグ	は	高い	ですか。
so.no.	ba.・.gu.	wa.	ta.ka.i.	de.su.ka
ㄙㆦ.ㄋㆦ.	ㄅㄚ.・.ㄍㄨ.	ㄨㄚ.	ㄊㄚ.ㄎㄚ.ㄧ.	ㄉㄝ.ㄙㄨ.ㄎㄚ

* [その] 是連體詞。請看 [關鍵單字] 的 [連體詞]。

▶ 不，不貴。

いいえ	高くない	です。
i.i.e.,	ta.ka.ku. na.i.	de.su
ㄧ.ㄧ.ㄝ.,	ㄊㄚ.ㄎㄚ.ㄎㄨ.ㄋㄚ.ㄧ.	ㄉㄝ.ㄙㄨ

2. な形容詞

例

静かな 安靜的

shi.zu.ka.na
ㄒㄧ.ㄗㄨ.ㄎㄚ.ㄋㄚ

きれいな 美麗的

ki.re.i.na
ㄎㄧ.ㄌㄝ.ㄧ.ㄋㄚ

にぎやかな　　　熱鬧的

ni.gi.ya.ka.na

ㄋㄧ.ㄍㄧ.ㄧㄚ.ㄎㄚ.ㄋㄚ

句型 3

A	很	（形容詞）	。

A	は	（な形容詞）～な	です。
A	wa.		de.su
A	ㄨㄚ.		ㄉㄝ.ㄙㄨ

句型 4

A	不	（形容詞）	。

A	は	（な形容詞）～な	ではありません。
A	wa.		de.wa.a.ri.ma.se.n
A	ㄨㄚ.		ㄉㄝ.ㄨㄚ.ㄚ.ㄌㄧ.ㄇㄚ.ㄙㄝ.ㄣ

較口語的表達

A	は	（な形容詞）～な	じゃありません。
A	wa.		ja.a.ri.ma.se.n
A	ㄨㄚ.		ㄐㄧㄚ.ㄚ.ㄌㄧ.ㄇㄚ.ㄙㄝ.ㄣ

 例句 .... 💎 很

▶ 這裡很安靜。

ここ	は	静か	です。
ko.ko.	wa.	shi.zu.ka	de.su
ㄎㄛ.ㄎㄛ.	ㄨㄚ	ㄒㄧˊ.ㄗㄨ.ㄎㄚˋ.	ㄉㄝ.ㄙ

* [ここ] 是指示代名詞。
* [静か] 是 [な形容詞]。

▶ 那裡不是很安靜。

あそこ	は	静かではありません。
a.so.ko.	wa.	shi.zu.ka.de.wa.a.ri.ma.se.n
ㄚ.ㄙㄛ.ㄎㄛ.	ㄨㄚ.	ㄒㄧˊ.ㄗㄨ.ㄎㄚ.ㄉㄝ.ㄨㄚ.ㄚ.ㄌㄧˊ.ㄇㄚ.ㄙㄝ.ㄣ

▶ 喜歡卡通。

(私は)	アニメ	が	好きです。
wa.ta.shi.wa.	a.ni.me.	ga.	su.ki.de.su
ㄨㄚ.ㄊㄚ.ㄒㄧˊ.ㄒㄧ.ㄨㄚ.	ㄚ.ㄋㄧˊ.ㄇㄝ.	ㄍㄚ.	ㄙ.ㄎㄧˊ.ㄉㄝ.ㄙ

* 請注意 [好き] 也是な形容詞。
* 助詞 [が] 用來指示形容詞的對象。

▶ 這裡不熱鬧。

ここ	は	賑やかじゃありません。
ko.ko.	wa.	ni.gi.ya.ka.ja.a.ri.ma.se.n
ㄎㄛ.ㄎㄛ.	ㄨㄚ.	ㄋㄧˊ.ㄍㄧˊ.ㄧㄚ.ㄎㄚ.ㄐㄚ.ㄚ.ㄚ.ㄌㄧˊ.ㄇㄚ.ㄙㄝ.ㄣ

心情-形容詞

好的

よ
良い
yo.i
ㄧㄛ.ㄧ

壞的

わる
悪い
wa.ru.i
ㄨㄚ.ㄌㄨ.ㄧ

快樂的

たの
楽しい
ta.no.shi.i
ㄊㄚ.ㄋㄛ.ㄒㄧ.ㄧ

高興的

うれしい
u.re.shi.i
ㄨ.ㄌㄝ.ㄒㄧ.ㄧ

悲哀的

かな
悲しい
ka.na.shi.i
ㄎㄚ.ㄋㄚ.ㄒㄧ.ㄧ

無聊的

つまらない
tsu.ma.ra.na.i
ㄘ.ㄇㄚ.ㄌㄚ.ㄋㄚ.ㄧ

寂寞的

さび
寂しい
sa.bi.shi.i
ㄙㄚ.ㄅㄧ.ㄒㄧ.ㄧ

和善的

やさ
優しい
ya.sa.shi.i
ㄧㄚ.ㄙㄚ.ㄒㄧ.ㄧ

可怕的

怖い（こわ）

ko.wa.i

ㄎㄛ.ㄨㄚ.ㄧ

老實的

おとなしい

o.to.na.shi.i

ㄛ.ㄊㄛ.ㄋㄚ.ㄒㄧ.ㄧ

吵鬧的

うるさい

u.ru.sa.i

ㄨ.ㄌㄨ.ㄙㄚ.ㄧ

害羞

恥ずかしい（は）

ha.zu.ka.shi.i

ㄏㄚ.ㄗㄨ.ㄎㄚ.ㄒㄧ.ㄧ

令人懊悔的

悔しい（くや）

ku.ya.shi.i

ㄎㄨ.ㄧㄚ.ㄒㄧ.ㄧ

懷念的

懐かしい（なつ）

na.tsu.ka.shi.i

ㄋㄚ.ㄘ.ㄎㄚ.ㄒㄧ.ㄧ

美麗的

美しい（うつく）

u.tsu.ku.shi.i

ㄨ.ㄘ.ㄎㄨ.ㄒㄧ.ㄧ

骯髒的

汚い（きたな）

ki.ta.na.i

ㄎㄧ.ㄊㄚ.ㄋㄚ.ㄧ

難看的

みにく
醜い
mi.ni.ku.i
ㄇㄧ-.ㄋㄧ-.ㄎㄨ-.ㄧ-

激烈的

はげ
激しい
ha.ge.shi.i
ㄏㄚ-.ㄍㄜ-.ㄒㄧ-.ㄧ-

知覺

好吃

おいしい
o.i.shi.i
ㄛ-.ㄧ-.ㄒㄧ-.ㄧ-

不好吃

まずい
ma.zu.i
ㄇㄚ-.ㄗㄨ-.ㄧ-

辣的

から
辛い
ka.ra.i
ㄎㄚ-.ㄌㄚ-.ㄧ-

甜的

あま
甘い
a.ma.i
ㄚ-.ㄇㄚ-.ㄧ-

苦的

にが
苦い
ni.ga.i
ㄋㄧ.ㄍㄚ.ㄧ

酸的

す
酸っぱい
su. ‧ .pa.i
ㄙ. ‧ .ㄆㄚ.ㄧ

熱的

あつ
熱い
a.tsu.i
ㄚ.ㄘ.ㄧ

涼爽的

すず
涼しい
su.zu.shi.i
ㄙ.ㄗㄨ.ㄒㄧ.ㄧ

暖的

あたた
温かい
a.ta.ta.ka.i
ㄚ.ㄊㄚ.ㄊㄚ.ㄎㄚ.ㄧ

冷的

つめ
冷たい
tsu.me.ta.i
ㄘ.ㄇㄟ.ㄊㄚ.ㄧ

形狀・大小・質量

大的

大きい
o.o.ki.i
ㄛ.ㄛ.ㄎㄧ.ㄧ

小的

小さい
chi.i.sa.i
ㄑㄧ.ㄧ.ㄙㄚ.ㄧ

高的

高い
ta.ka.i
ㄊㄚ.ㄎㄚ.ㄧ

低的

低い
hi.ku.i
ㄏㄧ.ㄎㄨ.ㄧ

粗的

太い
fu.to.i
ㄈㄨ.ㄊㄛ.ㄧ

細的

細い
ho.so.i
ㄏㄛ.ㄙㄛ.ㄧ

柔軟的

軟らかい
ya.wa.ra.ka.i
ㄧㄚ.ㄨㄚ.ㄌㄚ.ㄎㄚ.ㄧ

硬的

硬い
ka.ta.i
ㄎㄚ.ㄊㄚ.ㄧ

重的

おも
重い

o.mo.i

ㄛ.ㄇㄛ.ㄧ

輕的

かる
軽い

ka.ru.i

ㄎㄚ.ㄌㄨ.ㄧ

厚的

あつ
厚い

a.tsu.i

ㄚ.ㄘ.ㄧ

薄的

うす
薄い

u.su.i

ㄨ.ㄙ.ㄧ

結實的

じょうぶ
丈夫な

jo.u.bu.na

ㄐㄛ.ㄨ.ㄅㄨ.ㄋㄚ

長的

なが
長い

na.ga.i

ㄋㄚ.ㄍㄚ.ㄧ

短的

みじか
短い

mi.ji.ka.i

ㄇㄧ.ㄐㄧ.ㄎㄚ.ㄧ

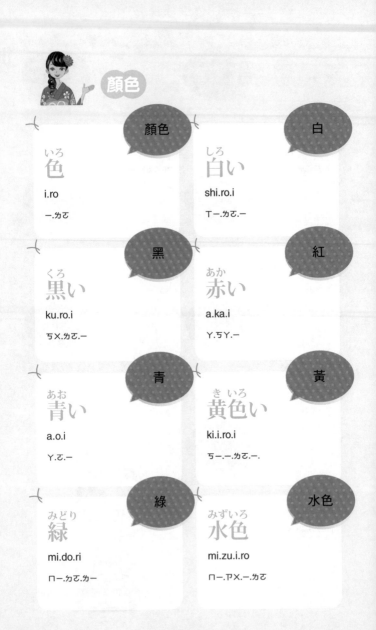

顔色

顔色

いろ
色
i.ro
ー.ㄌㄛ

白

しろ
白い
shi.ro.i
ㄒㄧ.ㄌㄛ.ー

黑

くろ
黒い
ku.ro.i
ㄎㄨ.ㄌㄛ.ー

紅

あか
赤い
a.ka.i
ㄚ.ㄎㄚ.ー

青

あお
青い
a.o.i
ㄚ.ㄛ.ー

黃

き いろ
黄色い
ki.i.ro.i
ㄎㄧ.ー.ㄌㄛ.ー.

綠

みどり
緑
mi.do.ri
ㄇㄧ.ㄌㄛ.ㄌㄧ

水色

みずいろ
水色
mi.zu.i.ro
ㄇㄧ.ㄗㄨ.ー.ㄌㄛ

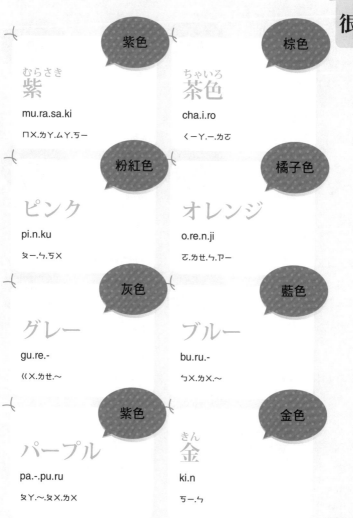

紫色

むらさき
紫

mu.ra.sa.ki

ㄇㄨ.ㄌㄚ.ㄙㄚ.ㄎㄧ

棕色

ちゃいろ
茶色

cha.i.ro

ㄑㄧㄚ.ㄧ.ㄌㄛ

粉紅色

ピンク

pi.n.ku

ㄆㄧ.ㄣ.ㄎㄨ

橘子色

オレンジ

o.re.n.ji

ㄛ.ㄌㄝ.ㄣ.ㄐㄧ

灰色

グレー

gu.re.-

ㄍㄨ.ㄌㄝ.～

藍色

ブルー

bu.ru.-

ㄅㄨ.ㄌㄨ.～

紫色

パープル

pa.-.pu.ru

ㄆㄚ.～.ㄆㄨ.ㄌㄨ

金色

きん
金

ki.n

ㄎㄧ.ㄣ

* 羅馬拼音的「-」要發長音；ㄅㄆㄇ拼音的「～」要發長音。

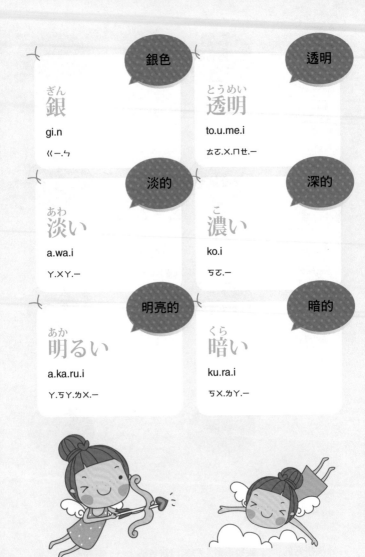

銀色

ぎん
銀
gi.n
ㄍ一.ㄣ

透明

とうめい
透明
to.u.me.i
ㄊㄛ.ㄨ.ㄇㄝ.一

淡的

あわ
淡い
a.wa.i
ㄚ.ㄨㄚ.一

深的

こ
濃い
ko.i
ㄎㄛ.一

明亮的

あか
明るい
a.ka.ru.i
ㄚ.ㄎㄚ.ㄌㄨ.一

暗的

くら
暗い
ku.ra.i
ㄎㄨ.ㄌㄚ.一

3. 做

第2天　第1天

第3天

第4天　第5天

做

句型 1 肯定 ....

A	は	動詞	ます。
A	wa.		ma.su
A	ㄨㄚ.		ㄇㄚ.ㄙ

例句 ....

❶ 吃午飯。

ランチ	を	食べます	。
ra.n.chi.	wo.	ta.be.ma.su	
ㄌㄚ.ㄣ.ㄑㄧ-.	ㄛ.	ㄊㄚ.ㄅㄝ.ㄇㄚ.ㄙ	

❷ 下雨

雨	が	降ります	。
a.me.	ga.	fu.ri.ma.su	
ㄚ.ㄇㄝ.	ㄍㄚ.	ㄈㄨ.ㄌㄧ.ㄇㄚ.ㄙ	

* 描寫自然現象時用 [が] 表示主語。

❸ 散步

散歩します。

sa.n.po.shi.ma.su

ㄙㄚ.ㄣ.ㄆㄛ.ㄒㄧ-.ㄇㄚ.ㄙ

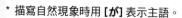

句型2 否定 ....

A	は	動詞 ません
A	wa.	ma.se.n
A	ㄨㄚ.	ㄇㄚ.ㄙㄜ.ㄣ

例句 ....

▶ 不睡午覺。

ひる ね
昼寝しません。

hi.ru.ne.shi.ma.se.n

ㄏㄧˉ.ㄌㄨˋ.ㄋㄝ.ㄒㄧˉ.ㄇㄚ.ㄙㄜ.ㄣ

▶ 不吃蔥。

ねぎ   た
葱を食べません。

ne.gi.wo.ta.be.ma.se.n

ㄋㄝ.ㄍㄧ-.ㄛ.ㄊㄚ.ㄅㄝ.ㄇㄚ.ㄙㄜ.ㄣ

句型3 疑問 ....

A	は	動詞 ませんか。
A	wa.	ma.se.n.ka
A	ㄨㄚ.	ㄇㄚ.ㄙㄜ.ㄣ.ㄎㄚ

例句

▶ 要吃魚嗎？

魚<ruby>を食<rt>さかな</rt></ruby>べますか。

さかな　た
魚を食べますか。

sa.ka.na.wo.ta.be.ma.su.ka

ㄙㄚ.ㄎㄚ.ㄋㄚ.ㄨㄛ.ㄊㄚ.ㄅㄟ.ㄇㄚ.ㄙㄨ.ㄎㄚ

▶ 不，沒吃。

いいえ，　食べません。

た
いいえ，　食べません。

i.i.e.　　　ta.be.ma.se.n

ㄧ.ㄧ.ㄝ.　　ㄊㄚ.ㄅㄟ.ㄇㄚ.ㄙㄝ.ㄣ

* 助詞 **[は]** 表示之前的名詞是句子的主題。

* 請參考光碟附錄 **[動詞活用變化表]** 的 **[ます形]**。

關鍵單字

動作

去	來
い 行く i.ku 一.ㄅㄨ	く 来る ku.ru ㄎㄨ.ㄌㄨ
回	回,恢復
かえ 帰る ka.e.ru ㄎㄚ.ㄝ.ㄌㄨ	もど 戻る mo.do.ru ㄇㄛ.ㄉㄛ.ㄌㄨ
走	跑
ある 歩く a.ru.ku ㄚ.ㄌㄨ.ㄎㄨ	はし 走る ha.shi.ru ㄏㄚ.ㄒ一.ㄌㄨ
寫	讀
か 書く ka.ku ㄎㄚ.ㄎㄨ	よ 読む yo.mu 一ㄨㄛ.ㄇㄨ

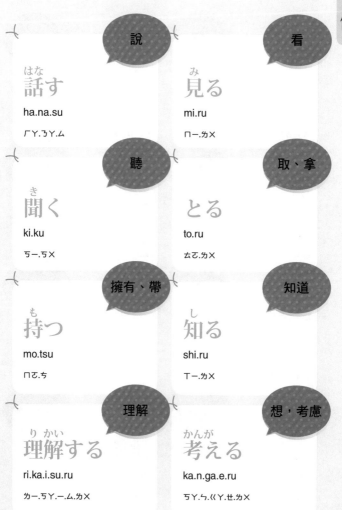

説

はな
話す
ha.na.su
ㄏㄚ.ㄋㄚ.ㄙ

看

み
見る
mi.ru
ㄇㄧ.ㄌㄨ

聽

き
聞く
ki.ku
ㄎㄧ.ㄎㄨ

取、拿

とる
to.ru
ㄊㄛ.ㄌㄨ

擁有、帶

も
持つ
mo.tsu
ㄇㄛ.ㄘ

知道

し
知る
shi.ru
ㄒㄧ.ㄌㄨ

理解

り かい
理解する
ri.ka.i.su.ru
ㄌㄧ.ㄎㄚ.ㄧ.ㄙ.ㄌㄨ

想，考慮

かんが
考える
ka.n.ga.e.ru
ㄎㄚ.ㄣ.ㄍㄚ.ㄝ.ㄌㄨ

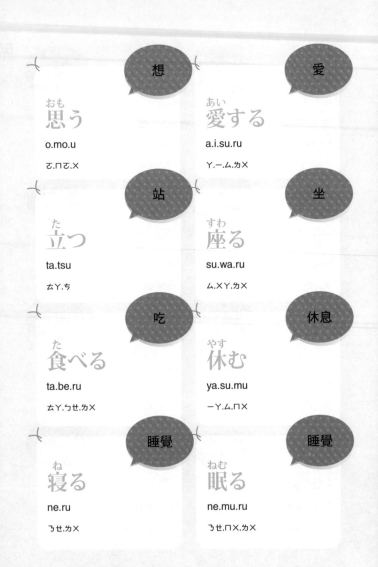

想

思う
おも

o.mo.u

ㄛ.ㄇㄛ.ㄨ

愛

愛する
あい

a.i.su.ru

ㄚ.ㄧ.ㄙㄨ.ㄌㄨ

站

立つ
た

ta.tsu

ㄊㄚ.ㄘ

坐

座る
すわ

su.wa.ru

ㄙㄨ.ㄨㄚ.ㄌㄨ

吃

食べる
た

ta.be.ru

ㄊㄚ.ㄅㄝ.ㄌㄨ

休息

休む
やす

ya.su.mu

ㄧㄚ.ㄙㄨ.ㄇㄨ

睡覺

寝る
ね

ne.ru

ㄋㄝ.ㄌㄨ

睡覺

眠る
ねむ

ne.mu.ru

ㄋㄝ.ㄇㄨ.ㄌㄨ

4. 誰

第1天　第2天　第3天　第4天　第5天

句型

A 是 誰？

A は <ruby>誰<rt>だれ</rt></ruby> ですか。

A.	wa.	da.re	de.su.ka
A	ㄨㄚ.	ㄉㄚ.ㄌㄝ.	ㄉㄝ.ㄙ.ㄎㄚ

例句

▶ 那個人是誰？

あの<ruby>人<rt>ひと</rt></ruby> は <ruby>誰<rt>だれ</rt></ruby>ですか。

a.no.hi.to.	wa.	da.re.de.su.ka
ㄚ.ㄋㄛ.ㄏㄧ.ㄊㄛ.	ㄨㄚ.	ㄉㄚ.ㄌㄝ.ㄉㄝ.ㄙ.ㄎㄚ

▶ 我的朋友。

<ruby>私<rt>わたし</rt></ruby> の <ruby>友達<rt>ともだち</rt></ruby> です。

wa.ta.shi.	no.	to.mo.da.chi.	de.su
ㄨㄚ.ㄊㄚ.ㄒㄧ.	ㄋㄛ.	ㄊㄛ.ㄇㄛ.ㄉㄚ.ㄑㄧ.	ㄉㄝ.ㄙ

關鍵單字

人稱

哪個人

どの人
do.no.hi.to

ㄉㄛ.ㄋㄛ.ㄏㄧ.ㄊㄛ

誰

だれ
da.re

ㄉㄚ.ㄌㄝ

哪位

どなた
do.na.ta

ㄉㄛ.ㄋㄚ.ㄊㄚ

有誰

だれか
da.re.ka

ㄉㄚ.ㄌㄝ.ㄎㄚ

家屬・親屬

家屬

かぞく
家族
ka.zo.ku
ㄎㄚ.ㄗㄛ.ㄎㄨ

父母

りょうしん
両親
ryo.u.shi.n
ㄌㄧ-ㄛ.ㄨ.ㄒㄧ-ㄣ

父親

ちち
父
chi.chi
ㄑㄧ-.ㄑㄧ-

母親

はは
母
ha.ha
ㄏㄚ.ㄏㄚ

兄弟

きょうだい
兄 弟
kyo.u.da.i
ㄎㄧ-ㄛ.ㄨ.ㄉㄚ.ㄧ-

姊妹

しまい
姉妹
shi.ma.i
ㄒㄧ-.ㄇㄚ.ㄧ-

哥哥

あに
兄
a.ni
ㄚ.ㄋㄧ-

姐姐

あね
姉
a.ne
ㄚ.ㄋㄝ

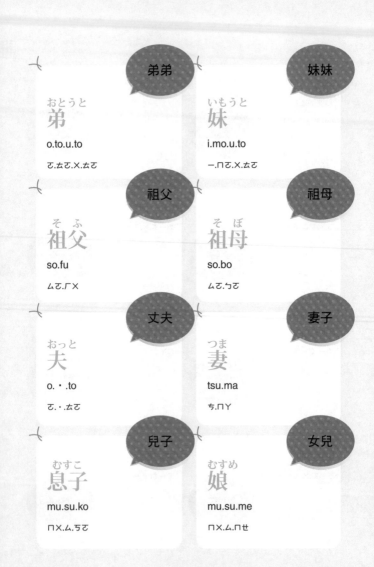

弟弟

おとうと
弟
o.to.u.to
ㄜ.ㄊㄛ.ㄨ.ㄊㄛ

妹妹

いもうと
妹
i.mo.u.to
ㄧ.ㄇㄛ.ㄨ.ㄊㄛ

祖父

そ　ふ
祖父
so.fu
ㄙㄛ.ㄈㄨ

祖母

そ　ぼ
祖母
so.bo
ㄙㄛ.ㄅㄛ

丈夫

おっと
夫
o.・.to
ㄛ.・.ㄊㄛ

妻子

つま
妻
tsu.ma
ㄘ.ㄇㄚ

兒子

むすこ
息子
mu.su.ko
ㄇㄨ.ㄙ.ㄎㄛ

女兒

むすめ
娘
mu.su.me
ㄇㄨ.ㄙ.ㄇㄝ

親戚

しんせき
親戚

shi.n.se.ki

ㄒ一.ㄣ.ㄙㄝ.ㄎ一

工作的種類・行業

職業

しょくぎょう
職業

sho.ku.gyo.u

ㄒ一ㄛ.ㄎㄨ.ㄍ一ㄛ.ㄨ

公務員

こう む いん
公務員

ko.u.mu.i.n

ㄎㄨ.ㄨ.ㄇㄨ.一.ㄣ

公司職員

かいしゃいん
会社員

ka.i.sha.i.n

ㄎㄚ.一.ㄒ一ㄚ.一.ㄣ

消防員

しょうぼう し
消防士

sho.u.bo.u.shi

ㄒ一ㄛ.ㄨ.ㄅㄛ.ㄨ.ㄒ一

薬剤師

やくざいし
薬剤師

ya.ku.za.i.shi

ㄧㄚ.ㄎㄨ.ㄗㄚ.ㄧ.ㄒㄧ

記者

ジャーナリスト

ja.-.na.ri.su.to

ㄐㄧㄚ.～.ㄋㄚ.ㄌㄧ.ㄙ.ㄊㄛ

派遣

は けん
派遣

ha.ke.n

ㄏㄚ.ㄎㄝ.ㄣ

短期打工

パートタイム

pa.-.to.ta.i.mu

ㄆㄚ.～.ㄊㄛ.ㄊㄚ.ㄧ.ㄇㄨ

牙科醫生

しかい
歯科医

shi.ka.i

ㄒㄧ.ㄎㄚ.ㄧ

警官

けいさつかん
警察官

ke.i.sa.tsu.ka.n

ㄎㄝ.ㄧ.ㄙㄚ.ㄘ.ㄎㄚ.ㄣ

律師

べん ご し
弁護士

be.n.go.shi

ㄅㄝ.ㄣ.ㄍㄛ.ㄒㄧ

會計師

かいけいし
会計士

ka.i.ke.i.shi

ㄎㄚ.ㄧ.ㄎㄝ.ㄧ.ㄒㄧ

銀行職員

ぎんこういん
銀行員

gi.n.ko.u.i.n

ㄍㄧ.ㄣ.ㄎㄛ.ㄨ.ㄧ.ㄣ

農民

のうみん
農民

no.u.mi.n

ㄋㄛ.ㄨ.ㄇㄧ.ㄣ

漁夫

りょうし
漁師

ryo.u.shi

ㄌㄧㄛ.ㄨ.ㄒㄧ

木匠

だいく
大工

da.i.ku

ㄉㄚ.ㄧ.ㄎㄨ

郵局人員

ゆうびんきょくいん
郵便局員

yu.u.bi.n.kyo.ku.i.n

ㄧㄨ.ㄨ.ㄅㄧ.ㄣ.ㄎㄧㄛ.ㄎㄨ.ㄧ.ㄣ

建築師

けんちくし
建築士

ke.n.chi.ku.shi

ㄎㄝ.ㄣ.ㄑㄧ.ㄎㄨ.ㄒㄧ

理髮師

びようし
美容師

bi.yo.u.shi

ㄅㄧ.ㄧㄛ.ㄨ.ㄒㄧ

設計師

デザイナー

de.za.i.na.-

ㄉㄝ.ㄗㄚ.ㄧ.ㄋㄚ.～

収銀員

レジ係
がかり

re.ji.ga.ka.ri

ㄌㄝ.ㄐㄧ.ㄍㄚㄚ.ㄎㄚ.ㄌㄧ

售貨員

売り子
う　　こ

u.ri.ko

ㄨ.ㄌㄧ.ㄎㄛ

推銷員

セールスマン

se.-.ru.su.ma.n

ㄙㄝ.～.ㄌㄨ.ㄙㄨ.ㄇㄚ.ㄣ

工作員

作業員
さ　ぎょういん

sa.gyo.u.i.n

ㄙㄚ.ㄍㄧㄛ.ㄨ.ㄧ.ㄣ

秘書

秘書
ひ　しょ

hi.sho

ㄏㄧ.ㄒㄧㄛ

口譯

通訳
つうやく

tsu.u.ya.ku

ㄘ.ㄨ.ㄧㄚ.ㄎㄨ

翻譯者

翻訳者
ほんやくしゃ

ho.n.ya.ku.sha

ㄏㄛ.ㄣ.ㄧㄚ.ㄎㄨ.ㄒㄧㄚ

技術人員

技術者
ぎ　じゅつしゃ

gi.ju.tsu.sha

ㄍㄧ.ㄗㄨ.ㄘ.ㄒㄧㄚ

鞋店

工作

くつ や
靴屋

ku.tsu.ya

ㄎㄨ.ㄘ.ㄧㄚ

はたら
働く

ha.ta.ra.ku

ㄏㄚ.ㄊㄚ.ㄌㄚ.ㄎㄨ

工作

電腦程式
設計者

つと
勤める

tsu.to.me.ru

ㄘ.ㄊㄛ.ㄇㄝ.ㄌㄨ

プログラマー

pu.ro.gu.ra.ma.-

ㄆㄨ.ㄌㄛ.ㄍㄨ.ㄌㄚ.ㄇㄚ.～

工程師

司機

エンジニア

e.n.ji.ni.a

ㄝ.ㄣ.ㄐㄧ.ㄋㄧ.ㄚ

うんてんしゅ
運転手

u.n.te.n.shu

ㄨ.ㄣ.ㄊㄝ.ㄣ.ㄒㄧㄨ

職稱

公司職員

しゃいん
社員

sha.i.n

ㄒㄧㄚ.ㄧ-.ㄣ.

主任

しゅにん
主任

shu.ni.n

ㄒㄧㄨ.ㄋㄧ-.ㄣ.

股長

かかりちょう
係長

ka.ka.ri.cho.u

ㄎㄚ.ㄎㄚ.ㄌㄧ-.ㄑㄧ-ㄛ.ㄨ

科長

か ちょう
課長

ka.cho.u

ㄎㄚ.ㄑㄧ-ㄛ.ㄨ

次長

じ ちょう
次長

ji.cho.u

ㄐㄧ-.ㄑㄧ-ㄛ.ㄨ

部長

ぶ ちょう
部長

bu.cho.u

ㄅㄨ.ㄑㄧ-ㄛ.ㄨ

董事

とりしまりやく
取締役

to.ri.shi.ma.ri.ya.ku

ㄊㄛ.ㄌㄧ-.ㄒㄧ-.ㄇㄚ.ㄌㄧ-.ㄧㄚ.ㄎㄨ

常務

じょう む
常務

jo.u.mu

ㄐㄧ-ㄛ.ㄨ.ㄇㄨ

052

専務

副社長

せんむ
専務

se.n.mu

ㄙㄝ.ㄣ.ㄇㄨ

ふくしゃちょう
副社長

fu.ku.sha.cho.u

ㄏㄨ.ㄎㄨ.ㄒㄧㄚ.ㄑㄛ.ㄨ

社長

會長

しゃちょう
社長

sha.cho.u

ㄒㄧㄚ.ㄑㄛ.ㄨ

かいちょう
会長

ka.i.cho.u

ㄎㄚ.ㄧ.ㄑㄛ.ㄨ

所長

分店長

しょちょう
所長

sho.cho.u

ㄒㄧㄛ.ㄑㄛ.ㄨ

してんちょう
支店長

shi.te.n.cho.u

ㄒㄧ.ㄊㄝ.ㄣ.ㄑㄛ.ㄨ

店長

所有者

てんちょう
店長

te.n.cho.u

ㄊㄝ.ㄣ.ㄑㄛ.ㄨ

オーナー

o.-.na.-

ㄛ.～.ㄋㄚ.～

---

* 羅馬拼音的「-」要發長音；ㄅㄆㄇ拼音的「～」要發長音。

管理人員

かんりしょく
管理職

ka.n.ri.sho.ku

ㄎㄚ.ㄣ..ㄌㄧ.ㄒㄧㄛ.ㄎㄨ

大企業

だいきぎょう
大企業

da.i.ki.gyo.u

ㄉㄚ.ㄧ-.ㄎㄧ-.ㄍㄧㄛ-.ㄨ

中小企業

ちゅうしょうきぎょう
中小企業

chu.u.sho.u.ki.gyo.u

ㄑㄧ-ㄨ.ㄨ.ㄒㄧㄛ.ㄨ.ㄎㄧ-.ㄍㄧㄛ-ㄨ

小企業

れいさいきぎょう
零細企業

re.i.sa.i.ki.gyo.u

ㄌㄟ.ㄧ-.ㄙㄚ.ㄧ-.ㄎㄧ-.ㄍㄧㄛ-.ㄨ

股份（有
限）公司

かぶしきがいしゃ
株式会社

ka.bu.shi.ki.ga.i.sha

ㄎㄚ.ㄅㄨ.ㄒㄧ-.ㄎㄧ-.ㄍㄚ-.ㄧ-.ㄒㄧㄚ

有限公司

ゆうげんがいしゃ
有限会社

yu.u.ge.n.ga.i.sha

ㄧ-ㄨ.ㄨ.ㄍㄟ.ㄅㄣ.ㄍㄚ-.ㄧ-.ㄒㄧㄚ

總公司

おやがいしゃ
親会社

o.ya.ga.i.sha

ㄛ.ㄧ-ㄚ.ㄍㄚ-.ㄧ-.ㄒㄧㄚ

子公司

こがいしゃ
子会社

ko.ga.i.sha

ㄎㄛ.ㄍㄚ-.ㄧ-.ㄒㄧㄚ

5.哪裡

第2天　第1天
第3天
第4天　第5天

句型

A　在哪裡？

A　は　どこ　ですか。

A　wa.　　do.ko　de.su.ka

A　ㄨㄚ.　　ㄉㆤ.ㄅㆤ.　ㄉㆤ.ㄙ.ㄎㄚ

例句

▶ 廁所在哪裡？

トイレ　は　どこ　ですか。

to.i.re.　　wa.　do.ko.　de.su.ka

ㄊㆤ.ㄧ.ㄌㆤ.　ㄨㄚ.　ㄉㆤ.ㄅㆤ.　ㄉㆤ.ㄙ.ㄎㄚ

▶ 在那裡。

そこです。

so.ko.de.su

ㄙㆤ.ㄎㆤ.ㄉㆤ.ㄙ

* [そこ] 是指示代名詞。

住宅

獨幢樓房

いっこ だ
一戸建て

i.・.ko.da.te

ㄧ.・.ㄎㄛ.ㄉㄚ.ㄊㄝ

公寓

アパート

a.pa.-.to

ㄚ.ㄆㄚ.～.ㄊㄛ

高級公寓

マンション

ma.n.sho.n

ㄇㄚ.ㄣ.ㄒㄧㄛ.ㄣ

單間公寓

ワンルーム・
マンション

wa.n.ru.-.mu.・.ma.n.sho.n

ㄨㄚ.ㄣ.ㄌㄨ.～.ㄇㄨ.・.ㄇㄚ.ㄣ.ㄒㄧㄛ.ㄣ

**公司或
學校宿舍**

りょう
寮

ryo.u

ㄌㄧㄛ.ㄨ

**公司或
學校宿舍**

き しゅくしゃ
寄宿舎

ki.shu.ku.sha

ㄎㄧ.ㄒㄧㄨ.ㄎㄨ.ㄒㄧㄚ

宿舍

しゅくしゃ
宿舎

shu.ku.sha

ㄒㄧㄨ.ㄎㄨ.ㄒㄧㄚ

別墅

べっそう
別荘

be.・.so.u

ㄅㄝ.・.ㄙㄛ.ㄨ

地下

<ruby>地<rt>ち</rt></ruby><ruby>下<rt>か</rt></ruby>

chi.ka

ㄑㄧ.ㄎㄚ

一樓

1<ruby>階<rt>かい</rt></ruby>

i. • .ka.i

ㄧ.‧.ㄎㄚ.ㄧ

二樓

2<ruby>階<rt>かい</rt></ruby>

ni.ka.i

ㄋㄧ.ㄎㄚ.ㄧ

門

<ruby>門<rt>もん</rt></ruby>

mo.n

ㄇㄛ.ㄣ

門口

<ruby>玄関<rt>げんかん</rt></ruby>

ge.n.ka.n

ㄍㄝ.ㄣ.ㄎㄚ.ㄣ

門

ドア

do.a

ㄉㄛ.ㄚ

窗

<ruby>窓<rt>まど</rt></ruby>

ma.do

ㄇㄚ.ㄉㄛ

地板

<ruby>床<rt>ゆか</rt></ruby>

yu.ka

ㄧㄨ.ㄎㄚ

走廊

ろうか
廊下
ro.u.ka
ㄌㄛ.ㄨ.ㄎㄚ

庭園

にわ
庭
ni.wa
ㄋㄧ.ㄨㄚ

頂棚・
天花板

てんじょう
天井
te.n.jo.u
ㄊㄝ.ㄣ.ㄐㄧㄛ.ㄨ

車庫

ガレージ
ga.re.-.ji
ㄍㄚ.ㄌㄝ.～.ㄐㄧ

屋頂

やね
屋根
ya.ne
ㄧㄚ.ㄋㄝ

磁磚

タイル
ta.i.ru
ㄊㄚ.ㄧ.ㄌㄨ

鎖

じょう
錠
jo.u
ㄐㄧㄛ.ㄨ

鑰匙

かぎ
鍵
ka.gi
ㄎㄚ.ㄍㄧ

住

す
住む
su.mu

ㄙ.ㄇㄨ

房間

入口

いりぐち
入口
i.ri.gu.chi

ㄧ.ㄌㄧ.ㄍㄨ.ㄑㄧ

門口

げんかん
玄関
ge.n.ka.n

ㄍㄝ.ㄣ.ㄎㄚ.ㄣ

房間

へ や
部屋
he.ya

ㄏㄝ.ㄧㄚ

客廳

おうせつ ま
応接間
o.u.se.tsu.ma

ㄛ.ㄨ.ㄙㄝ.ㄘ.ㄇㄚ

客廳

きゃく ま
客間
kya.ku.ma

ㄎㄧㄚ.ㄎㄨ.ㄇㄚ

餐廳

しょくどう
食堂
sho.ku.do.u

ㄒㄧㄛ.ㄎㄨ.ㄉㄛ.ㄨ

起居室

い ま
居間
i.ma

ㄧ.ㄇㄚ

廚房

だいどころ
台所
da.i.do.ko.ro

ㄉㄚ.ㄧ.ㄉㄛ.ㄎㄛ.ㄌㄛ

廚房

キッチン
ki.・.chi.n

ㄎㄧ.・.ㄑㄧ.ㄣ

兒童房

こ   べ や
子ども部屋
ko.do.mo.be.ya

ㄎㄛ.ㄉㄛ.ㄇㄛ.ㄅㄝ.ㄧㄚ

盥洗室

せんめんじょ
洗面所
se.n.me.n.jo

ㄙㄝ.ㄣ.ㄇㄝ.ㄣ.ㄐㄧㄛ

廁所

トイレ
to.i.re

ㄊㄛ.ㄧ.ㄌㄝ

060

浴室

よくしつ
浴室

yo.ku.shi.tsu

ㄧㄛ.ㄎㄨ.ㄒㄧ-.ㄘ

陽台

バルコニー

ba.ru.ko.ni.-

ㄅㄚ.ㄌㄨ.ㄎㄛ.ㄋㄧ-.～

臥室

しんしつ
寝室

shi.n.shi.tsu

ㄒㄧ-.ㄣ.ㄒㄧ-.ㄘ

地下室

ち か しつ
地下室

chi.ka.shi.tsu

ㄑㄧ-.ㄎㄚ.ㄒㄧ-.ㄘ

衣櫥

クロゼット

ku.ro.ze.・.to

ㄎㄨ.ㄌㄛ.ㄗㄝ.・.ㄊㄛ

衣櫥

お   い
押し入れ

o.shi.i.re

ㄛ.ㄒㄧ-.ㄧ-.ㄌㄝ

（放菜、
柴等的）
倉庫

ものおき
物置

mo.no.o.ki

ㄇㄛ.ㄋㄛ.ㄛ.ㄎㄧㄩ

樓梯

かいだん
階段

ka.i.da.n

ㄎㄚ.ㄧ-.ㄉㄚ.ㄣ

あ
開ける
a.ke.ru
ㄚ.ㄎㄝ.ㄌㄨ

開

し
閉める
shi.me.ru
ㄒㄧ.ㄇㄝ.ㄌㄨ

關閉

公家機關

けいさつしょ
警察署
ke.i.sa.tsu.sho
ㄎㄝ.ㄧ.ㄙㄚ.ㄘ.ㄒㄧㄛ

警察署

は しゅつじょ
派出所
ha.shu.tsu.jo
ㄏㄚ.ㄒㄧㄨ.ㄘ.ㄐㄧㄛ

派出所

こうばん
交番
ko.u.ba.n
ㄎㄛ.ㄨ.ㄅㄚ.ㄣ

派出所

しょうぼうしょ
消防署
sho.u.bo.u.sho
ㄒㄧㄛ.ㄨ.ㄅㄛ.ㄨ.ㄒㄧㄛ

消防局

市公所

市役所
しゃくしょ

shi.ya.ku.sho

ㄒㄧ.ㄧㄚ.ㄎㄨ.ㄒㄧㄛ

區公所

区役所
くやくしょ

ku.ya.ku.sho

ㄎㄨ.ㄧㄚ.ㄎㄨ.ㄒㄧㄛ

電力公司

電力会社
でんりょくがいしゃ

de.n.ryo.ku.ga.i.sha

ㄉㄝ.ㄣ.ㄌㄧㄛ.ㄎㄨ.ㄍㄚ.ㄍㄚ.ㄧ.ㄒㄧㄚ

煤氣公司

ガス会社
がいしゃ

ga.su.ga.i.sha

ㄍㄚ.ㄙ.ㄍㄚ.ㄧ.ㄒㄧㄚ

運動場

スタジアム

su.ta.ji.a.mu

ㄙ.ㄊㄚ.ㄗㄚ.ㄧ.ㄚ.ㄇㄨ

療養所

療養所
りょうようじょ

ryo.u.yo.u.jo

ㄌㄧㄛ.ㄨ.ㄧㄛ.ㄨ.ㄗㄧㄛ

比賽場

競技場
きょうぎじょう

kyo.u.gi.jo.u

ㄎㄧㄛ.ㄨ.ㄍㄧ.ㄗㄧㄛ.ㄨ

6.什麼時候

第1天
第2天
第3天
第4天 第5天

句型

A（時間）	去	B（地點）

A B に いきます

ni. i.ki.ma.su.ka

ㄋㄧ． ㄧ．ㄎㄧ．ㄇㄚ．ㄙ．ㄎㄚ

例句

▶ 何時要去京都呢？

いつ 京都 に 行きますか。

i.tsu.　kyo.u.to.　ni.　i.ki.ma.su.ka

ㄧ．ㄘ．　ㄎㄧㄛ．ㄨ．ㄊㄛ．　ㄋㄧ．　ㄧ．ㄎㄧ．ㄇㄚ．ㄙ．ㄎㄚ

▶ 明天要去。

明日 行きます。

a.shi.ta.　i.ki.ma.su

ㄚ．ㄒㄧ．ㄊㄚ．　ㄧ．ㄎㄧ．ㄇㄚ．ㄙ

關鍵單字

季節・年月日

什麼時候

> 前天

おととい
一昨日

o.to.to.i

ㄛ.ㄊㄛ.ㄊㄛ.ㄧˉ

> 昨天

きのう
昨日

ki.no.u

ㄎㄧ-.ㄋㄛ.ㄨ

> 今天

きょう
今日

kyo.u

ㄎㄧㄛ.ㄨ

> 明天

あした
明日

a.shi.ta

ㄚ.ㄒㄧ-.ㄊㄚ

> 後天

あさって
明後日

a.sa.・.te

ㄚ.ㄙㄚ.・.ㄊㄝ

> 次日

よくじつ
翌日

yo.ku.ji.tsu

ㄧㄛ.ㄎㄨ.ㄗㄧ-.ㄘ

> 前一天

ぜんじつ
前日

ze.n.ji.tsu

ㄗㄝ.ㄣ.ㄗㄧ-.ㄘ

> 這個星期

こんしゅう
今週

ko.n.shu.u

ㄎㄛ.ㄣ.ㄒㄧ-ㄨ.ㄨ

065

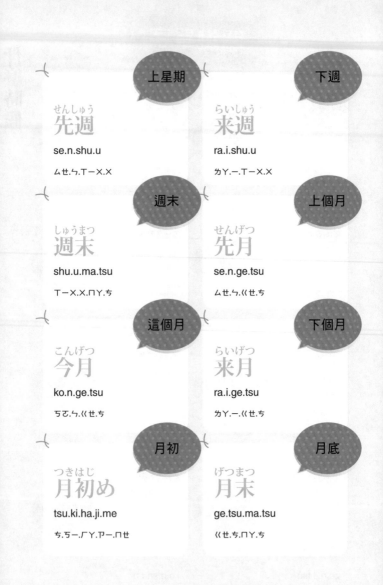

上星期

せんしゅう
先週
se.n.shu.u
ㄙㄝˋㄅ.Tㄧㄨˋ.ㄨ

下週

らいしゅう
来週
ra.i.shu.u
ㄌㄚ.ㄧ.Tㄧㄨˋ.ㄨ

週末

しゅうまつ
週末
shu.u.ma.tsu
Tㄧㄨˋ.ㄨ.ㄇㄚ.ㄘ

上個月

せんげつ
先月
se.n.ge.tsu
ㄙㄝˋㄅ.ㄍㄝˋㄘ

這個月

こんげつ
今月
ko.n.ge.tsu
ㄎㄛ.ㄅ.ㄍㄝˋㄘ

下個月

らいげつ
来月
ra.i.ge.tsu
ㄌㄚ.ㄧ.ㄍㄝˋㄘ

月初

つきはじ
月初め
tsu.ki.ha.ji.me
ㄘ.ㄎㄧ.ˊㄏㄚ.ㄗㄧ.ㄇㄝ

月底

げつまつ
月末
ge.tsu.ma.tsu
ㄍㄝˋㄘ.ㄇㄚ.ㄘ

066

去年

きょねん
去年
kyo.ne.n
ㄎㄧ-ㄛ.ㄋㄝ.ㄣ

今年

ことし
今年
ko.to.shi
ㄎㄛ.ㄊㄛ.ㄒㄧ

明年

らいねん
来年
ra.i.ne.n
ㄌㄚ.-ㄧ.-ㄋㄝ.ㄣ

星期一

げつよう び
月曜日
ge.tsu.yo.u.bi
ㄍㄝ.ㄘ.-ㄧㄛ.ㄨ.ㄅㄧ

星期二

か よう び
火曜日
ka.yo.u.bi
ㄎㄚ.-ㄧㄛ.ㄨ.ㄅㄧ

星期三

すいよう び
水曜日
su.i.yo.u.bi
ㄙ.-ㄧ.-ㄧㄛ.ㄨ.ㄅㄧ

星期四

もくよう び
木曜日
mo.ku.yo.u.bi
ㄇㄛ.ㄎㄨ.-ㄧㄛ.ㄨ.ㄅㄧ

星期五

きんよう び
金曜日
ki.n.yo.u.bi
ㄎㄧ-.ㄣ.-ㄧㄛ.ㄨ.ㄅㄧ

星期六

土曜日
ど ようび

do.yo.u.bi

ㄉㄛ.ㄧㄛ.ㄨ.ㄅㄧ

星期日

日曜日
にちよう び

ni.chi.yo.u.bi

ㄋㄧ.ㄑㄧ.ㄧㄛ.ㄨ.ㄅㄧ

春天

春
はる

ha.ru

ㄏㄚ.ㄌㄨ

夏天

夏
なつ

na.tsu

ㄋㄚ.ㄘ

秋天

秋
あき

a.ki

ㄚ.ㄎㄧ

冬天

冬
ふゆ

fu.yu

ㄏㄨ.ㄧㄨ

年終

年末
ねんまつ

ne.n.ma.tsu

ㄋㄟ.ㄣ.ㄇㄚ.ㄘ

年初

年始
ねん し

ne.n.shi

ㄋㄟ.ㄣ.ㄒㄧ

時間

早上

白天
（中午）

あさ
朝
a.sa
ㄚ.ㄙㄚ

ひる
昼
hi.ru
ㄏㄧ.ㄌㄨ

黄昏

晚上

ゆう
夕
yu.u
ㄧㄨ.ㄨ

ばん
晚
ba.n
ㄅㄚ.ㄣ

半夜

上午

ま よ なか
真夜中
ma.yo.na.ka
ㄇㄚ.ㄧㄛ.ㄋㄚ.ㄎㄚ

ご ぜん
午前
go.ze.n
ㄍㄛ.ㄗㄝ.ㄣ

下午

正午

ご ご
午後
go.go
ㄍㄛ.ㄍㄛ

しょう ご
正午
sho.u.go
ㄒㄧㄛ.ㄨ.ㄍㄛ

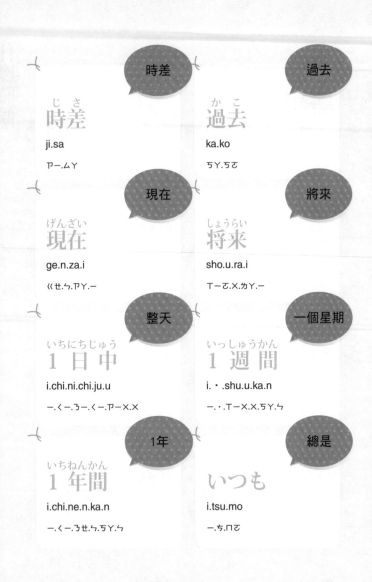

時差

じ さ
時差

ji.sa

ㄐㄧ－.ㄙㄚ

過去

か こ
過去

ka.ko

ㄎㄚ.ㄎㄛ

現在

げんざい
現在

ge.n.za.i

ㄍㄝ.ㄣ.ㄗㄚ.ㄧ－

將來

しょうらい
将来

sho.u.ra.i

ㄒㄧㄛ.ㄨ.ㄌㄚ.ㄧ－

整天

いちにちじゅう
1 日 中

i.chi.ni.chi.ju.u

ㄧ－.ㄑㄧ－.ㄋㄧ－.ㄑㄧ－.ㄐㄩ.ㄨ

一個星期

いっしゅうかん
1 週 間

i.・.shu.u.ka.n

ㄧ－.・.ㄒㄧㄨ.ㄨ.ㄎㄚ.ㄣ

1年

いちねんかん
1 年間

i.chi.ne.n.ka.n

ㄧ－.ㄑㄧ－.ㄋㄝ.ㄣ.ㄎㄚ.ㄣ

總是

いつも

i.tsu.mo

ㄧ－.ㄘ.ㄇㄛ

偶而

たまに
ta.ma.ni
ㄊㄚ.ㄇㄚ.ㄋㄧ

現在

いま
今
i.ma
ㄧ.ㄇㄚ

剛才

さっき
sa.・.ki
ㄙㄚ.・.ㄎㄧ

以後

あと
後で
a.to.de
ㄚ.ㄊㄛ.ㄉㄝ

最近

さいきん
最近
sa.i.ki.n
ㄙㄚ.ㄧ.ㄎㄧ.ㄣ

就要

そろそろ
so.ro.so.ro
ㄙㄛ.ㄌㄛ.ㄙㄛ.ㄌㄛ

遲到

ち こく
遅刻する
chi.ko.ku.su.ru
ㄑㄧ.ㄎㄛ.ㄎㄨ.ㄙㄛ.ㄌㄨ

早到

はや つ
早く着く
ha.ya.ku.tsu.ku
ㄏㄚ.ㄧㄚ.ㄎㄨ.ㄘ.ㄎㄨ

7.為什麼

第1天 第2天 第3天 第4天 第5天

句型

為什麼 做某事

どうして 動詞 ますか。

do.u.shi.te.　　　　　ma.su.ka

ㄉㆤ.ㄨ.ㄒㄧ-.ㄊㆤ.　　　ㄇㄚ.ㄙ.ㄎㄚ

例句

▶ 為什麼需要雨傘呢？

どうして 傘^{かさ}がいりますか。

do.u.shi.te.　　ka.sa. ga.i.ri.ma.su.ka

ㄉㆤ.ㄨ.ㄒㄧ-.ㄊㆤ.　ㄎㄚ.ㄙㄚ.ㄍㄚ.-.ㄌㄧ-.ㄇㄚ.ㄙ.ㄎㄚ

▶ 因為會下雨。

雨^{あめ}が 降^ふるからです。

a.me.ga.　fu.ru.ka.ra.de.su

ㄚ.ㄇㆤ.ㄍㄚ.　ㄈㄨ.ㄌㄨ.ㄎㄚ.ㄌㄚ.ㄉㆤ.ㄙ

* 【から】表示理由。

8.怎麼樣

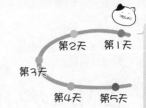

第1天　第2天　第3天　第4天　第5天

句型

如何、怎麼　**做某事**

どうやって　**動詞**　ますか。

do.u.ya・.te　ma.su.ka

ㄉㄛ.ㄨ.ㄧㄚ..ㄊㄝ.　ㄇㄚ.ㄙ.ㄎㄚ

例句

▶ 怎麼去東京車站呢？

とうきょうえき
東京駅に　どうやって　行きますか。

to.u.kyo.u.e.ki.ni.　do.u.ya・.te.　i.ki.ma.su.ka

ㄊㄛ.ㄨ.ㄎㄧㄛ.ㄨ.ㄝ.ㄎㄧ.ㄋㄧ.　ㄉㄛ.ㄨ.ㄧㄚ..ㄊㄝ.　ㄧ.ㄎㄧ.ㄇㄚ.ㄙ.ㄎㄚ

*【に】前面的名詞表示移動的方向。

▶ 搭地下鐵。

ち か てつ　 の
地下鉄に乗ります。

chi.ka.te.tsu.ni.no.ri.ma.su

ㄑㄧ.ㄎㄚ.ㄊㄝ.ㄘ.ㄋㄧ.ㄋㄛ.ㄌㄧ.ㄇㄚ.ㄙ

▶ 去淺草的車票怎麼買？

<ruby>浅草<rt>あさくさ</rt></ruby><ruby>行<rt>い</rt></ruby>きの<ruby>切符<rt>きっぷ</rt></ruby>はどうやって
<ruby>買<rt>か</rt></ruby>いますか。

a.sa.ku.sa.i.ki.no.ki.・.pu.wa.do.u.ya.・.te.
ka.i.ma.su.ka

ㄚ.ㄙㄚ.ㄎㄨ.ㄙㄚ.ㄧ.ㄎㄧ.ㄋㄛ.ㄎㄧ.・.ㄆㄨ.ㄨㄚ.　ㄉㄛ.ㄨ.ㄧㄚ.・.ㄊㄝ.
ㄎㄚ.ㄧ.ㄇㄚ.ㄙㄨ.ㄎㄚ

▶ 蛋包飯要怎麼做？

オムライスはどうやって<ruby>作<rt>つく</rt></ruby>りますか。

o.mu.ra.i.su.wa.do.u.ya.・.te.tsu.ku.ri.ma.su.ka

ㄛ.ㄇㄨ.ㄌㄚ.ㄧ.ㄙㄨ.ㄨㄚ.ㄉㄛ.ㄨ.ㄧㄚ.・.ㄊㄝ.ㄘ.ㄎㄨ.ㄌㄧ.ㄇㄚ.ㄙㄨ.ㄎㄚ

▶ 錄影機要怎麼使用？

ビデオはどうやって<ruby>使<rt>つか</rt></ruby>いますか。

bi.de.o.wa.do.u.ya.・.te.tsu.ka.i.ma.su.ka

ㄅㄧ.ㄉㄝ.ㄛ.ㄨㄚ.ㄉㄛ.ㄨ.ㄧㄚ.・.ㄊㄝ.ㄘ.ㄎㄚ.ㄧ.ㄇㄚ.ㄙㄨ.ㄎㄚ

超實用
應用句

1. 會   4. 想

2. 可以   5. 請

3.（曾經）～過

1.會

第1天
第2天
第3天
第4天
第5天

句型

會 A（名詞）

A（名詞）　**が　できます。**

ga.　de.ki.ma.su
《ㄚ.　ㄉㄝ.ㄎㄧ-.ㄇㄚ.ㄙㄨ

不會 A（名詞）

A（名詞）　**が　できません。**

ga.　de.ki.ma.se.n
《ㄚ.　ㄉㄝ.ㄎㄧ-.ㄇㄚ.ㄇㄚ.ㄙㄝ.ㄣ

例句

▶ 會一點日語。

日本語が　　少し　　できます。
に ほん ご　　すこ

ni.ho.n.go.ga.　su.ko.shi.　de.ki.ma.su
ㄋㄧ-.ㄏㄛ.ㄣ.《ㄛ.《ㄚ.　ㄙㄨ.ㄎㄛ.ㄒㄧ-.　ㄉㄝ.ㄎㄧ-.ㄇㄚ.ㄙㄨ

* 請參考光碟附錄 **[動詞活用變化表]** 的 **[可能形]**。

* （可能形）〜る→（可能形）〜ます。

* **[が]** 前面的名詞表示能力或可能的內容。

▶ 不會日語。

日本語ができません。

ni.ho.n.go.ga.de.ki.ma.se.n

ㄋㄧ.ㄏㄛ.ㄣ.ㄍㄛ.ㄍㄚ.ㄉㄝ.ㄎㄧ.ㄇㄚ.ㄙㄝ.ㄣ

▶ 不會開車

運転できません。

u.n.te.n.de.ki.ma.se.n

ㄨ.ㄣ.ㄊㄝ.ㄣ.ㄉㄝ.ㄎㄧ.ㄇㄚ.ㄙㄝ.ㄣ

關鍵單字

能力、技能

英語
英語
えいご
e.i.go
ㄟ.-.ㄍㄛ

法語
フランス語
ご
fu.ra.n.su.go
ㄈㄨ.ㄌㄚ.ㄣ.ㄙㄨ.ㄍㄛ

中文
中国語
ちゅうごくご
chu.u.go.ku.go
ㄑㄩ.ㄨ.ㄍㄛ.ㄎㄨ.ㄍㄛ

游泳
水泳
すいえい
su.i.e.i
ㄙㄨ.-.ㄝ.-

做菜
料理
りょうり
ryo.u.ri
ㄌㄧㄛ.ㄨ.ㄌㄧ

鋼琴
ピアノ
pi.a.no
ㄆㄧ.ㄚ.ㄋㄛ

跳舞
ダンス
da.n.su
ㄉㄚ.ㄣ.ㄙ

駕駛
運転
うんてん
u.n.te.n
ㄨ.ㄣ.ㄊㄝ.ㄣ

翻譯

ほんやく
翻訳

ho.n.ya.ku

ㄏㄛ.ㄣ.ㄧㄚ.ㄎㄨ

能夠

可能

できる

かのう
可能な

de.ki.ru

ka.no.u.na

ㄉㄝ.ㄎㄧ.ㄌㄨ

ㄎㄚ.ㄋㄛ.ㄨ.ㄋㄚ

難

簡單

むつか
難しい

かんたん
簡単な

mu.tsu.ka.shi.i

ka.n.ta.n.na

ㄇㄨ.ㄘ.ㄎㄚ.ㄒㄧ.ㄧ

ㄎㄚ.ㄣ.ㄊㄚ.ㄣ.ㄋㄚ

達者な
たっしゃ

ta. • .sha.na

ㄊㄚ.•.ㄒㄧㄚ.ㄋㄚ

ペラペラな

pe.ra.pe.ra.na

ㄆㄝ.ㄌㄚ.ㄆㄝ.ㄌㄚ.ㄋㄚ

長けている
た

ta.ke.te.i.ru

ㄊㄚ.ㄎㄝ.ㄊㄝ.ㄧ.ㄌㄨ

堪能な
たんのう

ta.n.no.u.na

ㄊㄚ.ㄣ.ㄋㄛ.ㄨ.ㄋㄚ

上手な
じょうず

jo.u.zu.na

ㄗㄧㄛ.ㄨ.ㄗㄨ.ㄋㄚ

上手い
うま

u.ma.i

ㄨ.ㄇㄚ.ㄧ

下手な
へた

he.ta.na

ㄏㄝ.ㄊㄚ.ㄋㄚ

器用な
きよう

ki.yo.u.na

ㄎㄧ.ㄧㄛ.ㄨ.ㄋㄚ

2.可以

第1天 第2天 第3天 第4天 第5天

句型1

這裡可以抽菸。

ここで　タバコ　が　吸^すえます。

ko.ko.de.　ta.ba.ko.　ga.　su.e.ma.su

ㄎㄛ.ㄎㄛ.ㄉㄝ.　ㄊㄚ.ㄅㄚ.ㄎㄛ.　ㄍㄚ.　ㄙㄝ.ㄇㄚ.ㄙㄨ

* 請參考光碟附錄 [動詞活用變化表] 的 [可能形]。
* (可能形)～る→(可能形)～ます。
* [ここ] 是指示代名詞。
* [で] 前面的名詞表示場所。

句型2

這裡不可以抽菸。

ここで　タバコ　は　吸^すえません。

ko.ko.de.　ta.ba.ko.　wa.　su.e.ma.se.n

ㄎㄛ.ㄎㄛ.ㄉㄝ.　ㄊㄚ.ㄅㄚ.ㄎㄛ.　ㄨㄚ.　ㄙㄝ.ㄇㄚ.ㄙㄝ.ㄣ

* [は] 前面的名詞表示主語。

NO!

關鍵單字

可以

饒恕

ゆる
許す

yu.ru.su

ー×.ㄌ×.ㄥ

原諒

かんべん
勘弁する

ka.n.be.n.su.ru

ㄎㄚ.ㄣ.ㄅㄝ.ㄣ.ㄙ.ㄌ×

承認

みと
認める

mi.to.me.ru

ㄇー.ㄊㄛ.ㄇㄝ.ㄌ×

承認

しょうにん
承認する

sho.u.ni.n.su.ru

ㄒーㄛ.×.ㄋー.ㄣ.ㄙ.ㄌ×

同意

しょうち
承知する

sho.u.chi.su.ru

ㄒーㄛ.×.ㄑー.ㄙ.ㄌ×

默認

もくにん
黙認する

mo.ku.ni.n.su.ru

ㄇㄛ.ㄎ×.ㄋー.ㄣ.ㄙ.ㄌ×

認可

ぜ にん
是認する

ze.ni.n.su.ru

ㄗㄝ.ㄋー.ㄣ.ㄙ.ㄌ×

禁止

きん
禁じる

ki.n.ji.ru

ㄎー.ㄣ.ㄗー.ㄌ×

禁止

禁止
きんし
ki.n.shi

ㄎㄧˋ.ㄣ.ㄒㄧˉ

承認

容認する
ようにん
yo.u.ni.n.su.ru

ㄧˉㄛ.ㄨ.ㄋㄧˉ.ㄣ.ㄙ.ㄌㄨ

許可

許可する
きょか
kyo.ka.su.ru

ㄎㄧˉㄛ.ㄎㄚ.ㄙ.ㄌㄨ

批准

認可する
にんか
ni.n.ka.su.ru

ㄋㄧˉ.ㄣ.ㄎㄚ.ㄙ.ㄌㄨ

不要穿鞋
進入

土足禁止
どそくきんし
do.so.ku.ki.n.shi

ㄉㄛ.ㄙㄛ.ㄎㄨ.ㄎㄧˋ.ㄣ.ㄒㄧˉ

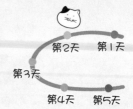

3.(曾經)～過

第2天　第1天

第3天

第4天　第5天

句型1

昨天去了北海道。

きのう　　ほっかいどう　　　い
昨日　北海道　　へ　行きました。

ki.no.u.　ho.・.ka.i.do.u.　e.　i.ki.ma.shi.ta

ㄎㄧ-.ㄋㄡㄨ.　ㄏㄛ.・.ㄎㄞ-.ㄉㄛㄨ.　ㄝ.　ㄧ-ㄎㄧ-.ㄇㄚ.ㄒㄧ-.ㄊㄚ

* 請看附錄 [動詞活用變化表] 的 [ます形]，～ます→～ました。
* [へ] 前面的名詞表示移動的方向。

句型2

以前有去過北海道。

いぜん　　ほっかいどう　　　い
以前　北海道　　へ　行ったことがあります。

i.ze.n.　ho.・.ka.i.do.u.　e.　i.・.ta.ko.to.ga.a.ri.ma.su

ㄧ-.ㄗㄝ.ㄣ.　ㄏㄛ.・.ㄎㄚ-.ㄉㄛㄨ.　ㄝ-.・.ㄊㄚ.ㄎㄛㄊㄛ.ㄍㄚ.ㄚ.ㄌㄧ-.ㄇㄚㄙ

* 請參考光碟附錄 [動詞活用變化表] 的 [た形]。

例句

▶ 讀過那本小說。

しょうせつ　よ
その小説を読んだことがあります。

so.no.sho.u.se.tsu.wo.yo.n.da.ko.to.ga.a.ri.ma.su

ㄙㄛ.ㄋㄛ.ㄒㄧ-ㄛ.ㄨ.ㄙㄝ.ㄘ.ㄘ.ㄨㄛ.ㄧ-ㄛ.ㄣ.ㄉㄚ.ㄎㄛ.ㄊㄛ.ㄍㄚ.ㄚ.ㄌㄧ-.ㄇㄚㄙ

(曾經)～過

以前

むかし
昔
mu.ka.shi
ㄇㄨˋ.ㄎㄚ.ㄒㄧˊ

過去

か こ
過去
ka.ko
ㄎㄚ.ㄎㄛ

昔日

かつて
ka.tsu.te
ㄎㄚ.ㄘ.ㄊㄝ

經驗

けいけん
経験
ke.i.ke.n
ㄎㄝ.ㄧˊ.ㄎㄝ.ㄣ

體驗

たいけん
体験
ta.i.ke.n
ㄊㄚ.ㄧˊ.ㄎㄝ.ㄣ

見聞

けんぶん
見聞
ke.n.bu.n
ㄎㄝ.ㄣ.ㄅㄨˋ.ㄣ

體會

たいとく
体得
ta.i.to.ku
ㄊㄚ.ㄧˊ.ㄊㄛˊ.ㄎㄨ

親身體驗

み   し
身をもって知る
mi.wo.mo.・.te.shi.ru
ㄇㄧˊ.ㄛˋ.ㄇㄛˊ.・.ㄊㄝ.ㄒㄧˋ.ㄌㄨ

常常

よく
yo.ku

ㄧㆆ˙ㄎㄨ

多次地

たびたび
ta.bi.ta.bi

ㄊㄚ˙ㄅㄧ˙ㄊㄚ˙ㄅㄧ

屢次

しばしば
shi.ba.shi.ba

ㄒㄧ˙ㄅㄚ˙ㄒㄧ˙ㄅㄚ

好幾次

なん ど
何度も
na.n.do.mo

ㄋㄚ˙ㄣ˙ㄉㆆ˙ㄇㆆ

曾經～
有過～

～た-こと
がある
~ta.-ko.to.ga.a.ru

～ㄊㄚ-ㄎㆆ˙ㄊㆆ˙ㄍㄚ˙ㄚ˙ㄌㄨ

感慨地回憶

～た-ものだ
~ta.-mo.no.da

～ㄊㄚ-ㄇㆆ˙ㄋㆆ˙ㄉㄚ

4.想

第2天 第1天
第3天
第4天 第5天

句型

想 做（什麼事）

A（名詞）	が	B（動詞）	たいです。
	ga.		ta.i.de.su
	ㄍㄚ.		ㄊㄚ.ㄧ.ㄉㄝ.ㄙㄨ

不想 做（什麼事）

A（名詞）	が	B（動詞）	たくないです。
	ga.		ta.ku.na.i.de.su
	ㄍㄚ.		ㄊㄚ.ㄎㄨ.ㄋㄚ.ㄧ.ㄉㄝ.ㄙㄨ

例句

▶ 想要去購物。

ショッピング が したいです。

sho.・.pi.n.gu.   ga.   shi.ta.i.de.su

ㄒㄧㄛ.・.ㄆㄧ-.ㄅ.ㄍㄨ.   ㄍㄚ.   ㄒㄧ-.ㄊㄚ.ㄧ-.ㄉㄝ.ㄙㄨ

* 請參考光碟附錄 **[動詞活用變化表]** 的 **[ます形]**，～ます→～た
い。

▶ 想去聽音樂會。

音楽会を聞きに行きたいです。
おんがっかい　き　い

o.n.ga.・.ka.i.wo.ki.ki.ni.i.ki.ta.i.de.su

ㄛ.ㄣ.ㄍㄚ.・.ㄎㄚ.ㄧ.ㄛ.ㄎㄧ.ㄎㄧ.ㄋㄧ.ㄧ.ㄎㄧ.ㄊㄚ.ㄧ.ㄉㄜ.ㄙ

▶ 不想吃生魚片。

刺身は食べたくないです。
さしみ　た

sa.shi.mi.wa.ta.be.ta.ku.na.i.de.su

ㄙㄚ.ㄒㄧ.ㄇㄧ.ㄨㄚ.ㄊㄚ.ㄅㄜ.ㄊㄚ.ㄎㄨ.ㄋㄚ.ㄧ.ㄉㄜ.ㄙ

* 請參考光碟附錄【動詞活用變化表】的【ます形】，～ます→～た
くない。

▶ 不想喝咖啡。

コーヒーは飲みたくないです。
の

ko.-.hi.-.wa.no.mi.ta.ku.na.i.de.su

ㄎㄛ.～.ㄏㄧ.～.ㄨㄚ.ㄋㄛ.ㄇㄧ.ㄊㄚ.ㄎㄨ.ㄋㄚ.ㄧ.ㄉㄜ.ㄙ

活動

運動

うんどう
運動
u.n.do.u
ㄨ.ㄣ.ㄉㄛ.ㄨ

慢跑

ジョギング
jo.gi.n.gu
ㄐㄧㄛ.ㄍˋ一.ㄣ.ㄍㄨ

戀愛

こい
恋
ko.i
ㄎㄛ.一

約會

デート
de.-.to
ㄉㄝ.～.ㄊㄛ

結婚

けっこん
結婚
ke.・.ko.n
ㄎㄝ.・.ㄎㄛ.ㄣ

參觀

けんがく
見学
ke.n.ga.ku
ㄎㄝ.ㄣ.ㄍㄚ.ㄎㄨ

預訂

よ やく
予約
yo.ya.ku
一ㄛ.一ㄚ.ㄎㄨ

旅行

りょこう
旅行
ryo.ko.u
ㄌ一ㄛ.ㄎㄛ.ㄨ

* 羅馬拼音的「-」要發長音；ㄅㄆㄇ拼音的「～」要發長音。

想

請求

願う
ne.ga.u

ㄋㄝ.ㄍㄚ.ㄨ

希望

望む
no.zo.mu

ㄋㄛ.ㄗㄛ.ㄇㄛ

希望

願望する
ga.n.bo.u.su.ru

ㄍㄚ.ㄣ.ㄅㄛ.ㄨ.ㄙ.ㄌㄨ

希望

希望する
ki.bo.u.su.ru

ㄎㄧ-.ㄅㄛ.ㄨ.ㄙ.ㄌㄨ

盼望

切望する
se.tsu.bo.u.su.ru

ㄙㄝ.ㄘ.ㄅㄛ.ㄨ.ㄙ.ㄌㄨ

看起來
希望～
的樣子

～た-そうだ
~ta-so.u.da

～ㄊㄚ-ㄙㄛ.ㄨ.ㄉㄚ

希望～

～た-がる
~ta-ga.ru

～ㄊㄚ-ㄍㄚ.ㄌㄨ

想要

欲しい
ho.shi.i

ㄏㄛ.ㄒㄧ-.ㄧ-

5. 請

第2天　第1天　第3天　第4天　第5天

句型1

請給我什麼 (名詞)

A (名詞)　　を　ください。

wo.　ku.da.sa.i
ㄛ.　ㄎㄨ.ㄉㄚ.ㄙㄚ.ㄧ

句型2

請做什麼 (動詞)

B (て形動詞)　くださいい。

ku.da.sa.i
ㄎㄨ.ㄉㄚ.ㄙㄚ.ㄧ

例句

▶ 請給我酒。

お酒をください。

o.sa.ke.wo.ku.da.sa.i
ㄛ.ㄙㄚ.ㄎㄝ.ㄛ.ㄎㄨ.ㄉㄚ.ㄙㄚ.ㄧ

091

▶ 請給我冰水。

お冷をください。

o.hi.ya.wo.ku.da.sa.i

ㄛ.ㄏㄧ-.ㄚ.ㄛ.ㄎㄨ.ㄉㄚ.ㄙㄚ.ㄧ

▶ 請給我熱的。

熱いのをください。

a.tsu.i.no.wo.ku.da.sa.i

ㄚ.ㄘ-.ㄋㄛ.ㄛ.ㄎㄨ.ㄉㄚ.ㄙㄚ.ㄧ

▶ 請教我購票的方法。

切符の買い方を教えてください。

ki.・・.pu.no.ka.i.ka.ta.wo.o.shi.e.te.ku.da.sa.i

ㄎㄧ.・・.ㄆㄨ.ㄋㄛ.ㄎㄚ.ㄧ.ㄎㄚ.ㄊㄚ.ㄛ.ㄛ.ㄒㄧ.ㄝ.ㄊㄝ.ㄎㄨ.ㄉㄚ.ㄙㄚ.ㄧ

* 請參考光碟附錄 [動詞活用變化表] 的 [て形]。

關鍵單字

菜單

メニュー

me.nyu.-

ㄇㄝ.ㄋㄧㄨ.～

目錄

カタログ

ka.ta.ro.gu

ㄎㄚ.ㄊㄚ.ㄌㄛ.ㄍㄨ

照片

しゃしん
写真

sha.shi.n

ㄒㄧㄚ.ㄒㄧ.ㄣ

傘

かさ
傘

ka.sa

ㄎㄚ.ㄙㄚ

指南

ガイドブック

ga.i.do.bu.・.ku

ㄍㄚ.ㄧ.ㄉㄛ.ㄅㄨ.・.ㄎㄨ

寫法

か かた
書き方

ka.ki.ka.ta

ㄎㄚ.ㄎㄧ.ㄎㄚ.ㄊㄚ

做法

つく かた
作り方

tsu.ku.ri.ka.ta

ㄘ.ㄎㄨ.ㄌㄧ.ㄎㄚ.ㄊㄚ

用法

つか かた
使い方

tsu.ka.i.ka.ta

ㄘ.ㄎㄚ.ㄧ.ㄎㄚ.ㄊㄚ

093

食べ方
ta.be.ka.ta

ㄊㄚ.ㄅㄜ.ㄎㄚ.ㄊㄚ

吃法

電車時刻表
de.n.sha.ji.ko.ku.hyo.u

ㄉㄝ.ㄣ.ㄒㄧㄚ.ㄐㄧ.ㄎㄛ.ㄎㄨ.ㄏㄛ.ㄨ

火車時刻表

操作
so.u.sa

ㄙㄛ.ㄨ.ㄙㄚ

操作

～て-ください
~te.-ku.da.sa.i

～ㄊㄝ.-ㄎㄨ.ㄉㄚ.ㄙㄚ.ㄧ

請～

～てちょうだい
~te.cho.u.da.i

～ㄊㄝ.ㄑㄧㄛ.ㄨ.ㄉㄚ.ㄧ

請～

～てもらう
~te.mo.ra.u

～ㄊㄝ.ㄇㄛ.ㄌㄚ.ㄨ

讓我～

～てあげる
~te.a.ge.ru

～ㄊㄝ.ㄚ.ㄍㄝ.ㄌㄨ

幫忙～

お願いする
o.ne.ga.i.su.ru

ㄛ.ㄋㄝ.ㄍㄚ.ㄧ.ㄙㄨ.ㄌㄨ

請求幫助

不會不行的
打招呼語

1. 你好
2. 再見
3. 謝謝
4. 不客氣
5. 對不起
6. 請問
7. 隨聲附和

1.你好

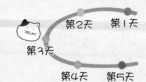

第1天 第2天 第3天 第4天 第5天

1 你好

こんにちは。

ko.n.ni.chi.wa

ㄎㄛ.ㄣ.ㄋㄧ.ㄑㄧ.ㄨㄚ

2 早安

おはようございます。

o.ha.yo.u.go.za.i.ma.su

ㄛ.ㄏㄚ.ㄧㄛ.ㄨ.ㄍㄛ.ㄗㄚ.ㄧ.ㄇㄚ.ㄙㄨ

3 晚安

こんばんは。

ko.n.ba.n.wa

ㄎㄛ.ㄣ.ㄅㄚ.ㄣ.ㄨㄚ

4 晚安（睡前用語）

おやすみなさい。

o.ya.su.mi.na.sa.i

ㄛ.ㄧㄚ.ㄙㄨ.ㄇㄧ.ㄋㄚ.ㄙㄚ.ㄧ

⑤ 謝謝！

ありがとう。

a.ri.ga.to.u

ㄚ.ㄌㄧ.ㄍㄚ.ㄊㄛ.ㄨ

⑥ 不客氣！

どういたしまして。

do.u.i.ta.shi.ma.shi.te

ㄉㄛ.ㄨ.ㄧ.ㄊㄚ.ㄒㄧ.ㄇㄚ.ㄒㄧ.ㄊㄝ

⑦ 彼此，彼此！

こちらこそ。

ko.chi.ra.ko.so

ㄎㄛ.ㄑㄧ.ㄌㄚ.ㄎㄛ.ㄙㄛ

⑧ 對不起！

すみません。（失礼 しつれい）

su.mi.ma.se.n.（shi.tsu.re.i.）

ㄙ.ㄇㄧ.ㄇㄚ.ㄙㄝ.ㄣ.（ㄒㄧ.ㄘ.ㄌㄝ.ㄧ.）

⑨ 抱歉！

ごめんなさい。

go.me.n.na.sa.i

ㄍㄛ.ㄇㄝ.ㄣ.ㄋㄚ.ㄙㄚ.ㄧ

❿ 請不要在意！

気にしないで。

ki.ni.shi.na.i.de

ㄎㄧ.ㄋㄧ.ㄒㄧ.ㄋㄚ.ㄧ.ㄉㄝ

⓫ 了解了！

分かりました。

wa.ka.ri.ma.shi.ta

ㄨㄚ.ㄎㄚ.ㄌㄧ.ㄇㄚ.ㄒㄧ.ㄊㄚ

⓬ 不懂！不了解！

分かりません。

wa.ka.ri.ma.se.n

ㄨㄚ.ㄎㄚ.ㄌㄧ.ㄇㄚ.ㄙㄝ.ㄣ

⓭ 幸會！幸會！

はじめまして。

ha.ji.me.ma.shi.te

ㄏㄚ.ㄗㄧ.ㄇㄝ.ㄇㄚ.ㄒㄧ.ㄊㄝ

⓮ 我姓陳。

私は陳と言います。

wa.ta.shi.wa.chi.n.to.i.i.ma.su

ㄨㄚ.ㄊㄚ.ㄒㄧ.ㄨㄚ.ㄑㄧ.ㄣ.ㄊㄛ.ㄧ.ㄧ.ㄇㄚ.ㄙ

⓯ 來自台灣。

台湾<ruby>た<rt>たいわん</rt></ruby>から来<rt>き</rt>ました。

ta.i.wa.n.ka.ra.ki.ma.shi.ta

ㄊㄚˋ－．ㄨㄚ．ㄣ．ㄎㄚ．ㄌㄚ．ㄎㄧˋ．ㄇㄚˋ－－．ㄊㄚ

⓰ 初次見面，我姓陳。

はじめまして、陳<rt>ちん</rt>と言<rt>い</rt>います。

ha.ji.me.ma.shi.te.,.chi.n.to.i.i.ma.su

ㄏㄚˋ．ㄗㄧˋ－．ㄇㄝ．ㄇㄚˋ．ㄒㄧˋ－．ㄊㄝ．ˋ．ㄑㄧˋ－．ㄣ．ㄊㄛˋ．－．－．ㄇㄚ．ㄙ

⓱ 我叫鈴木。請多指教。

鈴木<rt>すずき</rt>です。よろしくお願<rt>ねが</rt>いします

su.zu.ki.de.su.　yo.ro.shi.ku.o.ne.ga.i.shi.ma.su

ㄙ．ㄗㄨˋ．ㄎㄧˋ－．ㄉㄝˋㄙ．　－ㄛˋ．ㄌㄛˋ．ㄒㄧˋ－．ㄎㄨˋ．ㄛˋ．ㄋㄝˋ．ㄍㄚ．－．ㄒㄧˋ－．ㄇㄚ．ㄙ

⓲ 彼此彼此，請多多指教！

こちらこそ、よろしく。

ko.chi.ra.ko.so.,　yo.ro.shi.ku

ㄎㄛˋ．ㄑㄧˋ－．ㄌㄚ．ㄎㄛˋ．ㄙㄛˋ．ˋ　－ㄛˋ．ㄌㄛˋ．ㄒㄧˋ－．ㄎㄨ

2.再見

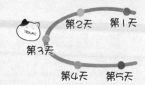

第2天　第1天
第3天
第4天　第5天

高頻使用句

1 請保重！

お元気で。

o.ge.n.ki.de

ㄛ.ㄍㄝ.ㄣ.ㄎㄧˉ.ㄌㄝ

2 請小心！

お気をつけて。

o.ki.wo.tsu.ke.te

ㄛ.ㄎㄧˉ.ㄛ.ㄘ.ㄎㄝ.ㄊㄝ

3 祝旅途愉快！

ご旅行楽しんでください。

go.ryo.ko.u.ta.no.shi.n.de.ku.da.sa.i

ㄍㄛ.ㄌㄧ-ㄛ.ㄎㄛ.ㄨ.ㄊㄚ.ㄋㄛ.ㄒㄧ-.ㄣ.ㄌㄝ.ㄎㄨ.ㄌㄚ.ㄙㄚ.ㄧ

4 讓我們再次見面吧！

またお会いしましょう。

ma.ta.o.a.i.shi.ma.sho.u

ㄇㄚ.ㄊㄚ.ㄛ.ㄚ.ㄧ-.ㄒㄧ-.ㄇㄚ.ㄒㄧ-ㄛ.ㄨ

❺ 再見！

またね。

ma.ta.ne

ㄇㄚ.ㄊㄚ.ㄋㄝ

❻ 承蒙您照顧了！

お世話になりました。
<ruby>世<rt>せ</rt></ruby> <ruby>話<rt>わ</rt></ruby>

o.se.wa.ni.na.ri.ma.shi.ta

ㄛ.ㄙㄝ.ㄨㄚ.ㄋㄧ-.ㄋㄚ.ㄌㄧ-.ㄇㄚ.ㄒㄧ-.ㄊㄚ

❼ 要常聯絡唷！

時々連絡ください。
ときどきれんらく

to.ki.do.ki.re.n.ra.ku.ku.da.sa.i

ㄊㄛ.ㄎㄧ-.ㄉㄛ.ㄎㄧ-.ㄌㄝ.ㄅ.ㄌㄚ.ㄎㄨ.ㄎㄨ.ㄉㄚ.ㄙㄚ.ㄧ

❽ 能夠再次見面感到很高興！

お会いできてうれしかったです。
<ruby>会<rt>あ</rt></ruby>

o.a.i.de.ki.te.u.re.shi.ka. · .ta.de.su

ㄛ.ㄚ.ㄧ-.ㄉㄝ.ㄎㄧ-.ㄊㄝ.ㄨ.ㄌㄝ.ㄒㄧ-.ㄎㄚ. · .ㄊㄚ.ㄉㄝ.ㄙ

高頻使用句

① 謝謝!

ありがとう。

a.ri.ga.to.u

ㄚ.ㄌㄧ-.ㄍㄚ.ㄊㄛ.ㄨ

② 對不起!

すみません。

su.mi.ma.se.n

ㄙ.ㄇㄧ-.ㄇㄚ.ㄙㄝ.ㄣ

③ 感謝您!

どうもどうも。

do.u.mo.do.u.mo

ㄉㄛ.ㄨ.ㄇㄛ.ㄉㄛ.ㄨ.ㄇㄛ

④ 非常謝謝您!

<ruby>本当<rt>ほんとう</rt></ruby>にありがとう。

ho.n.to.u.ni.a.ri.ga.to.u

ㄏㄛ.ㄣ.ㄊㄛ.ㄨ.ㄋㄧ-.ㄚ.ㄌㄧ-.ㄍㄚ.ㄊㄛ.ㄨ

⑤ 非常感謝您！

いろいろどうもありがとう。

i.ro.i.ro.do.u.mo.a.ri.ga.to.u

ㄧ.ㄌㄛ.ㄧ.ㄌㄛ.ㄉㄛ.ㄨ.ㄇㄛ.ㄚ.ㄌㄧ.ㄍㄚ.ㄊㄛ.ㄨ

⑥ 感謝您！

感謝します。
かんしゃ

ka.n.sha.shi.ma.su

ㄎㄚ.ㄣ.ㄒㄧㄚ.ㄒㄧ.ㄇㄚ.ㄙ

⑦ 謝謝您的用心！

お気遣いありがとう。
き づか

o.ki.zu.ka.i.a.ri.ga.to.u

ㄛ.ㄎㄧ.ㄗㄨ.ㄎㄚ.ㄧ.ㄚ.ㄌㄧ.ㄍㄚ.ㄊㄛ.ㄨ

⑧ 真的感到非常抱歉！

本当に恐縮です。
ほんとう　きょうしゅく

ho.n.to.u.ni.kyo.u.shu.ku.de.su

ㄏㄛ.ㄣ.ㄊㄛ.ㄨ.ㄋㄧ.ㄎㄛ.ㄨ.ㄒㄧㄨ.ㄎㄨ.ㄉㄝ.ㄙ

4.不客氣

高頻使用句

❶ 不客氣！

どういたしまして。

do.u.i.ta.shi.ma.shi.te

ㄉㄛ.ㄨ.ㄧ.ㄊㄚ.ㄒㄧ.ㄇㄚ.ㄒㄧ.ㄊㄝ

❷ 不客氣！

いえいえ。

i.e.i.e

ㄧ.ㄝ.ㄧ.ㄝ

❸ 請！請！

どうぞどうぞ。

do.u.zo.do.u.zo

ㄉㄛ.ㄨ.ㄗㄛ.ㄉㄛ.ㄨ.ㄗㄛ

❹ 彼此，彼此！

こちらこそ。

ko.chi.ra.ko.so

ㄎㄛ.ㄑㄧ.ㄌㄚ.ㄎㄛ.ㄙㄛ

5.對不起

第2天　第1天
第3天
第4天　第5天

1 對不起！

すみません。

su.mi.ma.se.n

ㄙ.ㄇㄧ－.ㄇㄚ.ㄙㄝ.ㄣ

2 非常抱歉！

申し訳ありません。

もう　わけ

mo.u.shi.wa.ke.a.ri.ma.se.n

ㄇㄛ.ㄨ.ㄒㄧ－.ㄨㄚ.ㄎㄝ.ㄚ.ㄌㄧ－.ㄇㄚ.ㄙㄝ.ㄣ

3 對不起！

ごめんなさい。

go.me.n.na.sa.i

《ㄛ.ㄇㄝ.ㄣ.ㄋㄚ.ㄙㄚ.ㄧ－

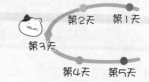

高頻使用句

1 請問一下。

ちょっとすみません。

cho.・.to.su.mi.ma.se.n

ㄑ-ㄛ.・.ㄊㄛ.ㄙㄨ.ㄇ-.ㄇㄚ.ㄙㄝ.ㄣ

2 請教一下。

お尋ねします。

o.ta.zu.ne.shi.ma.su

ㄛ.ㄊㄚ.ㄗㄨ.ㄋㄝ.ㄒ-.ㄇㄚ.ㄙ

3 可以請問一下嗎？

ちょっとお伺いしますが…

cho.・.to.o.u.ka.ga.i.shi.ma.su.ga

ㄑ-ㄛ.・.ㄊㄛ.ㄛ.ㄨ.ㄎㄚ.ㄍㄚ.-.ㄒ-.ㄇㄚ.ㄙ.ㄍㄚ

106

關鍵單字

打招呼

自我介紹

自己紹介
じ こ しょうかい

ji.ko.sho.u.ka.i

ㄐㄧ.ㄎㄛ.ㄒㄛ.ㄨ.ㄎㄚ.ㄧ

你好
（早上用語）

おはよう
(ございます)

o.ha.yo.u.(go.za.i.ma.su.)

ㄛ.ㄏㄚ.ㄧㄛ.ㄨ.(ㄍㄛ.ㄗㄚ.ㄧ.ㄇㄚ.ㄙㄨ.)

你好

こんにちは

ko.n.ni.chi.wa

ㄎㄛ.ㄣ.ㄋㄧ.ㄑㄧ.ㄨㄚ

你好
（晚上用語）

こんばんは

ko.n.ba.n.wa

ㄎㄛ.ㄣ.ㄅㄚ.ㄣ.ㄨㄚ

好久不見

(お)久し
ぶりです
ひさ

(o.)hi.sa.shi.bu.ri.de.su

(ㄛ.)ㄏㄧ.ㄙㄚ.ㄒㄧ.ㄅㄨ.ㄌㄧ.ㄉㄝ.ㄙㄨ

你好嗎？

(お)元気
ですか？
げん き

(o.)ge.n.ki.de.su.ka

(ㄛ.)ㄍㄝ.ㄣ.ㄎㄧ.ㄉㄝ.ㄙㄨ.ㄎㄚ

歡迎

ようこそ

yo.u.ko.so

ㄧㄛ.ㄨ.ㄎㄛ.ㄙㄛ

謝謝

ありがとう

a.ri.ga.to.u

ㄚ.ㄌㄧ.ㄍㄚ.ㄊㄛ.ㄨ

どういた
しまして

不客氣

do.u.i.ta.shi.ma.shi.te

ㄉㄛ.ㄨ.ㄧ.ㄊㄚ.ㄒㄧ.ㄇㄚ.ㄒㄧ.ㄊㄝ

すみません

對不起

su.mi.ma.se.n

ㄙ.ㄇㄧ.ㄇㄚ.ㄙㄝ.ㄣ

よろしく

請多指教

yo.ro.shi.ku

ㄧㄛ.ㄌㄛ.ㄒㄧ.ㄎㄨ

さようなら

再見

sa.yo.u.na.ra

ㄙㄚ.ㄧㄛ.ㄨ.ㄋㄚ.ㄌㄚ

またね！

再見！

ma.ta.ne

ㄇㄚ.ㄊㄚ.ㄋㄝ

じゃあね！

再見！

ja.a.ne

ㄐㄧㄚ.ㄚ.ㄚ.ㄋㄝ

また明日
あした
！

明天見！

ma.ta.a.shi.ta

ㄇㄚ.ㄊㄚ.ㄚ.ㄒㄧ.ㄊㄚ

お元気で
げんき
！

請多多
保重！

o.ge.n.ki.de

ㄛ.ㄍㄝ.ㄣ.ㄎㄧ.ㄉㄝ

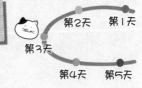

7.隨聲附和

第1天
第2天
第3天
第4天
第5天

高頻使用句

1 是這樣嗎？

へぇ。

he.e

ㄏㄟˊ.ㄝ

2 原來如此！

なるほど。

na.ru.ho.do

ㄋㄚ.ㄌㄨ.ㄏㄛ.ㄉㄛ

3 的確如此！

確かに。
<small>たし</small>

ta.shi.ka.ni

ㄊㄚ.ㄒㄧ.ㄎㄚ.ㄋㄧ

4 當然！

もちろん。

mo.chi.ro.n

ㄇㄛ.ㄑㄧ.ㄌㄛ.ㄣ

❺ 真的嗎？

<ruby>本<rt>ほん</rt></ruby><ruby>当<rt>とう</rt></ruby>？

ho.n.to.u

ㄏㄛ.ㄣ.ㄊㄛ.ㄨ

❻ 騙人！

<ruby>嘘<rt>うそ</rt></ruby>！

u.so

ㄨ.ㄙㄛ

❼ 真不敢相信！

<ruby>信<rt>しん</rt></ruby>じられない！

shi.n.ji.ra.re.na.i

ㄒㄧ.ㄣ.�-ㄐㄧ.ㄌㄚ.ㄌㄝ.ㄋㄚ.ㄧ

❽ 真棒！

すばらしい。

su.ba.ra.shi.i

ㄙ.ㄅㄚ.ㄌㄚ.ㄒㄧ.ㄧ

❾ 好厲害！

すごい！

su.go.i

ㄙ.ㄍㄛ.ㄧ

⑩ 很好！

それはいい！

so.re.wa.i.i

ㄙㄛ.ㄌㄝ.ㄨㄚ.ㄧ－.ㄧ

⑪ 真有趣！

それはおもしろい！

so.re.wa.o.mo.shi.ro.i

ㄙㄛ.ㄌㄝ.ㄨㄚ.ㄛ.ㄇㄛ.ㄒㄧ.ㄌㄛ.ㄧ

⑫ 了解！

わかりました。

wa.ka.ri.ma.shi.ta

ㄨㄚ.ㄎㄚ.ㄌㄧ－.ㄇㄚ.ㄒㄧ－.ㄊㄚ

⑬ 好！

よかった！

yo.ka.・.ta

ㄧㄛ.ㄎㄚ.・.ㄊㄚ

關鍵單字

真的？

ほんとう
本当？

ho.n.to.u

ㄏㄛ.ㄅ.ㄊㄛ.ㄨ

謊言！

うそ！

u.so

ㄨ.ㄙㄛ

那麼

さて

sa.te

ㄙㄚ.ㄊㄝ

哎呀！

ああ！

a.a

ㄚ.ㄚ

原來如此

なるほど

na.ru.ho.do

ㄋㄚ.ㄌㄨ.ㄏㄛ.ㄉㄛ

啊？

ええ？

e.e

ㄝ.ㄝ

對了

ところで

to.ko.ro.de

ㄊㄛ.ㄎㄛ.ㄌㄛ.ㄉㄝ

並且

そして

so.shi.te

ㄙㄛ.ㄒㄧ.ㄊㄝ

為何如此呢？

なぜなら

na.ze.na.ra

ㄋㄚ.ㄗㄝ.ㄋㄚ.ㄌㄚ

喂

ねえ

ne.e

ㄋㄝ.ㄝ

喂！

ちょっと！

cho.・.to

ㄑㄧㄛ.・.ㄊㄛ

總之

つまり

tsu.ma.ri

ㄘ.ㄇㄚ.ㄌㄧ

也就是說……

すなわち

su.na.wa.chi

ㄙ.ㄋㄚ.ㄨㄚ.ㄑㄧ

但是

でも

de.mo

ㄉㄝ.ㄇㄛ

而且

しかも

shi.ka.mo

ㄒㄧ.ㄎㄚ.ㄇㄛ

譬如

たとえば

ta.to.e.ba

ㄊㄚ.ㄊㄛ.ㄝ.ㄅㄚ

113

とにかく

不管怎樣

to.ni.ka.ku

ㄊㄛ.ㄋㄧ-.ㄎㄚ.ㄎㄨ

実は
じっ

其實

ji.tsu.wa

ㄐㄧ-.ㄘ.ㄨㄚ

それから？

然後？

so.re.ka.ra

ㄙㄛ.ㄌㄝ.ㄎㄚ.ㄌㄚ

大変だ！
たいへん

糟了

ta.i.he.n.da

ㄊㄚ.ㄧ-.ㄏㄝ.ㄣ.ㄉㄚ

もちろん

當然

mo.chi.ro.n

ㄇㄛ.ㄑㄧ-.ㄌㄛ.ㄣ

ほら！

嗻！

ho.ra

ㄏㄛ.ㄌㄚ

それで？

因此？

so.re.de

ㄙㄛ.ㄌㄝ.ㄉㄝ

そのとおり

你說的完全正確

so.no.to.o.ri

ㄙㄛ.ㄋㄛ.ㄊㄛ.ㄛ.ㄌㄧ

114

第 **4** 天

Hold 住場面
必備關鍵句

1.問路

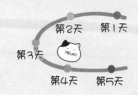

第1天 第2天 第3天 第4天 第5天

必學好用句

❶ 地點A在哪裡？

地點A	は どこですか。

地點A　　　wa　do.ko.de.su.ka

地點A　　　ㄨㄚ　ㄉㄛ.ㄎㄛ.ㄉㄝ.ㄙ.ㄎㄚ

❷ 地點A 要怎麼去？

地點A	には どうやって行けばいいですか。

地點A　　　ni.wa　do.u.ya.・.te.i.ke.ba.i.i.de.su.ka

地點A　　　ㄋㄧ.ㄨㄚ　ㄉㄛ.ㄨ.ㄧㄚ.・.ㄊㄝ.ㄧ.ㄎㄝ.ㄅ.ㄧ.ㄧ.ㄉㄝ.ㄙ.ㄎㄚ

高頻使用句

❶ 搭計程車的地點在哪裡？

タクシー乗り場はどこですか。

ta.ku.shi.-.no.ri.ba.wa.do.ko.de.su.ka

ㄊㄚ.ㄎㄨ.ㄒㄧ.~.ㄋㄛ.ㄌㄧ.ㄅㄚ.ㄨㄚ.ㄉㄛ.ㄎㄛ.ㄉㄝ.ㄙ.ㄎㄚ

② 地下鐵的車站在哪裡？

地下鉄の駅はどこですか。

chi.ka.te.tsu.no.e.ki.wa.do.ko.de.su.ka

ㄑㄧˋ.ㄎㄚˋ.ㄊㄝˋ.ㄘˋ.ㄋㄛˋ.ㄝˋㄧ.ㄨˊ.ㄎㄚˋ.ㄎㄛˋ.ㄎㄛˋ.ㄎㄝˋㄙˋ.ㄎㄚ

③ 這條是叫什麼路？

ここは何と言う通りですか。

ko.ko.wa.na.n.to.i.u.to.o.ri.de.su.ka

ㄎㄛˋ.ㄎㄛˋ.ㄨㄚˋ.ㄋㄚˋ.ㄣˋ.ㄊㄛˋ.ㄧˊ.ㄨˋ.ㄊㄛˋ.ㄎㄛˋ.ㄎㄚˋ.ㄎㄝˋㄙˋ.ㄎㄚ

④ 要怎麼去澀谷好呢？

渋谷にはどうやって行けばいいですか。

shi.bu.ya.ni.wa.do.u.ya.・.te.i.ke.ba.i.i.de.su.ka

ㄒㄧˋ.ㄅㄨˋ.ㄧㄚˋ.ㄋㄧˋ.ㄨㄚˋ.ㄎㄛˋㄨˋ.ㄧㄝˊ.・.ㄊㄝˋ.ㄎㄝˋㄅㄚˋ.ㄧ.ㄧˋ.ㄎㄝˋㄙˋ.ㄎㄞ

⑤ 我想要去這個購物中心。

このショッピングモールに行きたいのですが。

ko.no.sho.・.pi.n.gu.mo.-.ru.ni.i.ki.ta.i.no.de.su.ga

ㄎㄛˋ.ㄋㄛˋ.ㄒㄧㄛˋ.・.ㄆㄧˊㄅ.ㄍㄨˋ.ㄇㄛˋ.〜.ㄌㄨˋ.ㄋㄧˋ.ㄧˋ.ㄎㄧˋ.ㄊㄚˋ.ㄧˊ.ㄋㄛˋ.ㄎㄝˋㄙˋ.ㄍㄚ

⑥ 走路可以到購物中心嗎？

ショッピングモールまで歩いて行けますか。

sho.・.pi.n.gu.mo.-.ru.ma.de.a.ru.i.te.i.ke.ma.su.ka

ㄒㄧㄛˋ.・.ㄆㄧˊㄅ.ㄍㄨˋㄇㄛˋ.〜.ㄌㄨˋ.ㄇㄚˋㄉㄝˋ.ㄚˋ.ㄌㄨˋ.ㄧˊ.ㄊㄝˋ.ㄧˊ.ㄎㄝˋ.ㄇㄚˋㄙˋ.ㄎㄚ

❼ 如果走路去要花多少時間呢？

歩いてどのくらいかかりますか。

a.ru.i.te.do.no.ku.ra.i.ka.ka.ri.ma.su.ka

ㄚ.ㄌㄨ.一.ㄊㄝ.ㄉㄛ.ㄋㄛ.ㄎㄨ.ㄌㄚ.一.ㄎㄚ.ㄎㄚ.ㄌㄧ.ㄇㄚ.ㄙ.ㄎㄚ

❽ 是右邊嗎？

右ですか。

mi.gi.de.su.ka

ㄇ一.ㄍ一.ㄉㄝ.ㄙ.ㄎㄚ

❾ 是左邊嗎？

左ですか。

hi.da.ri.de.su.ka

ㄏ一.ㄉㄚ.ㄌㄧ.ㄉㄝ.ㄙ.ㄎㄚ

❿ 是直走嗎？

まっすぐですか。

ma.・.su.gu.de.su.ka

ㄇㄚ.・.ㄙ.ㄍㄨ.ㄉㄝ.ㄙ.ㄎㄚ

關鍵單字

地點

車站

えき
駅

e.ki

ㄝ.ㄎㄧ

廁所

トイレ

to.i.re

ㄊㄛ.ㄧ.ㄌㄝ

售票處

きっぷ う り ば
切符売り場

ki.・.pu.u.ri.ba

ㄎㄧ.・.ㄆㄨ.ㄨ.ㄌㄧ.ㄅㄚ

十字路口

こう さ てん
交差点

ko.u.sa.te.n

ㄎㄛ.ㄨ.ㄙㄚ.ㄊㄝ.ㄣ

加油站

ガソリンスタンド

ga.so.ri.n.su.ta.n.do

ㄍㄚ.ㄙㄛ.ㄌㄧ.ㄣ.ㄙㄨ.ㄊㄚ.ㄣ.ㄉㄛ

停車場

ちゅうしゃじょう
駐車場

chu.u.sha.jo.u

ㄑㄩ.ㄨ.ㄒㄧㄚ.ㄐㄛ.ㄨ

藥店

ドラッグストア

do.ra.・.gu.su.to.a

ㄉㄛ.ㄌㄚ.・.ㄍㄨ.ㄙㄛ.ㄊㄛ.ㄚ

超商

コンビニ

ko.n.bi.ni

ㄎㄛ.ㄣ.ㄅㄧ.ㄋㄧ

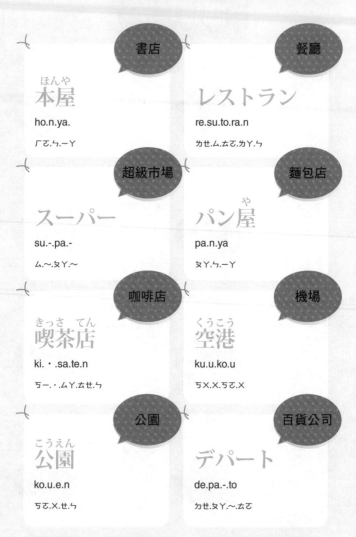

書店

ほんや
本屋

ho.n.ya.

ㄏㄛ.ㄣ.-ㄚ

餐廳

レストラン

re.su.to.ra.n

ㄌㄝ.ㄙ.ㄊㄛ.ㄌㄚ.ㄣ

超級市場

スーパー

su.-.pa.-

ㄙ.～.ㄆㄚ.～

麵包店

や
パン屋

pa.n.ya

ㄆㄚ.ㄣ.-ㄚ

咖啡店

きっさ　てん
喫茶店

ki.・.sa.te.n

ㄎㄧ.・.ㄙㄚ.ㄊㄝ.ㄣ

機場

くうこう
空港

ku.u.ko.u

ㄎㄨ.ㄨ.ㄎㄛ.ㄨ

公園

こうえん
公園

ko.u.e.n

ㄎㄛ.ㄨ.ㄝ.ㄣ

百貨公司

デパート

de.pa.-.to

ㄉㄝ.ㄆㄚ.～.ㄊㄛ

---

* 羅馬拼音的「-」要發長音；ㄅㄆㄇ拼音的「～」要發長音。

120

博物館

はくぶつかん
博物館

ha.ku.bu.tsu.ka.n

ㄏㄚ.ㄎㄨ.ㄅㄨ.ㄘ.ㄎㄚ.ㄣ

美術館

びじゅつかん
美術館

bi.ju.tsu.ka.n

ㄅㄧ.ㄖㄨ.ㄘ.ㄎㄚ.ㄣ

居酒屋

いざかや
居酒屋

i.za.ka.ya

ㄧ.ㄗㄚ.ㄎㄚ.ㄧㄚ

遊樂場

ゆうえんち
遊園地

yu.u.e.n.chi

ㄧㄨ.ㄨ.ㄝ.ㄣ.ㄑㄧ

商店街

しょうてんがい
商店街

sho.u.te.n.ga.i

ㄒㄧㄛ.ㄨ.ㄊㄝ.ㄣ.ㄍㄚ.ㄧ

神社

じんじゃ
神社

ji.n.ja

ㄐㄧ.ㄣ.ㄐㄧㄚ

寺廟

てら
お寺

o.te.ra

ㄛ.ㄊㄝ.ㄌㄚ

購物中心

ショッ
ピングモール

sho.・.pi.n.gu.mo.-.ru.

ㄒㄧㄛ.・.ㄆㄧ.ㄣ.ㄍㄨ.ㄇㄛ.～.ㄌㄨ

方向

左

ひだり
左
hi.da.ri.
ㄏㄧ.ㄌㄚ.ㄌㄧ

右

みぎ
右
mi.gi
ㄇㄧ.ㄍㄧ

對面

む
向こう
mu.ko.u
ㄇㄨ.ㄎㄛ.ㄨ

一直前進

ちょくしん
直進する
cho.ku.shi.n.su.ru
ㄑㄧㄛ.ㄎㄨ.ㄒㄧ.ㄣ.ㄙㄨ.ㄌㄨ

右轉

うせつ
右折する
u.se.tsu.su.ru
ㄨ.ㄙㄝ.ㄘ.ㄙㄨ.ㄌㄨ

左轉

させつ
左折する
sa.se.tsu.su.ru
ㄙㄚ.ㄙㄝ.ㄘ.ㄙㄨ.ㄌㄨ

後退

バックする
ba.・.ku.su.ru
ㄅㄚ.・.ㄎㄨ.ㄙㄨ.ㄌㄨ

前面

まえ
前
ma.e
ㄇㄚ.ㄝ

後面

うし
後ろ
u.shi.ro
ㄨ.ㄒㄧ.ㄌㄛ

左轉

させつ
左折
sa.se.tsu
ㄙㄚ.ㄙㄝ.ㄘ

右轉

うせつ
右折
u.se.tsu
ㄨ.ㄙㄝ.ㄘ

上面

うえ
上
u.e
ㄨ.ㄝ

下面

した
下
shi.ta
ㄒㄧ.ㄊㄚ

車
くるま
車
ku.ru.ma
ㄎㄨ.ㄌㄨ.ㄇㄚ

摩托車
オートバイ
o.-.to.ba.i
ㆆ.～.ㄊㆆ.ㄅㄚ.ㄧ

腳踏車
じ てん しゃ
自転車
ji.te.n.sha
ㄐㄧ.ㄊㆤ.ㄅ.ㄒㄧㄚ

電動腳踏車
でんどう　じ てんしゃ
電動アシスト自転車
de.n.do.u.a.shi.su.to.ji.te.n.sha
ㄉㆤ.ㄅ.ㄉㆆ.ㄨ.ㄚ.ㄒㄧ.ㄙㆆ.ㄊㆆ.ㄐㄧ.ㄊㆤ.ㄅ.ㄒㄧㄚ

卡車
トラック
to.ra.・.ku
ㄊㆆ.ㄌㄚ.・.ㄎㄨ

方向盤
ハンドル
ha.n.do.ru
ㄏㄚ.ㄅ.ㄉㆆ.ㄌㄨ

安全帶
シートベルト
shi.-.to.be.ru.to
ㄒㄧ.～.ㄊㆆ.ㄅㆤ.ㄌㄨ.ㄊㆆ

駕照
うんてんめんきょ
運転免許
u.n.te.n.me.n.kyo
ㄨ.ㄅ.ㄊㆤ.ㄅ.ㄇㆤ.ㄅ.ㄎㄧㆆ

道路

道路
どうろ
do.u.ro
カ乙.ㄨ.カ乙

高速公路

高速道路
こうそくどうろ
ko.u.so.ku.do.u.ro
丂乙.ㄨ.ㄙ乙.丂ㄨ.カ乙.ㄨ.カ乙

收費處

料金所
りょうきんじょ
ryo.u.ki.n.jo
カー乙.ㄨ.丂ー.ㄣ.ㄐ一乙

高速公路出入口

インターチェンジ
i.n.ta.-.che.n.ji
ー.ㄣ.ㄊㄚ.～.くーㄝ.ㄣ.ㄐー

汽油

ガソリン
ga.so.ri.n
《ㄚ.ㄙ乙.ㄌー.ㄣ

信號

信号
しんごう
shi.n.go.u
ㄒー.ㄣ.《乙.ㄨ

綠燈

青信号
あおしんごう
a.o.shi.n.go.u
ㄚ.乙.ㄒー.ㄣ.《乙.ㄨ

紅燈

赤信号
あかしんごう
a.ka.shi.n.go.u
ㄚ.丂ㄚ.ㄒー.ㄣ.《乙.ㄨ

125

彎曲

カーブ

ka.-.bu

ㄎㄚ.～.ㄅㄨ

停車

駐車する

ちゅうしゃ

chu.u.sha.su.ru

ㄑㄧㄨ.ㄨ.ㄒㄧㄚ.ㄙㄨ.ㄌㄨ

塞車

渋滞

じゅうたい

ju.u.ta.i

ㄐㄧㄨ.ㄨ.ㄊㄚ.ㄧ

違反交通
規則

交通違反

こうつう い はん

ko.u.tsu.u.i.ha.n

ㄎㄛ.ㄨ.ㄘㄨ.ㄨ.ㄧ.ㄏㄚ.ㄅ

限制速度

制限速度

せいげんそく ど

se.i.ge.n.so.ku.do

ㄙㄝ.ㄧ.ㄍㄝ.ㄅ.ㄙㄛ.ㄎㄨ.ㄉㄛ

超速違規

スピード違反

い はん

su.pi.-.do.i.ha.n

ㄙ.ㄆㄧ.～.ㄉㄛ.～.ㄏㄚ.ㄅ

違規停車

駐車違反

ちゅうしゃ い はん

chu.u.sha.i.ha.n

ㄑㄧㄨ.ㄨ.ㄒㄧㄚ.ㄧ.ㄏㄚ.ㄅ

禁止停車

駐車禁止

ちゅうしゃきん し

chu.u.sha.ki.n.shi

ㄑㄧㄨ.ㄨ.ㄒㄧㄚ.ㄎㄧ.ㄅ.ㄒㄧ

2.飛機上

第2天　第1天
第3天
第4天　第5天

必學好用句

我要A

名詞A	を	お願いします。

名詞A　wo.　o.ne.ga.i.shi.ma.su

名詞A　ご.　ご.ろせ.ㄍㄚ.ㄧ.ㄒㄧ.ㄇㄚ.ㄙㄨ

例句

▶ 我要毛毯。

毛布をお願いします。

mo.u.hu.wo.o.ne.ga.i.shi.ma.su

ㄇㄛ.ㄨ.ㄏㄨ.ㄛ.ㄛ.ㄋㄝ.ㄍㄚ.ㄧ.ㄒㄧ.ㄇㄚ.ㄙㄨ

高頻使用句

❶ 你是日本人嗎？

日本の方ですか。

ni.ho.n.no.ka.ta.de.su.ka

ㄋㄧ.ㄏㄛ.ㄣ.ㄋㄛ.ㄎㄚ.ㄊㄚ.ㄉㄝ.ㄙㄨ.ㄎㄚ

② 你會中文（英文）嗎？

<ruby>中<rt>ちゅう</rt></ruby><ruby>国<rt>ごく</rt></ruby><ruby>語<rt>ご</rt></ruby>（<ruby>英<rt>えい</rt></ruby><ruby>語<rt>ご</rt></ruby>）ができますか。

chu.u.go.ku.go.（e.i.go.）ga.de.ki.ma.su.ka

ㄑㄧㄡ.ㄨ.ㄍㄛ.ㄎㄨ.ㄍㄛ.（ㄝ.ㄧ.ㄍㄛ.）ㄍㄚ.ㄉㄝ.ㄎㄧ.ㄇㄚ.ㄙ.ㄎㄚ

③ 你去了台灣哪裡？

<ruby>台<rt>たい</rt></ruby><ruby>湾<rt>わん</rt></ruby>はどちらに<ruby>行<rt>い</rt></ruby>かれましたか。

ta.i.wa.n.wa.do.chi.ra.ni.i.ka.re.ma.shi.ta.ka

ㄊㄚ.ㄧ.ㄨㄚ.ㄣ.ㄨㄚ.ㄉㄛ.ㄑㄧ.ㄌㄚ.ㄋㄧ.ㄧ.ㄎㄚ.ㄌㄝ.ㄇㄚ.ㄒㄧ.ㄊㄚ.ㄎㄚ

④ 你常常去臺灣嗎？

<ruby>台<rt>たい</rt></ruby><ruby>湾<rt>わん</rt></ruby>によく<ruby>行<rt>い</rt></ruby>かれますか。

ta.i.wa.n.ni.yo.ku.i.ka.re.ma.su.ka

ㄊㄚ.ㄧ.ㄨㄚ.ㄣ.ㄋㄧ.ㄧㄛ.ㄎㄨ.ㄧ.ㄎㄚ.ㄌㄝ.ㄇㄚ.ㄙ.ㄎㄚ

⑤ 因工作去的嗎？

お<ruby>仕<rt>し</rt></ruby><ruby>事<rt>ごと</rt></ruby>ですか。

o.shi.go.to.de.su.ka

ㄛ.ㄒㄧ.ㄍㄛ.ㄊㄛ.ㄉㄝ.ㄙ.ㄎㄚ

⑥ (去臺灣)是觀光嗎？

<ruby>観<rt>かん</rt></ruby><ruby>光<rt>こう</rt></ruby>ですか。

ka.n.ko.u.de.su.ka

ㄎㄚ.ㄣ.ㄎㄛ.ㄨ.ㄉㄝ.ㄙ.ㄎㄚ

❼ 你的工作是什麼？

お仕事は何をしていらっしゃるのですか。

o.shi.go.to.wa.na.ni.wo.shi.te.i.ra.・.sha.ru.no.de.su.ka

ㄛ.ㄒㄧ.ㄍㄛ.ㄊㄛ.ㄨㄚ.ㄋㄚ.ㄋㄧ.ㄛ.ㄒㄧ.ㄊㄝ.ㄧ.ㄌㄚ.・.ㄒㄧㄚ.ㄌㄨ.ㄋㄛ.ㄉㄜ.ㄙ.ㄎㄚ

❽ 請問您貴姓大名？

お名前をうかがってもいいですか。

o.na.ma.e.wo.u.ka.ga.・.te.mo.i.i.de.su.ka

ㄛ.ㄋㄚ.ㄇㄚ.ㄝ.ㄨ.ㄎㄚ.ㄍㄚ.・.ㄊㄝ.ㄇㄛ.ㄧ.ㄧ.ㄉㄝ.ㄙ.ㄎㄚ

❾ 可以請你再說一次嗎？

もう一度言っていただけますか。

mo.u.i.chi.do.i.・.te.i.ta.da.ke.ma.su.ka

ㄇㄛ.ㄨ.ㄧ.ㄑㄧ.ㄉㄛ.ㄧ.・.ㄊㄝ.ㄧ.ㄊㄚ.ㄉㄚ.ㄎㄝ.ㄇㄚ.ㄙ.ㄎㄚ

❿ 那是什麼意思？

それはどういう意味ですか。

so.re.wa.do.u.i.u.i.mi.de.su.ka

ㄙㄛ.ㄌㄝ.ㄨㄚ.ㄉㄛ.ㄨ.ㄧ.ㄨ.ㄧ.ㄇㄧ.ㄉㄝ.ㄙ.ㄎㄚ

129

⑪ 請借我筆。

ペンを貸してください。

pe.n.wo.ka.shi.te.ku.da.sa.i

ㄆㄝ.ㄣ.ㆆㆆㄚ.ㄒㄧ.ㄊㄝ.ㄎㄨ.ㄉㄚ.ㄙㄚ.ㄧ

⑫ 請再給我一杯咖啡。

コーヒーをもう一杯ください。

ko.-.hi.-.wo.mo.u.i. ‧ .pa.i.ku.da.sa.i

ㄎㆦ.～.ㄏㄧ.～.ㆆ.ㄇㆦ.ㄨ.ㄧ.‧.ㄆㄚ.ㄧ.ㄎㄨ.ㄉㄚ.ㄙㄚ.ㄧ

⑬ 請拿那個給我看看。

それを見せて下さい。

so.re.wo.mi.se.te.ku.da.sa.i

ㄙㆦ.ㄌㄝ.ㆆ.ㄇㄧ.ㄙㄝ.ㄊㄝ.ㄎㄨ.ㄉㄚ.ㄙㄚ.ㄧ

⑭ 請幫我收掉這些餐具。

この食器を片付けてください。

ko.no.sho. ‧ .ki.wo.ka.ta.zu.ke.te.ku.da.sa.i

ㄎㆦ.ㄋㆦ.ㄒㆦ.‧.ㄎㄧ.ㆆ.ㄎㄚ.ㄊㄚ.ㄗㄨ.ㄎㄝ.ㄊㄝ.ㄎㄨ.ㄉㄚ.ㄙㄚ.ㄧ

⑮ 有沒有暈機藥呢?

酔い止めの薬はありますか。

yo.i.do.me.no.ku.su.ri.wa.a.ri.ma.su.ka

ㄧㆦ.ㄧ.ㄉㆦ.ㄇㄝ.ㄋㆦ.ㄎㄨ.ㄙㄨ.ㄌㄧ.ㄨㄚ.ㄚ.ㄌㄧ.ㄇㄚ.ㄙㄨ.ㄎㄚ

⑯ 不好意思，讓我過去一下。

すみません。ちょっと通してください。

su.mi.ma.se.n. cho.・.to.to.o.shi.te.ku.da.sa.i

ㄙ.ㄇㄧ.ㄇㄚ.ㄙㄟ.ㄣ. ㄑㄧㄛ.・.ㄊㄛ.ㄊㄛ.ㄛ.ㄒㄧ.ㄊㄟ.ㄎㄨ.ㄉㄚ.ㄙㄚ.ㄧ

⑰ 座位可以往後傾嗎？

シートを倒してもいいですか。

shi.-.to.wo.ta.o.shi.te.mo.i.i.de.su.ka

ㄒㄧ.～.ㄊㄛ.ㄛ.ㄊㄚ.ㄛ.ㄒㄧ.ㄊㄟ.ㄇㄛ.ㄧ.ㄧ.ㄉㄟ.ㄙ.ㄎㄚ

⑱ 能見到你，真高興！

お会いできてよかったです！

o.a.i.de.ki.te.yo.ka.・.ta.de.su

ㄛ.ㄚ.ㄧ.ㄉㄟ.ㄎㄧ.ㄊㄟ.ㄧㄛ.ㄎㄚ.・.ㄊㄚ.ㄉㄟ.ㄙ

關鍵單字

機上服務

毛毯

もうふ
毛布

mo.u.fu.

ㄇㄛ.ㄨ.ㄈㄨ

枕頭

まくら
枕

ma.ku.ra.

ㄇㄚ.ㄎㄨ.ㄌㄚ

入境的文件

にゅうこく　しょるい
入国の書類

nyu.u.ko.ku.no.sho.ru.i

ㄋㄧㄡ.ㄨ.ㄎㄛ.ㄎㄨ.ㄋㄛ.ㄒㄧㄛ.ㄌㄨ.ㄧ

中國的雜誌

ちゅうごく　ざっし
中国の雑誌

chu.u.go.ku.no.za.・.hi

ㄑㄧ.ㄨ.ㄨ.ㄍㄛ.ㄎㄨ.ㄋㄛ.ㄗㄚ.・.ㄒㄧ

報紙

しんぶん
新聞

shi.n.bu.n

ㄒㄧ.ㄣ.ㄅㄨ.ㄣ

耳機

イヤホン

i.ya.ho.n

ㄧ.ㄧㄚ.ㄏㄛ.ㄣ

禁菸座位

きんえんせき
禁煙席

ki.n.e.n.se.ki

ㄎㄧ.ㄣ.ㄝ.ㄣ.ㄙㄝ.ㄎㄧ

護照

パスポート

pa.su.po.-.to

ㄆㄚ.ㄙ.ㄆㄛ.～.ㄊㄛ

飛機相關

飛機

き
飛行機

hi.ko.u.ki

ㄏㄧ.ㄎㄛ.ㄨ.ㄎㄧ

噴氣式飛機

き
ジェット機

j.・.to.ki

ㄐㄧㄝ.・.ㄊㄛ.ㄎㄧ

螺旋槳飛機

き
プロペラ機

pu.ro.pe.ra.ki

ㄆㄨ.ㄌㄛ.ㄆㄝ.ㄌㄚ.ㄎㄧ

客機

りょかっ き
旅客機

ryo.ka.・.ki

ㄌㄧㄛ.ㄎㄚ.・.ㄎㄧ

機場

くうこう
空港

ku.u.ko.u

ㄎㄨ.ㄨ.ㄎㄛ.ㄨ

飛機滑行
跑道

かっそう ろ
滑走路

ka.・.so.u.ro

ㄎㄚ.・.ㄙㄛ.ㄨ.ㄌㄛ

登機門

とうじょうぐち
搭乗口

to.u.jo.u.gu.chi

ㄊㄛ.ㄨ.ㄐㄛ.ㄨ.ㄍㄨ.ㄑㄧ

登機證

とうじょうけん
搭乗券

to.u.jo.u.ke.n

ㄊㄛ.ㄨ.ㄐㄛ.ㄨ.ㄎㄝ.ㄣ

133

エコノミ
ークラス

經濟艙

e.ko.no.mi.-.ku.ra.su

ㄝ.丂ㄛ.ㄋㄛ.ㄇㄧ.～.丂ㄨ.ㄌㄚ.ㄙ

ビジネス
クラス

商務艙

bi.ji.ne.su.ku.ra.su

ㄅㄧ.ㄐㄧ.ㄋㄝㄙ.丂ㄨ.ㄌㄚ.ㄙ

ファース
トクラス

頭等艙

fa.-.su.to.ku.ra.su

ㄈㄚ.～.ㄙ.ㄊㄛ.丂ㄨ.ㄌㄚ.ㄙ

きゃくしつじょう むいん
客室乗務員

客機乘務員

kya.ku.shi.tsu.jo.u.mu.i.n

丂ㄧㄚ.丂ㄨ.ㄒㄧ.ㄘ.ㄐㄛ.ㄨ.ㄇㄨ.ㄧ.ㄣ

キャビン
アテンダント

客艙服務員

kya.bi.na.te.n.da.n.to

丂ㄧㄚ.ㄅㄧ.ㄋㄚ.ㄊㄝㄣ.ㄉㄚ.ㄣ.ㄊㄛ

ざ せきばんごう
座席番号

座位號碼

za.se.ki.ba.n.go.u

ㄗㄚ.ㄙㄝ.丂ㄧ.ㄅㄚ.ㄣ.ㄍㄛ.ㄨ

き ないしょく
機内食

飛機餐

ki.na.i.sho.ku

丂ㄧ.ㄋㄚ.ㄧ.ㄒㄛ.丂ㄨ

て にもつ
手荷物

隨身行李

te.ni.mo.tsu

ㄊㄝ.ㄋㄧ.ㄇㄛ.ㄘ

行李

ターンテーブル

ta.-.n.te.-.bu.ru

ㄊㄚ.～.ㄣ.ㄊㄝ.～.ㄅㄨ.ㄌㄨ

起飛

り りく
離陸

ri.ri.ku

ㄌㄧ.ㄌㄧ.ㄎㄨ

降落

ちゃくりく
着陸

cha.ku.ri.ku

ㄑㄧㄚ.ㄎㄨ.ㄌㄧ.ㄎㄨ

目的地

ゆ き さき
行き先

yu.ki.sa.ki

ㄧㄨ.ㄎㄧ.ㄙㄚ.ㄎㄧ

非常出口

ひ じょう で ぐち
非常出口

hi.jo.u.de.gu.chi

ㄏㄧ.ㄗㄛ.ㄨ.ㄉㄝ.ㄍㄨ.ㄑㄧ

飛行時間

じ かん
フライト時間

fu.ra.i.to.ji.ka.n

ㄈㄨ.ㄌㄚ.ㄧ.ㄊㄛ.ㄗㄧ.ㄎㄚ.ㄣ

救生衣

ライフジャケット

ra.i.fu.ja.ke. ・ .to

ㄌㄚ.ㄧ.ㄈㄨ.ㄗㄚ.ㄎㄝ. ・ .ㄊㄛ

救生衣

きゅうめいどう い
救命胴衣

kyu.u.me.i.do.u.i

ㄎㄧㄨ.ㄨ.ㄇㄝ.ㄧ.ㄉㄛ.ㄨ.ㄧ

135

搭乗する
とうじょう

to.u.jo.u.su.ru

ㄊㄛ.ㄨ.ㄗ一ㄛ.ㄨ.ㄙ.ㄌㄨ

シートベルトをしめる

shi.-.to.be.ru.to.wo.shi.me.ru

ㄒ一.～.ㄊㄛ.ㄅㄝ.ㄌㄨ.ㄊㄛ.ㄛ.ㄒ一.ㄇㄝ.ㄌㄨ

チケット

chi.ke.・.to

ㄑ一.ㄎㄝ.・.ㄊㄛ

3.搭火車

第1天　第2天　第3天　第4天　第5天

必學好用句

① 想去地點A

地點A に 行^いきたいです

地點A	ni.	i.ki.ta.i.de.su
地點A	ㄋㄧ.	ㄧ.ㄎㄧ.ㄊㄚ.ㄧ.ㄉㄝㄙㄨ

② 請給我去地點A的車票。

地點A までの キップ を ください。

地點A	ma.de.no.	ki.・.pu.	wo.	ku.da.sa.i
地點A	ㄇㄚ.ㄉㄝ.ㄋㄛ.	ㄎㄧ.・.ㄆㄨ.	ㄛ.	ㄎㄨ.ㄉㄚ.ㄙㄚ.ㄧ

高頻使用句

① 想要去熱海。

熱海^{あたみ}まででいきたいのですが。

a.ta.mi.ma.de.i.ki.ta.i.no.de.su.ga.

ㄚ.ㄊㄚ.ㄇㄧ.ㄇㄚ.ㄉㄝ.ㄧ.ㄎㄧ.ㄊㄚ.ㄧ.ㄋㄛ.ㄉㄝㄙㄨ.ㄍㄚ

137

② 到熱海要花多少錢呢？

熱海までの料金はいくらですか。

a.ta.mi.ma.de.no.ryo.u.ki.n.wa.i.ku.ra.de.su.ka

ㄚ.ㄊㄚ.ㄇㄧ.ㄇㄚ.ㄉㄝ.ㄋㄛ.ㄌㄧㄡ.ㄎㄧ.ㄣ.ㄨㄚ.ㄧ.ㄎㄨ.ㄌㄚ.ㄉㄝ.ㄙ.ㄎㄚ

③ 請給我到熱海的單程車票。

熱海までの片道キップをください。

a.ta.mi.ma.de.no.ka.ta.mi.chi.ki.・.pu.wo.ku.da.sa.i

ㄚ.ㄊㄚ.ㄇㄧ.ㄇㄚ.ㄉㄝ.ㄋㄛ.ㄎㄚ.ㄊㄚ.ㄇㄧ.ㄑ一.ㄎㄧ.・.ㄆㄨ.ㄛ.ㄎㄨ.ㄉㄚ.ㄙㄚ.一

④ 請給我到熱海的來回車票。

熱海までの往復キップをください。

a.ta.mi.ma.de.no.o.u.fu.ku.ki.・.pu.wo.ku.da.sa.i

ㄚ.ㄊㄚ.ㄇㄧ.ㄇㄚ.ㄉㄝ.ㄋㄛ.ㄛ.ㄨ.ㄈㄨ.ㄎㄨ.ㄎㄧ.・.ㄆㄨ.ㄛ.ㄎㄨ.ㄉㄚ.ㄙㄚ.一

⑤ 發車的時間是何時？

発車時刻は何時ですか。

ha.・.sha.ji.ko.ku.wa.na.n.ji.de.su.ka

ㄏㄚ.・.ㄒㄧㄚ.ㄐㄧ.ㄎㄛ.ㄎㄨ.ㄨㄚ.ㄋㄚ.ㄣ.ㄐㄧ.ㄉㄝ.ㄙ.ㄎㄚ

⑥ 有時刻表嗎？

時刻表はありますか。

ji.ko.ku.hyo.u.wa.a.ri.ma.su.ka

ㄐㄧ.ㄎㄛ.ㄎㄨ.ㄏㄧㄛ.ㄨ.ㄨㄚ.ㄚ.ㄌㄧ.ㄇㄚ.ㄙ.ㄎㄚ

❼ 要換車嗎？

乗換えが必要ですか。
<ruby>乗換<rt>のりかえ</rt></ruby>えが<ruby>必要<rt>ひつよう</rt></ruby>ですか。

no.ri.ka.e.ga.hi.tsu.yo.u.de.su.ka

ㄋㄛ.ㄌㄧ.ㄎㄚˇ.ㄎㄚ—.ㄧㄝ.ㄍㄚ.ㄏㄜ.ㄘ.—ㄡ.ㄨ.ㄌㄝ.ㄙ.ㄎㄚ

❽ 第一班（末班車）是幾點呢？

<ruby>始発<rt>しはつ</rt></ruby>（<ruby>終電<rt>しゅうでん</rt></ruby>）は<ruby>何時<rt>なんじ</rt></ruby>ですか。

shi.ha.tsu.（shu.u.de.n.）wa.na.n.ji.de.su.ka

ㄒㄧ.ㄏㄚ.ㄘ.（ㄒㄧㄨ.ㄨ.ㄌㄝ.ㄣ.）ㄨㄚ.ㄋㄚ.ㄣ.ㄐㄧ—.ㄌㄝ.ㄙ.ㄎㄚ

❾ 到熱海的火車是幾號線呢？

<ruby>熱海<rt>あたみ</rt></ruby><ruby>行<rt>ゆ</rt></ruby>きは<ruby>何番線<rt>なんばんせん</rt></ruby>ですか。

a.ta.mi.yu.ki.wa.na.n.ba.n.se.n.de.su.ka

ㄚ.ㄊㄚ.ㄇㄧ.—ㄨ.ㄎㄧ.ㄨㄚ.ㄋㄚ.ㄣ.ㄅㄚ.ㄣ.ㄙㄝ.ㄣ.ㄌㄝ.ㄙ.ㄎㄚ

❿ 3號線月台在哪裡？

3<ruby>番線<rt>ばんせん</rt></ruby>ホームはどこですか。

sa.n.ba.n.se.n.ho.-.mu.wa.do.ko.de.su.ka

ㄙㄚ.ㄣ.ㄅㄚ.ㄣ.ㄙㄝ.ㄣ.ㄏㄛ.～.ㄇㄨ.ㄨㄚ.ㄌㄛ.ㄎㄛ.ㄌㄝ.ㄙ.ㄎㄚ

⑪ 這電車在熱海有靠站嗎？

この電車は熱海に停まりますか。

ko.no.de.n.sha.wa.a.ta.mi.ni.to.ma.ri.ma.su.ka

ㄎㄛ.ㄋㄛ.ㄉㄝ.ㄅ.ㄒㄧㄚ.ㄨㄚ.ㄚ.ㄊㄚ.ㄇㄧ.ㄋㄧ.ㄊㄛ.ㄇㄚ.ㄌㄧˇ.ㄇㄚ.ㄙㄨ.ㄎㄚ

⑫ 可以坐這裡嗎？

ここに座ってもいいですか。

ko.ko.ni.su.wa. ・ .e.mo.i.i.de.su.ka

ㄎㄛ.ㄎㄛ.ㄋㄧ.ㄙㄨ.ㄨㄚ. ・ .ㄝ.ㄇㄛ.ㄧˉ.ㄧ.ㄉㄝ.ㄙㄨ.ㄎㄚ

⑬ 我想這個應該是我的位置唷！

ここは私の席だと思うのですが。

ko.ko.wa.wa.ta.shi.no.se.ki.da.to.o.mo.u.no.de.su.ga

ㄎㄛ.ㄎㄛ.ㄨㄚ.ㄨㄚ.ㄊㄚ.ㄒㄧ.ㄋㄛ.ㄙㄝ.ㄎㄧ.ㄉㄚ.ㄊㄛ.ㄛ.ㄇㄛ.ㄨ.ㄋㄛ.ㄉㄝ.ㄙㄨ.ㄍㄨ

⑭ 下一個站是哪裡？

次の駅はどこですか。

tsu.gi.no.e.ki.wa.do.ko.de.su.ka

ㄘ.ㄍㄧˉ.ㄋㄛ.ㄝ.ㄎㄧˉ.ㄨㄚ.ㄉㄛ.ㄎㄛ.ㄉㄝ.ㄙㄨ.ㄎㄚ

關鍵單字

地點

大阪

おおさか
大阪
o.o.sa.ka
ㄛ.ㄛ.ㄙㄚ.ㄎㄚ

京都

きょうと
京都
kyo.u.to
ㄎㄧㄛ.ㄨ.ㄊㄛ

日光

にっこう
日光
ni.・.ko.u
ㄋㄧ.・.ㄎㄛ.ㄨ

奈良

なら
奈良
na.ra
ㄋㄚ.ㄌㄚ

鐮倉

かまくら
鎌倉
ka.ma.ku.ra
ㄎㄚ.ㄇㄚ.ㄎㄨ.ㄌㄚ

成田機場

なりた くうこう
成田空港
na.ri.ta.ku.u.ko.u
ㄋㄚ.ㄌㄧ.ㄊㄚ.ㄎㄨ.ㄨ.ㄎㄛ.ㄨ

橫濱

よこはま
横浜
yo.ko.ha.ma
ㄧㄛ.ㄎㄛ.ㄏㄚ.ㄇㄚ

神戶

こうべ
神戸
ko.u.be
ㄎㄛ.ㄨ.ㄅㄝ

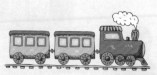

電車

でんしゃ
電車

de.n.sha

ㄉㄝ.ㄣ.ㄒㄧㄚ

地鐵

ち か てつ
地下鉄

chi.ka.te.tsu

ㄑㄧ.ㄎㄚ.ㄊㄝ.ㄘ

單軌鐵路

モノレール

mo.no.re.-.ru

ㄇㄛ.ㄋㄛ.ㄌㄝ.～.ㄌㄨ

普通列車

ふ つうれっしゃ
普通列車

fu.tsu.u.re.・.sha

ㄈㄨ.ㄘ.ㄨ.ㄌㄝ.・.ㄒㄧㄚ

快車

きゅうこう
急行

kyu.u.ko.u

ㄎㄧㄨ.ㄨ.ㄎㄛ.ㄨ

特快

とっきゅう
特急

to.・.kyu.u

ㄊㄛ.・.ㄎㄧㄨ.ㄨ

商務車廂

しゃ
グリーン車

gu.ri.-.n.sha

ㄍㄨ.ㄌㄧ.～.ㄣ.ㄒㄧㄚ

臥舖車

しんだいしゃ
寝台車

shi.n.da.i.sha

ㄒㄧ.ㄣ.ㄉㄚ.ㄧ.ㄒㄧㄚ

餐車

しょくどうしゃ
食堂車

sho.ku.do.u.sha

ㄒㄧ‐ㄛ.ㄎㄨ.ㄉㄛ.ㄨ.ㄒㄧ‐ㄚ

等候室

まちあいしつ
待合室

ma.chi.a.i.shi.tsu

ㄇㄚ.ㄑㄧ‐.ㄚ.ㄧ‐.ㄒㄧ‐.ㄘ

月台

プラット
ホーム

pu.ra.・.to.ho.-.mu

ㄆㄨ.ㄌㄚ.・.ㄊㄛ.ㄏㄛ.～.ㄇㄨ

售票處

きっ ぷ う   ば
切符売り場

ki.・.pu.u.ri.ba

ㄎㄧ‐.・.ㄆㄨ.ㄨ.ㄌㄧ‐.ㄅㄚ

車站工作
人員

えきいん
駅員

e.ki.i.n

ㄝ.ㄎㄧ‐.ㄧ‐.ㄣ

司機

うんてんしゅ
運転手

u.n.te.n.shu

ㄨ.ㄣ.ㄊㄝ.ㄣ.ㄒㄧ‐ㄨ

乘務員

しゃしょう
車掌

sha.sho.u

ㄒㄧ‐ㄚ.ㄒㄧ‐ㄛ.ㄨ

頭班（車）

し はつ
始発

shi.ha.tsu

ㄒㄧ‐.ㄏㄚ.ㄘ

143

末班電車
しゅうでん
終電
shu.u.de.n
ㄒㄧㄡ.ㄨ.ㄉㄝ.ㄣ

費用
りょうきん
料金
ryo.u.ki.n
ㄌㄧㄛ.ㄨ.ㄎㄧ-.ㄣ

~號車
ごうしゃ
~号車
~go.u.sha
~ㄍㄛ.ㄨ.ㄒㄧㄚ

單程票
かたみちきっぷ
片道切符
ka.ta.mi.chi.ki.・.pu
ㄎㄚ.ㄊㄚ.ㄇㄧ-.ㄑㄧ-.ㄎㄧ-.・.ㄆㄨ

來回票
おうふくきっぷ
往復切符
o.u.fu.ku.ki.・.pu
ㄛ.ㄨ.ㄈㄨ.ㄎㄨ.ㄎㄧ-.・.ㄆㄨ

轉車
の　　か
乗り換える
no.ri.ka.e.ru
ㄋㄛ.ㄌㄧ-.ㄎㄚ.ㄝ.ㄌㄨ

準時
じ　かん
時間どおり
ji.ka.n.do.o.ri
ㄐㄧ-.ㄎㄚ.ㄣ.ㄉㄛ.ㄛ.ㄌㄧ

遲到
おく
遅れる
o.ku.re.ru
ㄛ.ㄎㄨ.ㄌㄝ.ㄌㄨ

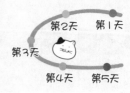

4.坐公車

必學好用句

❶ 請問有到地點A的巴士嗎？

地點A	に 行くバスはありますか。
地點 A	ni. i.ku.ba.su.wa.a.ri.ma.su.ka
地點A	ㄋㄧ. ㄧ.ㄎㄨ.ㄅㄚ.ㄙ.ㄨㄚ.ㄚ.ㄌㄧ.ㄇㄚ.ㄙ.ㄎㄚ

❷ 到地點A要多少錢呢？

地點A	まで いくらかかりますか。
地點 A	ma.de. i.ku.ra.ka.ka.ri.ma.su.ka
地點A	ㄇㄚ.ㄉㄝ. ㄧ.ㄎㄨ.ㄌㄚ.ㄎㄚ.ㄎㄚ.ㄌㄧ.ㄇㄚ.ㄙ.ㄎㄚ

❸ 到地點A要花多久時間呢

地點A	まで 何分かかりますか。
到點 A	ma.de. na.n.pu.n.ka.ka.ri.ma.su.ka
到點A	ㄇㄚ.ㄉㄝ. ㄋㄚ.ㄣ.ㄆㄨ.ㄣ.ㄎㄚ.ㄎㄚ.ㄌㄧ.ㄇㄚ.ㄙ.ㄎㄚ

1 公車站在哪裡？

バス停はどこですか。

ba.su.te.i.wa.do.ko.de.su.ka

ㄅㄚ.ㄙㄨ.ㄊㄝ.ㄧ.ㄨㄚ.ㄉㄛ.ㄎㄛ.ㄉㄝ.ㄙㄨ.ㄎㄚ

2 到博物館的公車在哪裡呢？

博物館行きのバスはどこですか。

ha.ku.bu.tsu.ka.n.yu.ki.no.ba.su.wa.do.ko.de.su.ka

ㄏㄚ.ㄎㄨ.ㄅㄨ.ㄘ.ㄎㄚ.ㄣ.ㄧㄨ.ㄎㄧ.ㄋㄛ.ㄅㄚ.ㄙㄨ.ㄨㄚ.ㄉㄛ.ㄎㄛ.ㄉㄝ.ㄙㄨ.ㄎㄚ

3 請問有一日券嗎？

一日乗車券はありますか。

i.chi.ni.chi.jo.u.sha.ke.n.wa.a.ri.ma.su.ka

ㄧ.ㄑㄧ.ㄋㄧ.ㄑㄧ.ㄐㄛ.ㄨ.ㄒㄧㄚ.ㄎㄝ.ㄣ.ㄨㄚ.ㄚ.ㄌㄧ.ㄇㄚ.ㄙㄨ.ㄎㄚ

4 下一班公車何時會到？

次のバスが来るのはいつですか。

tsu.gi.no.ba.su.ga.ku.ru.no.wa.i.tsu.de.su.ka

ㄘ.ㄍㄧ.ㄋㄛ.ㄅㄚ.ㄙㄨ.ㄍㄚ.ㄎㄨ.ㄌㄨ.ㄋㄛ.ㄨㄚ.ㄧ.ㄘ.ㄉㄝ.ㄙㄨ.ㄎㄚ

❺ 這是開往博物館的車嗎？

これは博物館（はくぶつかん）行（ゆ）きですか。

ko.re.wa.ha.ku.bu.tsu.ka.n.yu.ki.de.su.ka

ㄎㄛ.ㄌㄝ.ㄨㄚ.ㄏㄚ.ㄎㄨ.ㄅㄨ.ㄘ.ㄎㄚ.ㄣ.ㄧㄨ.ㄎㄧ.ㄉㄝ.ㄙ.ㄎㄚ

❻ 有時刻表嗎？

時刻表（じこくひょう）はありますか。

ji.ko.ku.hyo.u.wa.a.ri.ma.su.ka

ㄗㄧ.ㄎㄛ.ㄎㄨ.ㄏㄧㄛ.ㄨ.ㄨㄚ.ㄚ.ㄌㄧ.ㄇㄚ.ㄙ.ㄎㄚ

❼ 到博物館要花多少錢？

博物館（はくぶつかん）までいくらかかりますか。

ha.ku.bu.tsu.ka.n.ma.de.i.ku.ra.ka.ka.ri.ma.su.ka

ㄏㄚ.ㄎㄨ.ㄅㄨ.ㄘ.ㄎㄚ.ㄣ.ㄇㄚ.ㄉㄝ.ㄧ.ㄎㄨ.ㄌㄚ.ㄎㄚ.ㄎㄚ.ㄌㄧ.ㄇㄚ.ㄙ.ㄎㄚ

❽ 到博物館要花幾分鐘？

博物館（はくぶつかん）まで何分（なんぷん）かかりますか。

ha.ku.bu.tsu.ka.n.ma.de.na.n.pu.n.ka.ka.ri.ma.su.ka

ㄏㄚ.ㄎㄨ.ㄅㄨ.ㄘ.ㄎㄚ.ㄣ.ㄇㄚ.ㄉㄝ.ㄋㄚ.ㄣ.ㄆㄨ.ㄣ.ㄎㄚ.ㄎㄚ.ㄌㄧ.ㄇㄚ.ㄙ.ㄎㄚ

❾ 多少錢？

いくらですか。

i.ku.ra.de.su.ka

ㄧ.ㄎㄨ.ㄌㄚ.ㄉㄝ.ㄙ.ㄎㄚ

⑩ 到了博物館時，可以告訴我嗎？

博物館についたら教えてくれますか。

ha.ku.bu.tsu.ka.n.ni.tsu.i.ta.ra.o.shi.e.te.ku.re.ma.su.ka

ㄏㄚ.ㄎㄨ.ㄅㄨ.ㄘ.ㄎㄚ.ㄣ.ㄋㄧ.ㄘ.ㄧ.ㄊㄚ.ㄌㄚ.ㄛ.ㄒㄧ.ㄝ.ㄊㄝ.ㄎㄨ.ㄌㄝ.ㄇㄚ.ㄙ.ㄎㄚ

⑪ 可以坐這裡嗎？

ここに座ってもいいですか。

ko.ko.ni.su.wa.・.te.mo.i.i.de.su.ka

ㄎㄛ.ㄎㄛ.ㄋㄧ.ㄙ.ㄨㄚ.・.ㄊㄝ.ㄇㄛ.ㄧ.ㄧ.ㄉㄝ.ㄙ.ㄎㄚ

⑫ （我要）下車。

降ります！

o.ri.ma.su

ㄛ.ㄌㄧ.ㄇㄚ.ㄙ

關鍵單字

數字・錢

1

いち
i.chi
ㄧ.ㄑㄧ

2

に
ni
ㄋㄧ

3

さん
sa.n
ㄙㄚ.ㄣ

4

よん、し
yo.n.　　shi
ㄧㄛ.ㄣ　　ㄒㄧ

5

ご
go
ㄍㄛ

6

ろく
ro.ku
ㄌㄛ.ㄎㄨ

7

なな、しち
na.na.　　shi.chi
ㄋㄚ.ㄋㄚ.　　ㄒㄧ.ㄑㄧ

8

はち
ha.chi
ㄏㄚ.ㄑㄧ

9
きゅう、く

kyu.u.　　　ku

ㄎㄧㄨ.ㄨ.　　　ㄎㄨ

10
じゅう

ju.u

ㄐㄧㄨ.ㄨ

20
にじゅう

ni.ju.u

ㄋㄧ.ㄐㄧㄨ.ㄨ

30
さんじゅう

sa.n.ju.u

ㄙㄚ.ㄣ.ㄐㄧㄨ.ㄨ

40
よんじゅう

yo.n.ju.u

ㄧㄛ.ㄣ.ㄐㄧㄨ.ㄨ

50
ごじゅう

go.ju.u

ㄍㄛ.ㄐㄧㄨ.ㄨ

60
ろくじゅう

ro.ku.ju.u

ㄌㄛ.ㄎㄨ.ㄐㄧㄨ.ㄨ

70
ななじゅう、
しちじゅう

na.na.ju.u　　shi.chi.ju.u

ㄋㄚ.ㄋㄚ.ㄐㄧㄨ.ㄨ.　　ㄒㄧ.ㄑㄧ.ㄐㄧㄨ.ㄨ

80

はちじゅう

ha.chi.ju.u

ㄏㄚ.ㄑㄧ-.ㄐㄧㄡ.ㄨ

90

きゅうじゅう

kyu.u.ju.u

ㄎㄧㄡ.ㄨ.ㄐㄧㄡ.ㄨ

百

ひゃく
百

hya.ku

ㄏㄧㄚ.ㄎㄨ

千

せん
千

se.n

ㄙㄝ.ㄣ

萬

まん
万

ma.n

ㄇㄚ.ㄣ

元

えん
円

e.n

ㄝ.ㄣ

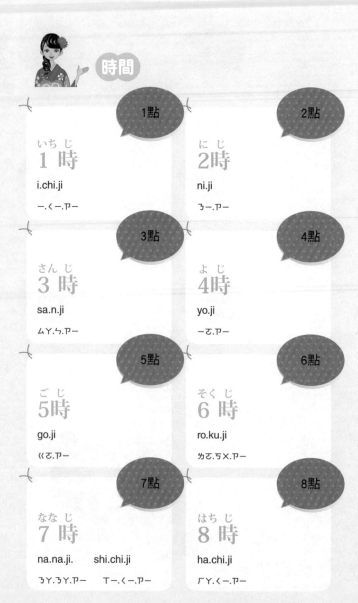

時間

1點

いちじ
1 時
i.chi.ji

一.く一.ㄗ一

2點

にじ
2時
ni.ji

ㄋ一.ㄗ一

3點

さんじ
3 時
sa.n.ji

ㄙㄚ.ㄣ.ㄗ一

4點

よじ
4時
yo.ji

一ㄛ.ㄗ一

5點

ごじ
5時
go.ji

ㄍㄛ.ㄗ一

6點

そくじ
6 時
ro.ku.ji

ㄌㄛ.ㄎㄨ.ㄗ一

7點

ななじ
7 時
na.na.ji.　　shi.chi.ji

ㄋㄚ.ㄋㄚ.ㄗ一　　ㄒ一.く一.ㄗ一

8點

はちじ
8 時
ha.chi.ji

ㄏㄚ.く一.ㄗ一

くじ
9時
ku.ji
ㄎㄨ.ㄐㄧˉ

9點

じゅうじ
10時
ju.u.ji
ㄐㄧㄡ.ㄨ.ㄐㄧˉ

10點

じゅういちじ
11　時
ju.u.i.chi.ji
ㄐㄧㄡ.ㄨ.ㄧˉ.ㄑㄧˉ.ㄐㄧˉ

11點

じゅうにじ
12　時
ju.u.ni.ji
ㄐㄧㄡ.ㄨ.ㄋㄧˉ.ㄐㄧˉ

12點

いっぷん
1分
i.・.pu.n
ㄧˉ.・.ㄆㄨ.ㄣ

1分

にふん
2分
ni.fu.n
ㄋㄧˉ.ㄈㄨ.ㄣ

2分

さんぷん
3分
sa.n.pu.n
ㄙㄚ.ㄣ.ㄆㄨ.ㄣ

3分

よんふん
4分
yo.n.fu.n
ㄧㄛ.ㄣ.ㄈㄨ.ㄣ

4分

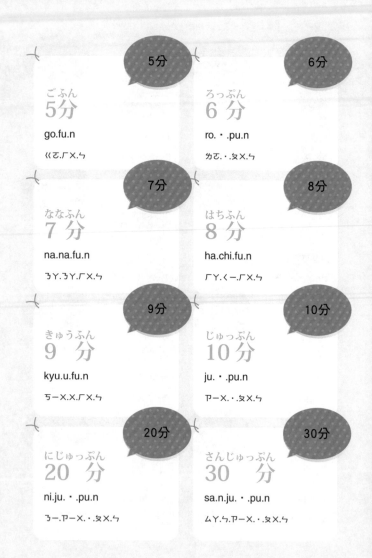

ごふん
5分

5分

go.fu.n

ㄍㄛ.ㄈㄨ.ㄣ

ろっぷん
6分

6分

ro.・.pu.n

ㄌㄛ.・.ㄆㄨ.ㄣ

ななふん
7分

7分

na.na.fu.n

ㄋㄚ.ㄋㄚ.ㄈㄨ.ㄣ

はちふん
8分

8分

ha.chi.fu.n

ㄏㄚ.ㄑㄧ.ㄈㄨ.ㄣ

きゅうふん
9分

9分

kyu.u.fu.n

ㄎㄧㄡ.ㄨ.ㄈㄨ.ㄣ

じゅっぷん
10分

10分

ju.・.pu.n

ㄐㄧㄨ.・.ㄆㄨ.ㄣ

にじゅっぷん
20分

20分

ni.ju.・.pu.n

ㄋㄧ.ㄐㄧㄨ.・.ㄆㄨ.ㄣ

さんじゅっぷん
30分

30分

sa.n.ju.・.pu.n

ㄙㄚ.ㄣ.ㄐㄧㄨ.・.ㄆㄨ.ㄣ

幾點

<ruby>何時<rt>なんじ</rt></ruby>

na.n.ji

ㄋㄚˋ.ㄣ.ㄐㄧˊ

~點半

<ruby>~時半<rt>じはん</rt></ruby>

~ji.ha.n

~ㄐㄧ.ㄏㄚˋ.ㄣ

~個小時

<ruby>~時間<rt>じかん</rt></ruby>

~ji.ka.n

~ㄐㄧ.ㄎㄚ.ㄣ

幾分

<ruby>何分<rt>なんぷん</rt></ruby>

na.n.pu.n

ㄋㄚ.ㄣ.ㄆㄨ.ㄣ

~分鐘

<ruby>~分間<rt>ふんかん</rt></ruby>

~fu.n.ka.n

~ㄈㄨ.ㄣ.ㄎㄚ.ㄣ

巴士

高速公路出入口

インターチェンジ(インター)

i.n.ta.-.che.n.ji.(i.n.ta.-.)

ㄧ.ㄣ.ㄊㄚ.~.ㄑㄝ.ㄣ.ㄐㄧ.(ㄧ.ㄣ.ㄊㄚ.~)

慢車

かくえきていしゃ　かくてい
各駅停車(各停)

ka.ku.e.ki.te.i.sha.(ka.ku.te.i.)

ㄎㄚ.ㄎㄨ.ㄝ.ㄎㄧ.ㄊㄝ.ㄧ.ㄒㄧㄚ.(ㄎㄚ.ㄎㄨ.ㄊㄝ.ㄧ.)

高速巴士

こうそく
高速バス

ko.u.so.ku.ba.su

ㄎㄛ.ㄨ.ㄙㄛ.ㄎㄨ.ㄅㄨ.ㄙㄨ

標籤

に　ふだ
荷札

ni.fu.da

ㄋㄧ.ㄏㄨ.ㄉㄚ

高速公路休息處

パーキングエリア

pa.-.ki.n.gu.e.ri.a

ㄆㄚ.~.ㄎㄧ.ㄣ.ㄍㄨ.ㄝ.ㄌㄧ.ㄚ

躺椅座席

リクライニング

ri.ku.ra.i.ni.n.gu

ㄌㄧ.ㄎㄨ.ㄌㄚ.ㄧ.ㄋㄧ.ㄣ.ㄍㄨ

服務區域

サービスエリア

sa.-.bi.su.e.ri.a

ㄙㄚ.~.ㄅㄧ.ㄙㄨ.ㄝ.ㄌㄧ.ㄚ

無人售票的公車

ワンマン

wa.n.ma.n

ㄨㄚ.ㄣ.ㄇㄚ.ㄣ

夜班巴士

夜間バス
ya.ka.n.ba.su

ー丫.丂丫.ㄣ.ㄅ丫.ㄙ

對號座位

座席指定
za.se.ki.shi.te.i

ㄗ丫.ㄙㄝ.丂一.ㄒ一.ㄊㄝ.一

巴士

バス
ba.su

ㄅ丫.ㄙ

小型巴士

マイクロバス
ma.i.ku.ro.ba.su

ㄇ丫.一.丂ㄨ.ㄌㄛ.ㄅ丫.ㄙ

公車站

バス停
ba.su.te.i

ㄅ丫.ㄙ.ㄊㄝ.一

車票

乗車券
jo.u.sha.ke.n

ㄗ一ㄛ.ㄨ.ㄒ一丫.丂ㄝ.ㄣ

費用

料金
ryo.u.ki.n

ㄌ一ㄛ.ㄨ.丂一.ㄣ

收據

領収証
ryo.u.shu.u.sho.u

ㄌ一ㄛ.ㄨ.ㄒ一ㄨ.ㄨ.ㄒ一ㄛ.ㄨ

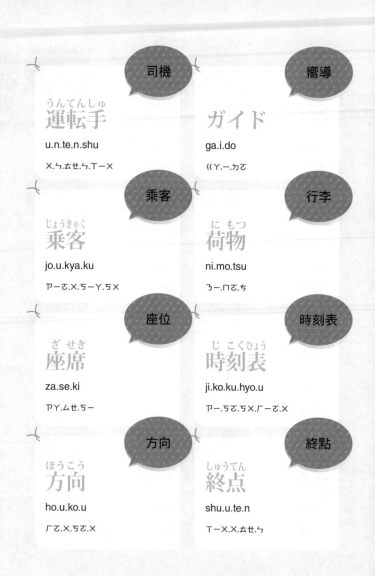

司機
うんてんしゅ
運転手
u.n.te.n.shu
ㄨ.ㄣ.ㄊㄝ.ㄣ.ㄒㄧㄨ

嚮導
ガイド
ga.i.do
ㄍㄚ.ㄧ.ㄉㄛ

乘客
じょうきゃく
乗客
jo.u.kya.ku
ㄗㄧㄛ.ㄨ.ㄎㄧㄚ.ㄎㄨ

行李
に もつ
荷物
ni.mo.tsu
ㄋㄧ.ㄇㄛ.ㄘ

座位
ざ せき
座席
za.se.ki
ㄗㄚ.ㄙㄝ.ㄎㄧ

時刻表
じ こくひょう
時刻表
ji.ko.ku.hyo.u
ㄗㄧ.ㄎㄛ.ㄎㄨ.ㄏㄧㄛ.ㄨ

方向
ほうこう
方向
ho.u.ko.u
ㄏㄛ.ㄨ.ㄎㄛ.ㄨ

終點
しゅうてん
終点
shu.u.te.n
ㄒㄧㄨ.ㄨ.ㄊㄝ.ㄣ

往~的巴士

~行きのバス

~yu.ki.no.ba.su

～ㄧㄨˋ.ㄎㄧ.ˍㄋㄛ.ㄅㄚ.ㄙ

下一站

次の駅

tsu.gi.no.e.ki

ㄘ.ㄍㄧ－.ˍㄋㄛ.ㄝ.ㄎㄧ

2站之後

2駅あと

fu.ta.e.ki.a.to

ㄈㄨ.ㄊㄚ.ㄝ.ㄎㄧ－.ㄚ.ㄊㄛ

~附近

~の近く

~no.chi.ka.ku

～ㄋㄛ.ㄑㄧ－.ㄎㄚ.ㄎㄨ

乘坐

乗る

no.ru

ㄋㄛ.ㄌㄨ

下來

降りる

o.ri.ru

ㄛ.ㄌㄧ－.ㄌㄨ

5.搭計程車

必學好用句

請到地點A

| 地點A | に　行ってください。 |

地點A　　　ni.　i.‧.te.ku.da.sa.i

地點A　　　ㄋㄧ－.　ㄧ－.‧.ㄊㄝ.ㄎㄨ.ㄉㄚ.ㄙㄚ.ㄧ－

高頻使用句

❶ 可以幫我叫計程車嗎？

タクシーを呼んでくれますか。

ta.ku.shi.-.wo.yo.n.de.ku.re.ma.su.ka

ㄊㄚ.ㄎㄨ.ㄒㄧ－.～.ㄛ.ㄧ－ㄛ.ㄣ.ㄉㄝ.ㄎㄨ.ㄌㄝ.ㄇㄚ.ㄙ.ㄎㄚ

❷ 11點時，就麻煩你了。

11時にお願いします。

ju.u.i.chi.ji.ni.o.ne.ga.i.shi.ma.su

ㄐㄧ－ㄨ.ㄨ.ㄧ－.ㄑㄧ－.ㄐㄧ－.ㄋㄧ－.ㄛ.ㄋㄝ.ㄍㄚ.ㄧ－.ㄒㄧ－.ㄇㄚ.ㄙ

❸ 計程車搭乘站在哪裡？

タクシー乗り場はどこですか。

ta.ku.shi.-.no.ri.ba.wa.do.ko.de.su.ka

ㄊㄚ.ㄎㄨ.ㄒㄧ.～.ㄋㄛ.ㄌㄧ.ㄅㄚ.ㄨㄚ.ㄉㄛ.ㄎㄛ.ㄉㄝ.ㄙㄨ.ㄎㄚ

❹ 到武道館要花多少錢？

武道館までいくらかかりますか。

bu.do.u.ka.n.ma.de.i.ku.ra.ka.ka.ri.ma.su.ka

ㄅㄨ.ㄉㄛ.ㄨ.ㄎㄚ.ㄣ.ㄇㄚ.ㄉㄝ.ㄧ.ㄎㄨ.ㄌㄚ.ㄎㄚ.ㄎㄚ.ㄌㄧ.ㄇㄚ.ㄙㄨ.ㄎㄚ

❺ 麻煩到武道館。

武道館までお願いします。

bu.do.u.ka.n.ma.de.o.ne.ga.i.shi.ma.su

ㄅㄨ.ㄉㄛ.ㄨ.ㄎㄚ.ㄣ.ㄇㄚ.ㄉㄝ.ㄛ.ㄋㄝ.ㄍㄚ.ㄧ.ㄒㄧ.ㄇㄚ.ㄙㄨ

❻ （指著地圖）麻煩載我到這裡。

ここまでお願いします。

ko.ko.ma.de.o.ne.ga.i.shi.ma.su

ㄎㄛ.ㄎㄛ.ㄇㄚ.ㄉㄝ.ㄛ.ㄋㄝ.ㄍㄚ.ㄧ.ㄒㄧ.ㄇㄚ.ㄙㄨ

❼ 今天想要租一天的車。

今日1日チャーターしたいのですが。

kyo.u.i.chi.ni.chi.cha.-.ta.-.shi.ta.i.no.de.su.ga

ㄎㄧㄛ.ㄨ.ㄧ.ㄑㄧ.ㄋㄧ.ㄑㄧ.ㄑㄧㄚ.～.ㄊㄚ.～.ㄒㄧ.ㄊㄚ.ㄧ.ㄋㄛ.ㄉㄝ.ㄙㄨ.ㄍㄚ

⑧ 到武道館要花多少時間？

武道館まで何分かかりますか。

bu.do.u.ka.n.ma.de.na.n.pu.n.ka.ka.ri.ma.su.ka

ㄅㄨ.ㄉㄛ.ㄨ.ㄎㄚ.ㄣ.ㄇㄚ.ㄉㄝ.ㄋㄢ.ㄣ.ㄆㄨ.ㄣ.ㄎㄚ.ㄎㄚ.ㄌㄧ.ㄇㄚ.ㄙㄨ.ㄎㄚ

⑨ 請盡快一點！

できるだけ急いでください。

de.ki.ru.da.ke.i.so.i.de.ku.da.sa.i

ㄉㄝ.ㄎㄧ.ㄌㄨ.ㄉㄚ.ㄎㄝ.ㄧ.ㄙㄛ.ㄧ.ㄉㄝ.ㄎㄨ.ㄉㄚ.ㄙㄚ.ㄧ

⑩ 請在這裡停下來。

ここで停めてください。

ko.ko.de.to.me.te.ku.da.sa.i

ㄎㄛ.ㄎㄛ.ㄉㄝ.ㄊㄛ.ㄇㄝ.ㄊㄝ.ㄎㄨ.ㄉㄚ.ㄙㄚ.ㄧ

⑪ 多少錢？

いくらですか?

i.ku.ra.de.su.ka

ㄧ.ㄎㄨ.ㄌㄚ.ㄉㄝ.ㄙㄨ.ㄎㄚ

計程車

回送

かいそう
回送

ka.i.so.u

ㄎㄚ.-.ㄙㄛ.ㄨ

空車

くうしゃ
空車

ku.u.sha

ㄎㄨ.ㄨ.ㄒ一ㄚ

計程車

タクシー

ta.ku.shi.-

ㄊㄚ.ㄎㄨ.ㄒ一.～

增額

わりまし
割増

wa.ri.ma.shi

ㄨㄚ.ㄌ一.ㄇㄚ.ㄒ一

預訂車

よやくしゃ
予約車

yo.ya.ku.sha

一ㄛ.一ㄚ.ㄎㄨ.ㄒ一ㄚ

計程車
乘車處

タクシー乗り場

の　　**ば**

ta.ku.shi.-.no.ri.ba

ㄊㄚ.ㄎㄨ.ㄒ一.～.ㄋㄛ.ㄌ一.ㄅㄚ

計程車司機

タクシー
ドライバー

ta.ku.shi.-.do.ra.i.ba.-

ㄊㄚ.ㄎㄨ.ㄒ一.～.ㄉㄛ.ㄌㄚ.一.ㄅㄚ.～

6.租車

第2天　第1天
第3天
第4天　第5天

必學好用句

請到地點A

| 地點A | に 行ってください。 |

地點A　　　ni.　i.・.te.ku.da.sa.i

地點A　　　ㄋㄧ－.　－.・.ㄊㄝ.ㄎㄨ.ㄉㄚ.ㄙㄚ.－

高頻使用句

❶ 我想要租車。

車を借りたいのですが。

ku.ru.ma.wo.ka.ri.ta.i.no.de.su.ga

ㄎㄨ.ㄌㄨ.ㄇㄚ.ㄛ.ㄎㄚ.ㄌㄧ－.ㄊㄞ.－.ㄋㄛ.ㄉㄝ.ㄙㄨ.ㄍㄚ

❷ 我持有國際駕照。

国際免許を持っています。

ko.ku.sa.i.me.n.kyo.wo.mo.・.te.i.ma.su

ㄎㄛ.ㄎㄨ.ㄙㄚ.－.ㄇㄝ.ㄣ.ㄎㄧㄛ.ㄛ.ㄇㄛ.・.ㄊㄝ.－.ㄇㄚ.ㄙㄨ

❸ 有什麼樣的車？

どんな車がありますか?

do.n.na.ku.ru.ma.ga.a.ri.ma.su.ka

ㄉㄛ.ㄣ.ㄋㄚ.ㄎㄨ.ㄌㄨ.ㄇㄚ.ㄍㄚ.ㄚ.ㄌㄧ.ㄇㄚ.ㄙㄨ.ㄎㄚ

❹ 請讓我看價目表。

料金表を見せてください。

ryo.o.u.ki.n.hyo.u.wo.mi.se.te.ku.da.sa.i

ㄌㄧㄛ.ㄛ.ㄨ.ㄎㄧ.ㄣ.ㄏㄧㄛ.ㄨ.ㄛ.ㄇㄧ.ㄙㄝ.ㄊㄝ.ㄎㄨ.ㄉㄚ.ㄙㄚ.ㄧ

❺ 我要租一台自排車。

オートマティック車をお願いします。

o.-.to.ma.ti.・.ku.sha.wo.o.ne.ga.i.shi.ma.su

ㄛ.～.ㄊㄛ.ㄇㄚ.ㄊㄧ.・.ㄎㄨ.ㄒㄧㄚ.ㄛ.ㄛ.ㄋㄝ.ㄍㄚ.ㄧ.ㄒㄧ.ㄇㄚ.ㄙㄨ

❻ 我要吸菸（禁菸）車。

喫煙車（禁煙車）をお願いします。

ki.tsu.e.n.sha.（ki.n.e.n.sha.）wo.o.ne.ga.i.shi.ma.su

ㄎㄧ.ㄘ.ㄝ.ㄣ.ㄒㄧㄚ.（ㄎㄧ.ㄣ.ㄝ.ㄣ.ㄒㄧㄚ.）ㄛ.ㄛ.ㄋㄝ.ㄍㄚ.ㄧ.ㄒㄧ.ㄇㄚ.ㄙㄨ

❼ 這裡有瑕疵。

ここにキズがついています。

ko.ko.ni.ki.zu.ga.tsu.i.te.i.ma.su

ㄎㄛ.ㄎㄛ.ㄋㄧ.ㄎㄧ.ㄗㄨ.ㄍㄚ.ㄘ.ㄧ.ㄊㄝ.ㄧ.ㄇㄚ.ㄙㄨ

❽ 加油站在哪裡？

ガソリンスタンドはどこにありますか。

ga.so.ri.n.su.ta.n.do.wa.do.ko.ni.a.ri.ma.su.ka

ㄍㄚ.ㄙㆦ.ㄌㄧ.ㄣ.ㄙㄨ.ㄊㄚˋ.ㄣ.ㄉㆦ.ㄨㄚ.ㄉㆦ.ㄎㆦ.ㄋㄧ－.ㄚ.ㄌㄧ－.ㄇㄚ.ㄙㄨ.ㄎㄚ

❾ 要加滿油後再還車嗎？

ガソリンは満タン返しですか。

ga.so.ri.n.wa.ma.n.ta.n.ga.e.shi.de.su.ka

ㄍㄚ.ㄙㆦ.ㄌㄧ.ㄣ.ㄨㄚ.ㄇㄚ.ㄣ.ㄊㄚ.ㄣ.ㄍㄚˋ.ㄝ－.ㄒㄧ.ㄉㆤ.ㄙㄨ.ㄎㄚ

❿ 可以給我道路地圖嗎？

道路地図をいただけますか。

do.u.ro.chi.zu.wo.i.ta.da.ke.ma.su.ka

ㄉㆦ.ㄨ.ㄌㆦ.ㄑㄧ－.ㄗㄨ.ㆦ.ㄧ－.ㄊㄚ.ㄉㄚ.ㄎㆤ.ㄇㄚ.ㄙㄨ.ㄎㄚ

⓫ 這裡可以停車嗎？

ここに駐車してもいいですか。

ko.ko.ni.chu.u.sha.shi.te.mo.i.i.de.su.ka

ㄎㆦ.ㄎㆦ.ㄋㄧ－.ㄑㄨ.ㄨ.ㄒㄧㄚ.ㄒㄧ－.ㄊㆤ.ㄇㆦ.ㄧ－.ㄧ－.ㄉㆤ.ㄙㄨ.ㄎㄚ

⓬ 請幫我加滿油箱。

レギュラー満タンでお願いします。

re.gyu.ra.-.ma.n.ta.n.de.o.ne.ga.i.shi.ma.su

ㄌㄝ.ㄍㄧㄡ.ㄌㄚ.～.ㄇㄚ.ㄣ.ㄊㄚ.ㄣ.ㄉㄝ.ㄛ.ㄋㄝ.ㄍㄚ.ㄧ.ㄒㄧ.ㄇㄚ.ㄙ

⓭ 請幫我加2000元的油。

2,000円分、入れてください。

ni.se.n.e.n.bu.n.,i.re.te.ku.da.sa.i

ㄋㄧ.ㄙㄝ.ㄣ.ㄝ.ㄣ.ㄅㄨ.ㄣ.ㄧ.ㄌㄝ.ㄊㄝ.ㄎㄨ.ㄉㄚ.ㄙㄚ.ㄧ

關鍵單字

租車

ETC

ETC
i.-.ti.-.shi.-
ㄧ.~.ㄊㄧ.~.ㄒㄧ.~

汽車導航器

カーナビ
ka.-.na.bi
ㄎㄚ.~.ㄋㄚ.ㄅㄧ

手動（MT）

マニュ
アル(MT)
ma.nyu.a.ru.(e.mu.ti.-.)
ㄇㄚ.ㄋㄧㄨ.ㄚ.ㄌㄨ.(ㄝ.ㄇㄨ.ㄊㄧ.~.)

就地歸還

の　　す
乗り捨て
no.ri.su.te
ㄋㄛ.ㄌㄧ~.ㄙ.ㄊㄝ

自動（AT）

オートマ
チック(AT)
o.-.to.ma.chi.・.ku.(e.-.ti.-.)
ㄛ.~.ㄊㄛ.ㄇㄚ.くㄧ~.・.ㄎㄨ.(ㄝ.~.ㄊㄧ.~.)

租車

レンタカー
re.n.ta.ka.-
ㄌㄝ.ㄣ.ㄊㄚ.ㄎㄚ.~

對物補償

たいぶつ　ほ　しょう
対物補償
ta.i.bu.tsu.ho.sho.u
ㄊㄚ.ㄧ.ㄅㄨ.ㄘ.ㄏㄛ.ㄒㄧㄛ.ㄨ

對人補償

たいじん　ほ　しょう
対人補償
ta.i.ji.n.ho.sho.u
ㄊㄚ.ㄧ.ㄐㄧ.ㄣ.ㄏㄛ.ㄒㄧㄛ.ㄨ

7.在飯店

第2天 第1天
第3天
第4天 第5天

必學好用句

房間可以上網嗎？

部屋でインターネット ができますか。
へや

he.ya.de.i.n.ta.-.ne.・.to.ga.de.ki.ma.su.ka

ㄏㄝ.ー.ㄚ.ㄉㄝ.ー.ㄣ.ㄊㄚ.～.ㄋㄝ.・.ㄊㄛ.ㄍㄚ.ㄉㄝ.ㄎ一.ㄇㄚ.ㄙㄨ.ㄎㄚ

可以幫我預約餐廳嗎？

レストランを予約し ていただけますか。
よやく

re.su.to.ra.n.wo.yo.ya.ku.shi.te.i.ta.da.ke.ma.su.ka

ㄌㄝ.ㄙ.ㄊㄛ.ㄌㄚ.ㄣ.ㄛ.ー.ㄛ.ー.ㄚ.ㄎㄨ.ㄒ一.ㄊㄝ.一.ㄊㄚ.ㄉㄚ.ㄎㄝ.ㄇㄚ.ㄙㄨ.ㄎㄚ

高頻使用句

❶ 我要辦理登記住宿（退房）。

チェックイン（アウト）をお願いします。
ねが

che.・.ku.i.n.（a.u.to.）wo.o.ne.ga.i.shi.ma.su

ㄑ一ㄝ.・.ㄎㄨ.一.ㄣ.（ㄚ.ㄨ.ㄊㄛ.）ㄛ.ㄛ.ㄋㄝ.ㄍㄚ.一.ㄒ一.ㄇㄚ.ㄙㄨ

169

❷ 我是東南旅行社預約的陳先生。

<ruby>東南旅行社<rt>とうなんりょこうしゃ</rt></ruby>で<ruby>予約<rt>よやく</rt></ruby>した<ruby>陳<rt>ちん</rt></ruby>です。

to.u.na.n.ryo.ko.u.sha.de.yo.ya.ku.shi.ta.chi.n.de.su

ㄊㄛ.ㄨ.ㄋㄚ.ㄣ.ㄌㄧㄛ.ㄎㄛ.ㄨ.ㄒㄧㄚ.ㄌㄝ.ㄧㄛ.ㄧㄚ.ㄎㄨ.ㄒㄧ.ㄊㄚ.ㄑㄧ.ㄣ.ㄌㄝ.ㄙ

❸ 早餐是幾點呢？

<ruby>朝食<rt>ちょうしょく</rt></ruby>は<ruby>何時<rt>なんじ</rt></ruby>ですか。

cho.u.sho.ku.wa.na.n.ji.de.su.ka

ㄑㄧㄛ.ㄨ.ㄒㄧㄛ.ㄎㄨ.ㄨㄚ.ㄋㄚ.ㄣ.ㄐㄧ.ㄌㄝ.ㄙ.ㄎㄚ

❹ 電梯在哪裡？

エレベーターはどこですか。

e.re.be.-.ta.-.wa.do.ko.de.su.ka

ㄝ.ㄌㄝ.ㄅㄝ.～.ㄊㄚ.～.ㄨㄚ.ㄌㄛ.ㄎㄛ.ㄌㄝ.ㄙ.ㄎㄚ

❺ 以現金（信用卡）支付

<ruby>現金<rt>げんきん</rt></ruby>（カード）で<ruby>支払<rt>しはら</rt></ruby>います。

ge.n.ki.n.（ka.-.do.）de.shi.ha.ra.i.ma.su

ㄍㄝ.ㄣ.ㄎㄧ.ㄣ.（ㄎㄚ.～.ㄌㄛ.）ㄌㄝ.ㄒㄧ.ㄏㄚ.ㄌㄚ.ㄧ.ㄇㄚ.ㄙ

❻ 我沒有使用小型吧台。

ミニバーは<ruby>使<rt>つか</rt></ruby>っていません。

mi.ni.ba.-.wa.tsu.ka.・.te.i.ma.se.n

ㄇㄧ.ㄋㄧ.ㄅㄚ.～.ㄨㄚ.ㄘ.ㄎㄚ.・.ㄊㄝ.ㄧ.ㄇㄚ.ㄙㄝ.ㄣ

❼ 帽子忘在房間了。

部屋に帽子を忘れました。
<ruby>部屋<rt>へや</rt></ruby>に<ruby>帽子<rt>ぼうし</rt></ruby>を<ruby>忘<rt>わす</rt></ruby>れました。

he.ya.ni.bo.u.shi.wo.wa.su.re.ma.shi.ta

ㄏㄝ.ㄧ.ㄚ.ㄋㄧ.ㄅㄛ.ㄨ.ㄒㄧ.ㄛ.ㄨㄚ.ㄙㄨ.ㄌㄝ.ㄇㄚ.ㄒㄧ.ㄊㄚ

❽ 你好，這裡是1038號房。

もしもし、1038<ruby>号室<rt>ごうしつ</rt></ruby>です。

mo.shi.mo.shi.i.chi.ma.ru.sa.n.ha.chi.go.u.shi.tsu.de.su

ㄇㄛ.ㄒㄧ.ㄇㄛ.ㄒㄧ.ㄧ.ㄑㄧ.ㄇㄚ.ㄌㄨ.ㄙㄚ.ㄣ.ㄏㄚ.ㄑㄧ.ㄍㄛ.ㄨ.ㄒㄧ.ㄘ.ㄉㄝ.ㄙ

❾ 我想要叫客房服務。

ルームサービスをお<ruby>願<rt>ねが</rt></ruby>いします。

ru.-.mu.sa.-.bi.su.wo.o.ne.ga.i.shi.ma.su

ㄌㄨ.～.ㄇㄨ.ㄙㄚ.～.ㄅㄧ.ㄙㄨ.ㄛ.ㄛ.ㄋㄝ.ㄍㄚ.ㄧ.ㄒㄧ.ㄇㄚ.ㄙ

❿ 我想要冰塊。

<ruby>氷<rt>こおり</rt></ruby>がほしいのですが。

ko.o.ri.ga.ho.shi.i.no.de.su.ga

ㄎㄛ.ㄛ.ㄌㄧ.ㄍㄚ.ㄏㄛ.ㄒㄧ.ㄧ.ㄋㄛ.ㄉㄝ.ㄙ.ㄍㄚ

⑪ 房間的燈打不開。

部屋の電気がつきません。

he.ya.no.de.n.ki.ga.tsu.ki.ma.se.n

ㄏㄝˋㄧㄚˇㄋㄛˇㄉㄝˋㄣㄎㄧˋㄍㄚˋㄘㄨˇㄎㄧˋㄇㄚˋㄙㄝˋㄣ

⑫ 沒熱水。

お湯が出ません。

o.yu.ga.de.ma.se.n

ㄛˋㄧㄨˋㄍㄚˇㄉㄝˋㄇㄚˋㄙㄝˋㄣ

⑬ 馬桶無法沖水。

トイレがよく流れません。

to.i.re.ga.yo.ku.na.ga.re.ma.se.n

ㄊㄛˋㄧˇㄌㄝˋㄍㄚˇㄧˋㄛˇㄎㄨˋㄋㄚˇㄍㄚˇㄌㄝˋㄇㄚˋㄙㄝˋㄣ

⑭ 沒有冷氣。

エアコンが効きません。

e.a.ko.n.ga.ki.ki.ma.se.n

ㄝˋㄚˋㄎㄛˇㄣㄍㄚˇㄎㄧˋㄎㄧˋㄇㄚˋㄙㄝˋㄣ

⑮ 可以再給我一條毛毯嗎？

毛布をもう一枚いただけますか。

mo.u.fu.wo.mo.u.i.chi.ma.i.i.ta.da.ke.ma.su.ka

ㄇㄛˋㄨˋㄏㄨˋㄛˇㄇㄛˋㄨˋㄧˇㄑㄧˋㄇㄚˋㄧˇㄧˋㄊㄚˋㄉㄚˇㄎㄝˋㄇㄚˋㄙㄨˋㄎㄚˇ

⓰ 可以請你慢慢說嗎？

もう少しゆっくり話していただけますか。

mo.u.su.ko.shi.yu.・.ku.ri.ha.na.shi.te.i.ta.da.ke.ma.su.ka

ㄇㄛ˙.ㄨ.ㄙ.ㄎㄛ.ㄒㄧ.ㄧㄨ.˙.ㄎㄨ.ㄌㄧ.ㄏㄚ.ㄋㄚ.ㄒㄧ.ㄊㄝ.ㄧ.ㄊㄚ.ㄉㄚ.ㄎㄝ.ㄇㄚ.ㄙㄨ.ㄎㄚ

⓱ 是哪位呢？

どなたですか。

do.na.ta.de.su.ka

ㄉㄛ.ㄋㄚ.ㄊㄚ.ㄉㄝ.ㄙㄨ.ㄎㄚ

⓲ 請等一下。

ちょっと待ってください。

cho.・.to.ma.・.te.ku.da.sa.i

ㄑㄧ-ㄛ.˙.ㄊㄛ.ㄇㄚ.˙.ㄊㄝ.ㄎㄨ.ㄉㄚ.ㄙㄚ.ㄧ

⓳ 有會說中文的工作人員嗎？

中国語を話せるスタッフはいますか。

chu.u.go.ku.go.wo.ha.na.se.ru.su.ta.・.fu.wa.i.ma.su.ka

ㄑㄧ-ㄨ.ㄨ.ㄍㄛ.ㄎㄨ.ㄍㄛ.ㄛ.ㄏㄚ.ㄋㄚ.ㄙㄝ.ㄌㄨ.ㄙㄨ.ㄊㄚ.˙.ㄈㄨ.ㄨㄚ.ㄧ.ㄇㄚ.ㄙㄨ.ㄎㄚ

⑳ 可以寄放鑰匙嗎？

鍵を預かってくれますか。
<small>かぎ　あず</small>

ka.gi.wo.a.zu.ka.･.te.ku.re.ma.su.ka

ㄎㄚ.ㄍㄧ.ㄜ.ㄚ.ㄗㄨ.ㄎㄚ.･.ㄊㄝ.ㄎㄨ.ㄌㄝ.ㄇㄚ.ㄙ.ㄎㄚ

㉑ 可以寄放行李嗎？

荷物を預かってくれますか。
<small>に　もつ　あず</small>

ni.mo.tsu.wo.a.zu.ka.･.te.ku.re.ma.su.ka

ㄋㄧ.ㄇㄛ.ㄘ.ㄜ.ㄚ.ㄗㄨ.ㄎㄚ.･.ㄊㄝ.ㄎㄨ.ㄌㄝ.ㄇㄚ.ㄙ.ㄎㄚ

㉒ 我想要連接網路。

インターネットに接続したいのですが。
<small>せつぞく</small>

i.n.ta.-.ne.･.to.ni.se.tsu.zo.ku.shi.ta.i.no.de.su.ga

ㄧ.ㄣ.ㄊㄚ.～.ㄋㄝ.･.ㄊㄛ.ㄋㄧ.ㄙㄝ.ㄘ.ㄗㄛ.ㄎㄨ.ㄒㄧ.ㄊㄚ.ㄧ.ㄋㄛ.ㄉㄝ.ㄙ.ㄍㄚ

㉓ 房間內可以使用Wi-Fi嗎？

部屋でWi-Fiは使えますか。
<small>へ　や　　　　　　つか</small>

he.ya.de.Wi-Fi.wa.tsu.ka.e.ma.su.ka

ㄏㄝ.ㄧㄚ.ㄉㄝ.Wi-Fi.ㄨㄚ.ㄘ.ㄎㄚ.ㄝ.ㄇㄚ.ㄙ.ㄎㄚ

關鍵單字

房間

雙人床房間

ダブルルーム

da.bu.ru.ru.-.mu

ㄉㄚ.ㄅㄨ.ㄌㄨˋ.ㄌㄨ.～.ㄇㄨ

單人房

シングル
ルーム

shi.n.gu.ru.ru.-.mu

ㄒㄧ.ㄣ.ㄍㄨ.ㄌㄨˋ.ㄌㄨ.～.ㄇㄨ

雙人房

ツインルーム

tsu.i.n.ru.-.mu

ㄘ.ㄧ.ㄣ.ㄌㄨ.～.ㄇㄨ

附設浴缸

バス付き

ba.su.tsu.ki

ㄅㄚ.ㄙ.ㄘ.ㄎㄧ

附設淋浴

シャワー付き

sha.wa.-.tsu.ki

ㄒㄧㄚ.ㄨㄚ.～.ㄘ.ㄎㄧ

附設廁所

トイレ付き

to.i.re.tsu.ki

ㄊㄛ.ㄧ.ㄌㄝ.ㄘ.ㄎㄧ

貴重物品

きちょうひん
貴重品

ki.cho.u.hi.n

ㄎㄧ.ㄑㄛˋ.ㄨˋ.ㄏㄧ.ㄣ

早餐券

ちょうしょっけん
朝食券

cho.u.sho. ・ .ke.n

ㄑㄛˋ.ㄨˋ.ㄒㄧㄛ.・.ㄎㄝˋ.ㄣ

ボディ
シャンプー

沐浴乳

bo.di.sha.n.pu.-

ㄅㄛ.ㄉㄧ.ㄒㄧㄚ.ㄣ.ㄆㄨ.～

シャンプー

洗髮精

sha.n.pu.-

ㄒㄧㄚ.ㄣ.ㄆㄨ.～

リンス

潤髮乳

ri.n.su

ㄌㄧ.ㄣ.ㄙㄨ

エアコン

空調

e.a.ko.n

ㄝ.ㄚ.ㄎㄛ.ㄣ

ドライヤー

吹風機

do.ra.i.ya.-

ㄉㄛ.ㄌㄚ.ㄧ.ㄧㄚ.～

エキスト
ラベッド

加床

e.ki.su.to.ra.be.・.do

ㄝ.ㄎㄧ.ㄙㄨ.ㄊㄛ.ㄌㄚ.ㄅㄝ.・.ㄉㄛ

キャンセル

取消

kya.n.se.ru

ㄎㄧㄚ.ㄣ.ㄙㄝ.ㄌㄨ

予約
よやく

預約

yo.ya.ku

ㄧㄛ.ㄧㄚ.ㄎㄨ

176

ルームサービス 客房服務
ru.-.mu.sa.-.bi.su
ㄌㄨ.～.ㄇㄨ.ㄙㄚ.～.ㄅㄧ.ㄙㄨ

モーニングコール 叫醒服務
mo.-.ni.n.gu.ko.-.ru
ㄇㄜ.～.ㄋㄧ.ㄣ.ㄍㄨ.ㄎㄜ.～.ㄌㄨ

りょうがえ
両替 兌換
ryo.u.ga.e
ㄌㄧㄛ.ㄨ.ㄍㄚ.ㄝ

まんしつ
満室 客滿
ma.n.shi.tsu
ㄇㄚ.ㄣ.ㄒㄧ.ㄘ

くうしつ
空室 空房間
ku.u.shi.tsu
ㄎㄨ.ㄨ.ㄒㄧ.ㄘ

へ や ばんごう
部屋番号 房間號碼
he.ya.ba.n.go.u
ㄏㄝ.ㄧㄚ.ㄅㄚ.ㄣ.ㄍㄜ.ㄨ

ルームナンバー 房間號碼
ru.-.mu.na.n.ba.-
ㄌㄨ.～.ㄇㄨ.ㄋㄚ.ㄣ.ㄅㄚ.～

りょかん
旅館 旅館
ryo.ka.n
ㄌㄧㄛ.ㄎㄚ.ㄣ

飯店

ホテル

ho.te.ru

ㄏㄛ.ㄊㄝ.ㄌㄨ

商務旅館

ビジネス
ホテル

bi.ji.ne.su.ho.te.ru

ㄅㄧ.ㄐㄧˊ.ㄋㄝ.ㄙㄨ.ㄏㄛ.ㄊㄝ.ㄌㄨ

服務台

フロント

fu.ro.n.to

ㄈㄨ.ㄌㄛ.ㄣ.ㄊㄛ

大廳

ロビー

ro.bi.-

ㄌㄛ.ㄅㄧ.～

入住手續

チェックイン

che.・.ku.i.n

ㄑㄧㄝ.・.ㄎㄨ.ㄧ.ㄣ

退房手續

チェック
アウト

che.・.ku.a.u.to

ㄑㄧㄝ.・.ㄎㄨ.ㄚ.ㄨ.ㄊㄛ

房間鑰匙

ルームキー

ru.-.mu.ki.-

ㄌㄨ.～.ㄇㄨ.ㄎㄧ.～

小費

チップ

chi.・.pu

ㄑㄧ.・.ㄆㄨ

178

吃飯

しょく じ
食事

sho.ku.ji

ㄒㄧㄛ.ㄎㄨ.ㄐㄧ

一晚

いっぱく
1泊

i.・.pa.ku

ㄧ.・.ㄆㄚ.ㄎㄨ

附有早餐

ちょうしょく つ
朝食付き

cho.u.sho.ku.tsu.ki

ㄑㄧㄛ.ㄨ.ㄒㄧㄛ.ㄎㄨ.ㄘㄨ.ㄘ.ㄎㄧ

投宿

と
泊まる

to.ma.ru

ㄊㄛ.ㄇㄚ.ㄌㄨ

緊急出口

ひ じょうぐち
非 常 口

hi.jo.u.gu.chi

ㄏㄧ.ㄗㄧㄛ.ㄨ.ㄍㄨ.ㄑㄧ

電話

でんわ
電話
de.n.wa
ㄉㄝ.ㄅ.ㄨㄚ

電話

テレフォン
te.re.fo.n
ㄊㄝ.ㄌㄝ.ㄈㄛ.ㄅ

電話機

でんわき
電話器
de.n.wa.ki
ㄉㄝ.ㄅ.ㄨㄚ.ㄎㄧ

聽筒

じゅわき
受話器
ju.wa.ki
ㄐㄧㄨ.ㄨㄚ.ㄎㄧ

電話號碼

でんわばんごう
電話番号
de.n.wa.ba.n.go.u
ㄉㄝ.ㄅ.ㄨㄚ.ㄅㄚ.ㄅ.ㄍㄛ.ㄨ

電話費

つうわりょうきん
通話料金
tsu.u.wa.ryo.u.ki.n
ㄘ.ㄨ.ㄨㄚ.ㄌㄧㄛ.ㄨ.ㄎㄧ.ㄅ

號碼查詢

ばんごうあんない
番号案内
ba.n.go.u.a.n.na.i
ㄅㄚ.ㄅ.ㄍㄛ.ㄨ.ㄚ.ㄅ.ㄋㄚ.ㄧ

電話簿

でんわちょう
電話帳
de.n.wa.cho.u
ㄉㄝ.ㄅ.ㄨㄚ.ㄑㄧㄛ.ㄨ

市内電話

市内電話
しないでんわ

shi.na.i.de.n.wa.

ㄒㄧ.ㄋㄚ.ㄧ.ㄉㄝ.ㄣ.ㄨㄚ

市外電話

市外電話
しがいでんわ

shi.ga.i.de.n.wa

ㄒㄧ.ㄍㄚ.ㄧ.ㄉㄝ.ㄣ.ㄨㄚ

長途電話

長距離電話
ちょうきょりでんわ

cho.u.kyo.ri.de.n.wa

ㄑㄧㄛ.ㄨ.ㄎㄧㄛ.ㄌㄧ.ㄉㄝ.ㄣ.ㄨㄚ

國際電話

国際電話
こくさいでんわ

ko.ku.sa.i.de.n.wa

ㄎㄛ.ㄎㄨ.ㄙㄚ.ㄧ.ㄉㄝ.ㄣ.ㄨㄚ

對方付費電話

コレクトコール

ko.re.ku.to.ko.-.ru

ㄎㄛ.ㄌㄝ.ㄎㄨ.ㄊㄛ.ㄎㄛ.～.ㄌㄨ

公共電話

公衆電話
こうしゅうでんわ

ko.u.shu.u.de.n.wa

ㄎㄛ.ㄨ.ㄒㄧㄨ.ㄨ.ㄉㄝ.ㄣ.ㄨㄚ

電話亭

電話ボックス
でんわ

de.n.wa.bo.・.ku.su

ㄉㄝ.ㄣ.ㄨㄚ.ㄅㄛ.・.ㄎㄨ.ㄙ

手機

携帯電話
けいたいでんわ

ke.i.ta.i.de.n.wa

ㄎㄝ.ㄧ.ㄊㄚ.ㄧ.ㄉㄝ.ㄣ.ㄨㄚ

るすばんでんわ
留守番電話

ru.su.ba.n.de.n.wa

ㄌㄨˋ.ㄙㄨˋ.ㄅㄢˋ.ㄅㄝ.ㄅˋ.ㄨㄚˇ

まちが　　でんわ
間違い電話

ma.chi.ga.i.de.n.wa

ㄇㄚ.ㄑㄧ-.ㄍㄚ.-.ㄉㄝ.ㄅ.ㄨㄚˇ

でんわ
電話をかける

de.n.wa.wo.ka.ke.ru

ㄉㄝ.ㄅ.ㄨㄚˇ.ㄛ.ㄎㄚˋ.ㄎㄝ.ㄌㄨ

でんわ　　　で
電話に出る

de.n.wa.ni.de.ru

ㄉㄝ.ㄅ.ㄨㄚˇ.ㄋ-.ㄉㄝ.ㄌㄨ

なお
かけ直す

ka.ke.na.o.su

ㄎㄚ.ㄎㄝ.ㄋㄚˋ.ㄛ.ㄙ

よ　　だ
呼び出す

yo.bi.da.su

-ㄛ.ㄅ-.ㄉㄚ.ㄙ

こた
答える

ko.ta.e.ru

ㄎㄛ.ㄊㄚˋ.ㄝ.ㄌㄨ

つた
伝える

tsu.ta.e.ru

ㄘ.ㄊㄚˋ.ㄝ.ㄌㄨ

8.買東西

必學好用句

請問（這裡）有（賣）A？

A は　ありますか。

A wa.　a.ri.ma.su.ka

ㄨㄚ.　ㄚ.ㄌㄧ.ㄇㄚ.ㄙ.ㄎㄚ

請問A放在哪裡呢？

A は　どこにありますか。

A. wa.　do.ko.ni.a.ri.ma.su.ka

ㄚ.　ㄨㄚ.　ㄉㄛ.ㄎㄛ.ㄋㄧ.ㄚ.ㄌㄧ.ㄇㄚ.ㄙ.ㄎㄚ

我要那個白色的。

あの白いの をください。

a.no.shi.ro.i.no.wo.ku.da.sa.i

ㄚ.ㄋㄛ.ㄒㄧ.ㄌㄛ.ㄧ.ㄋㄛ.ㄛ.ㄎㄨ.ㄉㄚ.ㄙㄚ.ㄧ

請讓我看一下這個。

これ を見せてください。

ko.re.wo.mi.se.te.ku.da.sa.i

ㄎㄛ.ㄌㄜ.ㄨㄟ.ㄛ.ㄇㄧ.ㄙㄜ.ㄊㄜ.ㄎㄨ.ㄉㄚ.ㄙㄚ.ㄧ

❶ 請問在找什麼呢？

何<ruby>なに</ruby>かお探<ruby>さが</ruby>しですか。

na.ni.ka.o.sa.ga.shi.de.su.ka

ㄋㄚ.ㄋㄧ.ㄎㄚ.ㄛ.ㄙㄚ.ㄍㄚ.ㄒㄧ.ㄉㄜˋㄙ.ㄎㄚ

❷ 只是看看而已！

見<ruby>み</ruby>てるだけです。

mi.te.ru.da.ke.de.su

ㄇㄧ.ㄊㄜˋ.ㄌㄨ.ㄉㄚ.ㄎㄜ.ㄉㄜˋㄙ

❸ 我想要買凱蒂貓的時鐘。

ハローキティの時計<ruby>とけい</ruby>を買<ruby>か</ruby>いたいのですが。

ha.ro.-.ki.ti.no.to.ke.i.wo.ka.i.ta.i.no.de.su.ga

ㄏㄚ.ㄌㄛ.ㄌㄜˊ~.ㄎㄧˊ.ㄊㄧ.ㄋㄛ.ㄊㄛˋ.ㄎㄜˊ.ㄧ.ㄛ.ㄎㄚ.ㄧ.ㄊㄚ.ㄧ.ㄋㄛ.ㄉㄜˋㄙ.ㄍㄚ

❹ 在找要送朋友的名產。

友達<ruby>ともだち</ruby>へのお土産<ruby>みやげ</ruby>を探<ruby>さが</ruby>しているのです。

to.mo.da.chi.e.no.o.mi.ya.ge.wo.sa.ga.shi.te.i.ru.no.de.su

ㄊㄛ.ㄇㄛˋ.ㄉㄚ.ㄑㄧ.ㄝ.ㄋㄛ.ㄛ.ㄇㄧ.ㄧㄚ.ㄍㄝˋ.ㄛ.ㄙㄚ.ㄍㄚ.ㄒㄧ.ㄊㄝ.ㄧ.ㄌㄨ.ㄋㄛ.ㄉㄜˋㄙ

⑤ 那個可以給我看一下嗎？

それを見(み)せてくれますか。

so.re.wo.mi.se.te.ku.re.ma.su.ka

ㄙㄛ.ㄌㄝ.ㄛ.ㄇㄧ.ㄙㄝ.ㄊㄝ.ㄎㄨ.ㄌㄝ.ㄇㄚ.ㄙ.ㄎㄚ

⑥ 可以看看裡面嗎？

中身(なかみ)は見(み)られますか。

na.ka.mi.wa.mi.ra.re.ma.su.ka

ㄋㄚ.ㄎㄚ.ㄇㄧ.ㄨㄚ.ㄇㄧ.ㄌㄚ.ㄌㄝ.ㄇㄚ.ㄙ.ㄎㄚ

⑦ 有其它的顏色嗎？

ほかの色(いろ)はありますか。

ho.ka.no.i.ro.wa.a.ri.ma.su.ka

ㄏㄛ.ㄎㄚ.ㄋㄛ.ㄧ.ㄌㄛ.ㄨㄚ.ㄚ.ㄌㄧ.ㄇㄚ.ㄙ.ㄎㄚ

⑧ 可以試穿嗎？

試着(しちゃく)してもいいですか。

shi.cha.ku.shi.te.mo.i.i.de.su.ka

ㄒㄧ.ㄑㄧㄚ.ㄎㄨ.ㄒㄧ.ㄊㄝ.ㄇㄛ.ㄧ.ㄧ.ㄉㄝ.ㄙ.ㄎㄚ

⑨ 試衣間在哪裡？

試着室(しちゃくしつ)はどこですか。

shi.cha.ku.shi.tsu.wa.do.ko.de.su.ka

ㄒㄧ.ㄑㄧㄚ.ㄎㄨ.ㄒㄧ.ㄘ.ㄨㄚ.ㄉㄛ.ㄎㄛ.ㄉㄝ.ㄙ.ㄎㄚ

⑩ 覺得如何呢？

いかがですか。

i.ka.ga.de.su.ka

ー.ㄎㄚ.ㄍㄚ.ㄉㄝ.ㄙ.ㄎㄚ

⑪ 剛剛好！

ちょうどいいです。

cho.u.do.i.i.de.su

ㄑ一ㄛ.ㄉㄛ.ㄨ.一.一.ㄉㄝ.ㄙ

⑫ 有小（大）一點的嗎？

もう少_{すこ}し小_{ちい}さいもの（大_{おお}きいもの）はありますか。

もう少し小さいもの（大きいもの）はありますか。

mo.u.su.ko.shi.chi.i.sa.i.mo.no.(o.o.ki.i.mo.no.)wa.a.ri.ma.su.ka

ㄇㄛ.ㄨ.ㄙ.ㄎㄛ.ㄒ一.ㄑ一.一.ㄙㄚ.一.ㄇㄛ.ㄋㄛ.（ㄛ.ㄛ.ㄎ一.一.ㄇㄛ.ㄋㄛ.）ㄨㄚ.ㄚ.ㄌ一.ㄇㄚ.ㄙ.ㄎㄚ

⑬ 這個多少錢？

これはいくらですか。

ko.re.wa.i.ku.ra.de.su.ka

ㄎㄛ.ㄌㄝ.ㄨㄚ.一.ㄎㄨ.ㄌㄚ.ㄉㄝ.ㄙ.ㄎㄚ

⓮ 請給我這個！

これ、ください。

ko.re. ，ku.da.sa.i

ㄎㄛ.ㄌㄜˋ，ㄎㄨ.ㄉㄚ.ㄙㄚ.一

⓯ 請問有折扣嗎？

<ruby>割引<rt>わりびき</rt></ruby>はありますか。

wa.ri.bi.ki.wa.a.ri.ma.su.ka

ㄨㄚ.ㄌー.ㄅー.ㄎー.ㄨㄚ.ㄚ.ㄌー.ㄇㄚ.ㄙ.ㄎㄚ

⓰ 折扣下來是多少錢呢？

<ruby>割引<rt>わりびき</rt></ruby>したらいくらになりますか。

wa.ri.bi.ki.shi.ta.ra.i.ku.ra.ni.na.ri.ma.su.ka

ㄨㄚ.ㄌー.ㄅー.ㄎー.ㄒー.ㄊㄚ.ㄌㄚ.一.ㄎㄨ.ㄌㄚ.ㄋー.ㄋㄚ.ㄌー.ㄇㄚ.ㄙ.ㄎㄚ

⓱ 有再便宜一點的嗎？

もっと<ruby>安<rt>やす</rt></ruby>いのはありますか。

mo.・.to.ya.su.i.no.wa.a.ri.ma.su.ka

ㄇㄛ.・.ㄊㄛ.ㄧㄚ.ㄙ.一.ㄋㄛ.ㄨㄚ.ㄚ.ㄌー.ㄇㄚ.ㄙ.ㄎㄚ

⓲ 下次再買。

またにします。

ma.ta.ni.shi.ma.su

ㄇㄚ.ㄊㄚ.ㄋー.ㄒー.ㄇㄚ.ㄙ

⓳ 這個在哪兒有賣呢？

これはどこで売っていますか。

ko.re.wa.do.ko.de.u.・.te.i.ma.su.ka.

ㄎㄛ.ㄌㄝ.ㄨㄚ.ㄉㄛ.ㄎㄛ.ㄉㄝ.ㄨ.・.ㄊㄝ.ㄧ.ㄇㄚ.ㄙㄨ.ㄎㄚ

⓴ 我買5個，請算我便宜一點！

5つ買うのでまけてください。

i.tsu.tsu.ka.u.no.de.ma.ke.te.ku.da.sa.i

ㄧ.ㄘ.ㄘ.ㄎㄚ.ㄨ.ㄋㄛ.ㄉㄝ.ㄇㄚ.ㄎㄝ.ㄊㄝ.ㄎㄨ.ㄉㄚ.ㄙㄚ.ㄧ

㉑ 我可以退回這件T恤嗎？

このTシャツを返品してもいいでしょうか。

ko.no.ti.-.sha.tsu.wo.he.n.pi.n.shi.te.mo.i.i.de.sho.u.ka

ㄎㄛ.ㄋㄛ.ㄊㄧ.－.ㄒㄧㄚ.ㄘ.ㄛ.ㄏㄝ.ㄣ.ㄆㄧ.ㄣ.ㄒㄧ.ㄊㄝ.ㄇㄛ.ㄧ.ㄧ.ㄉㄝ.ㄒㄧㄛ.ㄨ.ㄎㄚ

㉒ 這個不是瑕疵品嗎？

これは不良品じゃないですか。

ko.re.wa.fu.ryo.u.hi.n.ja.na.i.de.su.ka

ㄎㄛ.ㄌㄝ.ㄨㄚ.ㄈㄨ.ㄌㄧㄛ.ㄨ.ㄏㄧ.ㄣ.ㄐㄚ.ㄋㄚ.ㄧ.ㄉㄝ.ㄙㄨ.ㄎㄚ

㉓ 這裡髒了。

ここに汚(よご)れがついているのですが。

ko.ko.ni.yo.go.re.ga.tsu.i.te.i.ru.no.de.su.ga

ㄎㄛ.ㄎㄛ.ㄋㄧ－.一ㄛ.ㄍㄛ.ㄌㄜ.ㄍㄚ.ㄘ.一.ㄊㄝ.一.ㄌㄨ.ㄋㄛ.ㄌㄝ.ㄙ.ㄍㄚ

㉔ 尺寸錯誤了。

サイズを間違(まちが)えたのですが。

sa.i.zu.wo.ma.chi.ga.e.ta.no.de.su.ga

ㄙㄚ.一.ㄗㄨ.ㄛ.ㄇㄚ.くー.ㄍㄚ.ㄝ.ㄊㄚ.ㄋㄛ.ㄌㄝ.ㄙ.ㄍㄚ

㉕ 可以換成L號的嗎？

Lサイズに交換(こうかん)ができますか。

e.ru.sa.i.zu.ni.ko.u.ka.n.ga.de.ki.ma.su.ka

ㄝ.ㄌㄨ.ㄙㄚ.一.ㄗㄨ.ㄋㄧ－.ㄎㄛ.ㄨ.ㄎㄚ.ㄣ.ㄍㄚ.ㄌㄝ.ㄎㄧ－.ㄇㄚ.ㄙ.ㄎㄚ

㉖ 這個可以換成其它的東西嗎？

これを他(ほか)の物(もの)と交換(こうかん)したいのですが。

ko.re.wo.ho.ka.no.mo.no.to.ko.u.ka.n.shi.ta.i.no.de.su.ga

ㄎㄛ.ㄌㄝ.ㄛ.ㄏㄛ.ㄎㄚ.ㄋㄛ.ㄇㄛ.ㄋㄛ.ㄊㄛ.ㄎㄛ.ㄨ.ㄎㄚ.ㄣ.ㄒㄧ－.ㄊㄚ.一.ㄋㄛ.ㄌㄝ.ㄙ.ㄍㄚ

㉗ 麻煩你還給我錢。

返金(へんきん)お願(ねが)いします。

he.n.ki.no.ne.ga.i.shi.ma.su

ㄏㄝ.ㄣ.ㄎㄧ－.ㄋㄛ.ㄋㄝ.ㄍㄚ.一.ㄒㄧ－.ㄇㄚ.ㄙ

購物

買東西

か もの
買い物
ka.i.mo.no
ㄎㄚˋ.ㄧ.ㄇㄛ.ㄋㄛ

購物

ショッピング
sho.・.pi.n.gu
ㄒㄧˊ.ㄛ.・.ㄆㄧˋ.ㄅ.ㄍㄨ

現金

げんきん
現金
ge.n.ki.n
ㄍㄝˋ.ㄅ.ㄎㄧˋ.ㄅ.

紙幣

し へい
紙幣
shi.he.i
ㄒㄧˋ.ㄏㄝ.ㄧˊ

硬幣

こうか
硬貨
ko.u.ka
ㄎㄛˋ.ㄨ.ㄎㄚ

價格

ね だん
値段
ne.da.n
ㄋㄝ.ㄉㄚˋ.ㄅ

價格標籤

ね ふだ
値札
ne.fu.da
ㄋㄝ.ㄈㄨˋ.ㄉㄚ

貴的

たか
高い
ta.ka.i
ㄊㄚ.ㄎㄚ.ㄧˊ

便宜的

やす
安い

ya.su.i

ㄧㄚ.ㄙ.ㄧ

降價

ね び
値引き

ne.bi.ki

ㄋㄝ.ㄅㄧ.ㄎㄧ

找的錢・
零錢

おつり

o.tsu.ri

ㄛ.ㄘ.ㄌㄧ

收銀機

レジ

re.ji

ㄌㄝ.ㄐㄧ

信用卡

**クレジッ
トカード**

ku.re.ji.・.to.ka.-.do

ㄎㄨ.ㄌㄝ.ㄐㄧ.・.ㄊㄜ.ㄎㄚ.~.ㄉㄜ

密碼

あんしょうばんごう
暗証番号

a.n.sho.u.ba.n.go.u

ㄚ.ㄣ.ㄒㄧㄛ.ㄨ.ㄅㄚ.ㄣ.ㄍㄜ.ㄨ

密碼

パスワード

pa.su.wa.-.do

ㄆㄚ.ㄙ.ㄨㄚ.~.ㄉㄜ

營業中

えいぎょうちゅう
営業中

e.i.gyo.u.chu.u

ㄝ.ㄧ.ㄍㄧㄛ.ㄨ.ㄑㄨ.ㄨ

營業時間

営業時間
えいぎょう じ かん

e.i.gyo.u.ji.ka.n

ㄝ.ー.ㄍㄧㄡ.ㄨ.ㄐㄧ.ㄎㄚ.ㄣ

禮物

プレゼント

pu.re.ze.n.to

ㄆㄨ.ㄌㄝ.ㄗㄝ.ㄣ.ㄊㄛ

品牌

ブランド

bu.ra.n.do

ㄅㄨ.ㄌㄚ.ㄣ.ㄉㄛ

流行

流行
りゅうこう

ryu.u.ko.u

ㄌㄧㄨ.ㄨ.ㄎㄛ.ㄨ

百貨商店

デパート

de.pa.-.to

ㄉㄝ.ㄆㄚ.～.ㄊㄛ

超級市場

スーパー
マーケット

su.-.pa.-.ma.-.ke.・.to

ㄙ.～.ㄆㄚ.～.ㄇㄚ.～.ㄎㄝ.・.ㄊㄛ

專賣店

専門店
せんもんてん

se.n.mo.n.te.n

ㄙㄝ.ㄣ.ㄇㄛ.ㄣ.ㄊㄝ.ㄣ

布莊・
服裝店

衣料品店
い りょうひんてん

i.ryo.u.hi.n.te.n

ー.ㄌㄧㄛ.ㄨ.ㄏㄧ.ㄣ.ㄊㄝ.ㄣ

售貨處

売り場
u.ri.ba

ㄨ.ㄌㄧ.ㄅㄚ

試衣間

試着室
shi.cha.ku.shi.tsu

ㄒㄧ.ㄑㄧㄚ.ㄎㄨ.ㄒㄧ.ㄘ

店員

店員
te.n.i.n

ㄊㄝ.ㄣ.ㄧ.ㄣ

賣

売る
u.ru

ㄨ.ㄌㄨ

買

買う
ka.u

ㄎㄚ.ㄨ

支付

支払う
shi.ha.ra.u

ㄒㄧ.ㄏㄚ.ㄌㄚ.ㄨ

殺價

値切る
ne.gi.ru

ㄋㄝ.ㄍㄧ.ㄌㄨ

減價

負ける
ma.ke.ru

ㄇㄚ.ㄎㄝ.ㄌㄨ

193

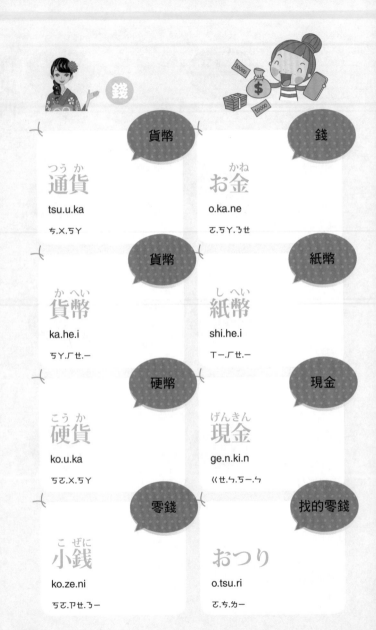

錢

貨幣	錢
つう か **通貨** tsu.u.ka ㄘ.ㄨ.ㄎㄚ	か ね **お金** o.ka.ne ㄛ.ㄎㄚ.ㄋㄝ

貨幣	紙幣
か へい **貨幣** ka.he.i ㄎㄚ.ㄏㄝ.ㄧ	し へい **紙幣** shi.he.i ㄒㄧ.ㄏㄝ.ㄧ

硬幣	現金
こう か **硬貨** ko.u.ka ㄎㄛ.ㄨ.ㄎㄚ	げんきん **現金** ge.n.ki.n ㄍㄝ.ㄣ.ㄎㄧ.ㄣ

零錢	找的零錢
こ ぜに **小銭** ko.ze.ni ㄎㄛ.ㄗㄝ.ㄋㄧ	**おつり** o.tsu.ri ㄛ.ㄘ.ㄌㄧ

美元

ドル

do.ru

ㄉㄜ.ㄌㄨ

日圓

えん
円

e.n

ㄝ.ㄣ

元

げん
元

ge.n

ㄍㄝ.ㄣ

歐元

ユーロ

yu.-.ro

ㄧㄨ.～.ㄌㄜ

價格

か かく
価格

ka.ka.ku

ㄎㄚ.ㄎㄚ.ㄎㄨ

支付

し はら
支払い

shi.ha.ra.i

ㄒㄧ.ㄏㄚ.ㄌㄚ.ㄧ

預付款

まえばら
前払い

ma.e.ba.ra.i

ㄇㄚ.ㄝ.ㄅㄚ.ㄌㄚ.ㄧ

後付款

あとばら
後払い

a.to.ba.ra.i

ㄚ.ㄊㄜ.ㄅㄚ.ㄌㄚ.ㄧ

けちな

ke.chi.na

ㄎㄝ.ㄑㄧ-.ㄋㄚ

気前がいい
きまえ

ki.ma.e.ga.i.i

ㄎㄧ-.ㄇㄚ.ㄝ.ㄍㄚ.ㄧ-.ㄧ-

(お)金持ち
かね も

(o.)ka.ne.mo.chi

(ㄛ.)ㄎㄚ.ㄋㄝ.ㄇㄛ.ㄑㄧ-.(ㄛ)

貧乏
びんぼう

bi.n.bo.u

ㄅㄧ-.ㄣ.ㄅㄛ-.ㄨ

單位

克

グラム

gu.ra.mu

《ㄨ.ㄌㄚˋ.ㄇㄨˋ

千克・公斤

キログラム

ki.ro.gu.ra.mu

ㄎㄧˊ.ㄌㄛ.《ㄨ.ㄌㄚˋ.ㄇㄨˋ

噸

トン

to.n

ㄊㄛˋ.ㄣˋ

毫米

ミリ

mi.ri

ㄇㄧ.ㄌㄧ

公分・克

センチ

se.n.chi

ㄙㄝ.ㄣ.くㄧˋ

公尺

メートル

me.-.to.ru

ㄇㄝˋ.～.ㄊㄛˋ.ㄌㄨˋ

公里

キロメートル

ki.ro.me.-.to.ru

ㄎㄧˊ.ㄌㄛ.ㄇㄝˋ.～.ㄊㄛˋ.ㄌㄨˋ

公升

リットル

ri.・.to.ru

ㄌㄧ.・.ㄊㄛˋ.ㄌㄨˋ

升
しょう
升
sho.u
ㄒㄧㄛ.ㄨ

合
ごう
合
go.u
ㄍㄛ.ㄨ

英吋
インチ
i.n.chi
ㄧ.ㄣ.ㄑㄧ

英尺
フィート
fi.-.to
ㄈㄧ.ㄧ.ㄊㄛ

1打
1ダース
i.chi.da.-.su
ㄧ.ㄑㄧ.ㄉㄚ.ㄧ.ㄙ

～個
こ
～個
～ko
～ㄎㄛ

～片，
張，件
まい
～枚
～ma.i
～ㄇㄚ.ㄧ

～條，
支，棵
ほん
～本
～ho.n
～ㄏㄛ.ㄣ

198

~人

~人
にん
~ni.n
~ㄋㄧˊ.ㄣ

~只，條，
頭，匹

~匹
ひき
~hi.ki
~ㄏㄧ.ㄎㄧ

~瓶

~瓶
びん
~bi.n
~ㄅㄧ.ㄣ

~袋

~袋
ふくろ
~fu.ku.ro
~ㄈㄨ.ㄎㄨ.ㄌㄛ

~包

~包み
つつ
~tsu.tsu.mi
~ㄘ.ㄘ.ㄇㄧ

~碟

~皿
さら
~sa.ra
~ㄙㄚ.ㄌㄚ

199

銀行・郵局

銀行

ぎんこう
銀行

gi.n.ko.u

ㄍㄧ.ㄣ.ㄎㄛ.ㄨ

帳戶

こう ざ
口座

ko.u.za

ㄎㄛ.ㄨ.ㄗㄚ

存款

よ きん
預金

yo.ki.n

ㄧㄛ.ㄎㄧ.ㄣ

存摺

つうちょう
通帳

tsu.u.cho.u

ㄘ.ㄨ.ㄑㄧㄛ.ㄨ

圖章

いんかん
印鑑

i.n.ka.n

ㄧ.ㄣ.ㄎㄚ.ㄣ

簽字

サイン

sa.i.n

ㄙㄚ.ㄧ.ㄣ

兌換

りょうがえ
両替する

ryo.u.ga.e.su.ru

ㄌㄧㄛ.ㄨ.ㄍㄚ.ㄝ.ㄙ.ㄌㄨ

存款

あず
預ける

a.zu.ke.ru

ㄚ.ㄗㄨ.ㄎㄝ.ㄌㄨ

提款

引き出す
ひ.き.だ.す

hi.ki.da.su

ㄏㄧ.ㄎㄧ.ㄉㄚ.ㄙ

匯款

送金する
そう.きん.する

so.u.ki.n.su.ru

ㄙㄛ.ㄨ.ㄎㄧ.ㄣ.ㄙ.ㄌㄨ

郵局

郵便局
ゆう.びん.きょく

yu.u.bi.n.kyo.ku

ㄧ.ㄨ.ㄨ.ㄅㄧㄣ.ㄣ.ㄎㄧ.ㄛ.ㄎㄨ

信

手紙
て.がみ

te.ga.mi

ㄊㄝ.ㄍㄚ.ㄇㄧ

小包

小包
こ.づつみ

ko.zu.tsu.mi

ㄎㄛ.ㄗㄨ.ㄘ.ㄇㄧ

郵票

切手
きっ.て

ki. ・ .te

ㄎㄧ. ・ .ㄊㄝ

郵費

郵便料金
ゆう.びん.りょう.きん

yu.u.bi.n.ryo.u.ki.n

ㄧ.ㄨ.ㄨ.ㄅㄧㄣ.ㄣ.ㄌㄧㄛ.ㄨ.ㄎㄧ.ㄣ

快信

速達
そく.たつ

so.ku.ta.tsu

ㄙㄛ.ㄎㄨ.ㄊㄚ.ㄘ

航空郵件

エアメール

e.a.me.-.ru

ㄝ.ㄚ.ㄇㄝ.～.ㄌㄨ

郵筒

ポスト

po.su.to

ㄆㄛ.ㄙㄨ.ㄊㄛ

地址

あて先

a.te.sa.ki

ㄚ.ㄊㄝ.ㄙㄚ.ㄎㄧ

郵寄

郵送する

yu.u.so.u.su.ru

ㄧㄨ.ㄨ.ㄙㄛ.ㄨ.ㄙㄨ.ㄌㄨ

領取

受け取る

u.ke.to.ru

ㄨ.ㄎㄝ.ㄊㄛ.ㄌㄨ

明信片

はがき

ha.ga.ki

ㄏㄚ.ㄍㄚ.ㄎㄧ

掛號

書留

ka.ki.to.me

ㄎㄚ.ㄎㄧ.ㄊㄛ.ㄇㄝ

發信人

差出人

sa.shi.da.shi.ni.n

ㄙㄚ.ㄒㄧ.ㄉㄚ.ㄒㄧ.ㄋㄧ.ㄣ

收件人

うけとりにん
受取人

u.ke.to.ri.ni.n

ㄨ.ㄎㄝ.ㄊㄛ.ㄌㄧ.ㄋㄧ.ㄣ

時尚

流行

りゅうこう
流行

ryu.u.ko.u

ㄌㄧㄡ.ㄨ.ㄎㄛ.ㄨ

退流行・過時

りゅうこうおく
流行遅れ

ryu.u.ko.u.o.ku.re

ㄌㄧㄡ.ㄨ.ㄨ.ㄎㄛ.ㄨ.ㄛ.ㄎㄨ.ㄌㄝ

時尚

ファッション

fa.・.sho.n

ㄈㄚ.・.ㄒㄧㄛ.ㄣ

化妝品

け しょうひん
化粧品

ke.sho.u.hi.n

ㄎㄝ.ㄒㄧㄛ.ㄨ.ㄏㄧ.ㄣ

くちべに
口紅

ku.chi.be.ni

ㄎㄨ.ㄑㄧˋ.ㄅㄝ.ㄋㄧˉ

マニキュア

ma.ni.kyu.a

ㄇㄚ.ㄋㄧˋ.ㄎㄧㄡ.ㄚ

び よう
美容

bi.yo.u

ㄅㄧˋ.ㄧㄛ.ㄨˉㄥ

び よういん
美容院

bi.yo.u.i.n

ㄅㄧˋ.ㄧㄛ.ㄨˉ.ㄧˋㄥ

ヘアスタイル

he.a.su.ta.i.ru

ㄏㄝ.ㄚ.ㄙ.ㄊㄚ.ㄧˋ.ㄌㄨ

パーマ

pa.-.ma

ㄆㄚ.～.ㄇㄚ

エステサロン

e.su.te.sa.ro.n

ㄝ.ㄙ.ㄊㄝ.ㄙㄚ.ㄌㄛˋㄥ

ダイエット

da.i.e.・.to

ㄉㄚ.ㄧˋ.ㄝ.・.ㄊㄛ

センス
品味

se.n.su

ㄙㄝ.ㄣ.ㄙㄨ

ブランド品
名牌
ひん

bu.ra.n.do.hi.n

ㄅㄨ.ㄌㄚ.ㄣ.ㄉㄛ.ㄏㄧ.ㄣ

ファッ
ションショー
時裝表演

fa.・.sho.n.sho.-

ㄈㄚ.・.ㄒㄧㄛ.ㄣ.ㄒㄧㄛ.～

フアンデ
ーション
粉底

fu.a.n.de.-.sho.n

ㄈㄨ.ㄚ.ㄣ.ㄉㄝ.～.ㄒㄧㄛ.ㄣ

アイシャドー
眼影

a.i.sha.do.-

ㄚ.ㄧ.ㄒㄧㄚ.ㄉㄛ.～

ヘアーロ
ーション
髮妝水

he.a.-.ro.-.sho.n

ㄏㄝ.ㄚ.～.ㄌㄛ.～.ㄒㄧㄛ.ㄣ

ヘアース
プレー
頭髮噴霧器

he.a.-.su.pu.re.-

ㄏㄝ.ㄚ.～.ㄙㄨ.ㄆㄨ.ㄌㄝ.～

パック
面膜

pa.・.ku

ㄆㄚ.・.ㄎㄨ

つめ切り

指甲刀

tsu.me.ki.ri

ㄘ.ㄇㄝ.ㄎㄧ.ㄌㄧ

ドライヤー

吹風機

do.ra.i.ya.-

ㄉㄛ.ㄌㄚ.ㄧ.ㄧㄚ.～

マッサージ

按摩

ma.・.sa.-.ji

ㄇㄚ.・.ㄙㄚ.～.ㄐㄧ

派手

艷麗

ha.de

ㄏㄚ.ㄉㄝ

地味

質樸

ji.mi

ㄐㄧ.ㄇㄧ

おしゃれ
をする

打扮時髦

o.sha.re.wo.su.ru

ㄛ.ㄒㄧㄚ.ㄌㄝ.ㄛ.ㄙ.ㄌㄨ

髪を切る

剪頭髮

ka.mi.wo.ki.ru

ㄎㄚ.ㄇㄧ.ㄛ.ㄎㄧ.ㄌㄨ

髪を染める

染頭髮

ka.mi.wo.so.me.ru

ㄎㄚ.ㄇㄧ.ㄛ.ㄙㄛ.ㄇㄝ.ㄌㄨ

燙頭髮

パーマを
あてる

pa.-.ma.wo.a.te.ru

ㄆㄚ.～.ㄇㄚ.ㄛ.ㄚ.ㄊㄝ.ㄌㄨ

塗・抹

塗る
ぬ

nu.ru

ㄋㄨ.ㄌㄨ

衣服

衣服

服
ふく

fu.ku

ㄈㄨ.ㄎㄨ

和服

着物
き もの

ki.mo.no

ㄎㄧ.ㄇㄛ.ㄋㄛ

襯衫

ポロシャツ

po.ro.sha.tsu

ㄆㄛ.ㄌㄛ.ㄒㄧㄚ.ㄘ

T恤

Tシャツ

ti-.sha.tsu

ㄊㄧ.～.ㄒㄧㄚ.ㄘ

ワイシャツ

wa.i.sha.tsu

ㄨㄚ.ㄧ.ㄒㄧㄚ.ㄘ

ブラウス

bu.ra.u.su

ㄅㄨ.ㄌㄚ.ㄨ.ㄙ

着る
き

ki.ru

ㄎㄧ.ㄌㄨ

ズボン

zu.bo.n

ㄗㄨ.ㄅㄛ.ㄣ

ジーパン

ji.-.pa.n

ㄐㄧ.～.ㄆㄚ.ㄣ

半ズボン
はん

ha.n.zu.bo.n

ㄏㄚ.ㄣ.ㄗㄨ.ㄅㄛ.ㄣ

スカート

su.ka.-.to

ㄙ.ㄎㄚ.～.ㄊㄛ

ドレス

do.re.su

ㄉㄛ.ㄌㄝ.ㄙ

洋装

ワンピース

wa.n.pi.-.su

ㄨㄚ.ㄣ.ㄆㄧ-.～.ㄙ

套装・西装

スーツ

su.-.tsu

ㄙ.～.ㄘ

背心

ベスト

be.su.to

ㄅㄝ.ㄙ.ㄊㄛ

毛衣

セーター

se.-.ta.-

ㄙㄝ.～.ㄊㄚ.～

開襟毛衣

カーディガン

ka.-.di.ga.n

ㄎㄚ.～.ㄉㄧ-.ㄍㄚ.ㄣ

夾克

ジャケット

ja.ke.・.to

ㄐㄧㄚ.ㄎㄝ.・.ㄊㄛ

夾克

ジャンパー

ja.n.pa.-

ㄐㄧㄚ.ㄣ.ㄆㄚ.～

大衣

コート

ko.-.to

ㄎㄛ.～.ㄊㄛ

レインコート
雨衣
re.i.n.ko.-.to
ㄌㄟ.-.ㄣ.ㄎㄛ.～.ㄊㄛ

脱ぐ
脱
nu.gu
ㄋㄨ.ㄍㄨ

布地
布料
nu.no.ji
ㄋㄨ.ㄋㄛ.ㄐㄧ

素材
素材
so.za.i
ㄙㄛ.ㄗㄚ.ㄧ

絹
絲綢
ki.nu
ㄎㄧ.ㄋㄨ

綿
棉
me.n
ㄇㄝ.ㄣ

麻
麻
a.sa
ㄚ.ㄙㄚ

羊毛
羊毛
yo.u.mo.u
ㄨ.ㄛ.ㄨ.ㄇㄛ.ㄨ

210

紡織品

（毛、線）
針織品

お もの
織り物

o.ri.mo.no

ㄛ.ㄌㄧ.ㄇㄛ.ㄋㄛ

あ もの
編み物

a.mi.mo.no

ㄚ.ㄇㄧ.ㄇㄛ.ㄋㄛ

換衣服

き が
着替える

ki.ga.e.ru

ㄎㄧ.ㄍㄚ.ㄝ.ㄌㄨ

皮革

かわ
革

ka.wa

ㄎㄚ.ㄨㄚ

尼龍

ナイロン

na.i.ro.n

ㄋㄚ.ㄧ.ㄌㄛ.ㄣ

聚酯

ポリエステル

po.ri.e.su.te.ru

ㄆㄛ.ㄌㄧ.ㄝ.ㄙㄨ.ㄊㄝ.ㄌㄨ

衣服的各部分

領子

えり
襟
e.ri
ㄝ.ㄌㄧ

袖子

そで
袖
so.de
ㄙㄛ.ㄉㄝ

下擺

すそ
裾
su.so
ㄙ.ㄙㄛ

長度

たけ
丈
ta.ke
ㄊㄚ.ㄎㄝ

胸圍

きょうい
胸囲
kyo.u.i
ㄎㄧㄛ.ㄨ.ㄧ

胸圍

バスト
ba.su.to
ㄅㄚ.ㄙ.ㄊㄛ

腰

ウエスト
u.e.su.to
ㄨ.ㄝ.ㄙ.ㄊㄛ

臀圍

ヒップ
hi.・.pu
ㄏㄧ.・.ㄆㄨ

212

肩寬

かたはば
肩幅

ka.ta.ha.ba

ㄎㄚ.ㄊㄚ.ㄏㄚ.ㄅㄚ

腰圍

どうまわ
胴周り

do.u.ma.wa.ri

ㄉㄛ.ㄨ.ㄇㄚ.ㄨㄚ.ㄌㄧ

下襠

またした
股下

ma.ta.shi.ta

ㄇㄚ.ㄊㄚ.ㄒㄧ.ㄊㄚ

無袖服裝

ノースリープ

no.-.su.ri.-.pu

ㄋㄛ.～.ㄙ.ㄌㄧ.～.ㄆㄨ

短袖

はんそで
半袖

ha.n.so.de

ㄏㄚ.ㄣ.ㄙㄛ.ㄉㄝ

長袖

ながそで
長袖

na.ga.so.de

ㄋㄚ.ㄍㄚ.ㄙㄛ.ㄉㄝ

尺寸

サイズ

sa.i.zu

ㄙㄚ.ㄧ.ㄗㄨ

剛剛好的

ちょうどよい

cho.u.do.yo.i

ㄑㄧㄡ.ㄨ.ㄉㄛ.ㄧㄛ.ㄧ

213

ぴったりだ

pi.・.ta.ri.da

ㄆㄧ-.・.ㄊㄚ-.ㄌㄧ-.ㄌㄚ

なが
長すぎる

na.ga.su.gi.ru

ㄋㄚ.ㄍㄚ.ㄙㄨ.ㄍ一-.ㄌㄨ

みじか
短すぎる

mi.ji.ka.su.gi.ru

ㄇ一-.ㄗㄧ-.ㄎㄚ.ㄙㄨ.ㄍ一-.ㄌㄨ

きつすぎる

ki.tsu.su.gi.ru

ㄎ一-.ㄘㄨ.ㄙㄨ.ㄍ一-.ㄌㄨ

おお
大きすぎる

o.o.ki.su.gi.ru

ㄛ.ㄛ.ㄎ一-.ㄙㄨ.ㄍ一-.ㄌㄨ

ちい
小さすぎる

chi.i.sa.su.gi.ru

ㄑ一-.一-.ㄙㄚ.ㄙㄨ.ㄍ一-.ㄌㄨ

あつ
厚すぎる

a.tsu.su.gi.ru

ㄚ.ㄘㄨ.ㄙㄨ.ㄍ一-.ㄌㄨ

うす
薄すぎる

u.su.su.gi.ru

ㄨ.ㄙㄨ.ㄙㄨ.ㄍ一-.ㄌㄨ

（顔色）
太明亮的

いろ あか
(色が)明るすぎる

(i.ro.ga.)a.ka.ru.su.gi.ru

（一.为ご.《丫.)丫.丂丫.为ㄨ.ㄙ.《一.为ㄨ

（顔色）
太暗的

いろ くら
(色が)暗すぎる

(i.ro.ga.)ku.ra.su.gi.ru

（一.为ご.《丫.)丂ㄨ.为丫.ㄙ.《一.为ㄨ

修改

なお
直す

na.o.su

ㄋ丫.ご.ㄙ

試衣服

し ちゃく
試着する

shi.cha.ku.su.ru

ㄒ一.くㄧ丫.丂ㄨ.ㄙ.为ㄨ

內衣・鞋

內衣

した ぎ
下着

shi.ta.gi

ㄒ一.ㄊ丫.《一

鞋

はきもの
履物

ha.ki.mo.no

ㄏ丫.丂一.ㄇご.ㄋご

パンツ
褲子

pa.n.tsu

ㄆㄚ.ㄣ.ㄘ

パンティー
（女用）內褲

pa.n.ti.-

ㄆㄚ.ㄣ.ㄊㄧ-.-

パンティーストッキング
絲襪

pa.n.ti.-.su.to.・.ki.n.gu

ㄆㄚ.ㄣ.ㄊㄧ-.~.ㄙ.ㄊㄛ.・.ㄎㄧ-.ㄣ.ㄍㄨ

タンクトップ
吊帶衫

ta.n.ku.to.・.pu

ㄊㄚ.ㄣ.ㄎㄨ.ㄊㄛ.・.ㄆㄨ

肌着
はだ ぎ
貼身襯衣

ha.da.gi

ㄏㄚ.ㄉㄚ.ㄍㄧ

ブラジャー
胸罩

bu.ra.ja.-

ㄅㄨ.ㄌㄚ.ㄚㄚ.~

ストッキング
絲襪

su.to.・.ki.n.gu

ㄙ.ㄊㄛ.・.ㄎㄧ-.ㄣ.ㄍㄨ

靴下
くつした
襪子

ku.tsu.shi.ta

ㄎㄨ.ㄘ.ㄒㄧ.ㄊㄚ

鞋

靴
くつ
ku.tsu

ㄎㄨ.ㄘ

運動鞋

運動靴
うんどうぐつ
u.n.do.u.gu.tsu

ㄨ.ㄅ..ㄉㄛ.ㄨ.ㄍㄨ.ㄘ

皮鞋

革靴
かわぐつ
ka.wa.gu.tsu

ㄎㄚ.ㄨㄚ.ㄍㄨ.ㄘ

無帶淺底
女鞋・舞鞋

パンプス
pa.n.pu.su

ㄆㄚ.ㄅ.ㄆㄨ.ㄙ

高跟鞋

ハイヒール
ha.i.hi.-.ru

ㄏㄚ.ㄧ.ㄏㄧ.～.ㄌㄨ

靴子

ブーツ
bu.-.tsu

ㄅㄨ.～.ㄘ

涼鞋

サンダル
sa.n.da.ru

ㄙㄚ.ㄅ.ㄉㄚ.ㄌㄨ

拖鞋

スリッパ
su.ri. ・ .pa

ㄙ.ㄌㄧ-.‧.ㄆㄚ

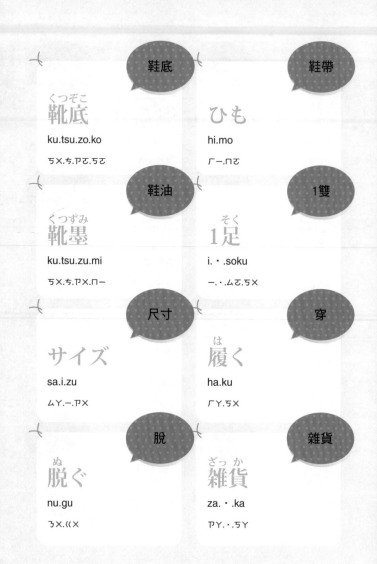

鞋底

くつぞこ
靴底
ku.tsu.zo.ko
ㄎㄨ.ㄘ.ㄗㄛ.ㄎㄛ

鞋帶

ひも
hi.mo
ㄏㄧ.ㄇㄛ

鞋油

くつずみ
靴墨
ku.tsu.zu.mi
ㄎㄨ.ㄘ.ㄗㄨ.ㄇㄧ

1雙

そく
1足
i.・.soku
ㄧ.・.ㄙㄛ.ㄎㄨ

尺寸

サイズ
sa.i.zu
ㄙㄚ.ㄧ.ㄗㄨ

穿

は
履く
ha.ku
ㄏㄚ.ㄎㄨ

脫

ぬ
脱ぐ
nu.gu
ㄋㄨ.ㄍㄨ

雜貨

ざっか
雑貨
za.・.ka
ㄗㄚ.・.ㄎㄚ

218

小東西・飾品

買東西

小東西

こ もの
小物

ko.mo.no

ㄎㄛ.ㄇㄛ.ㄋㄛ

飾品

アクセサリー

a.ku.se.sa.ri.-

ㄚ.ㄎㄨ.ㄙㄝ.ㄙㄚ.ㄌㄧ.～

香煙

たばこ

ta.ba.ko

ㄊㄚ.ㄅㄚ.ㄎㄛ

打火機

ライター

ra.i.ta.-

ㄌㄚ.ㄧ.ㄊㄚ.～

絲巾

スカーフ

su.ka.-.fu

ㄙ.ㄎㄚ.～.ㄏㄨ

領帶

ネクタイ

ne.ku.ta.i

ㄋㄝ.ㄎㄨ.ㄊㄚ.ㄧ

項錬

ネックレス

ne.・.ku.re.su

ㄋㄝ.・.ㄎㄨ.ㄌㄝ.ㄙ

耳環

イヤリング

i.ya.ri.n.gu

ㄧ.ㄧㄚ.ㄌㄧ.ㄣ.ㄍㄨ

219

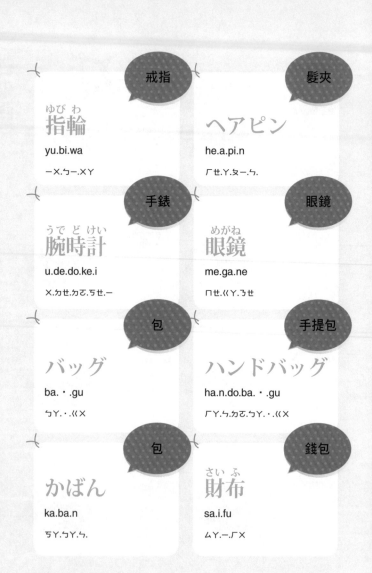

戒指
指輪
ゆびわ
yu.bi.wa
ㄧㄨ.ㄅㄧ.ㄨㄚ

髮夾
ヘアピン
he.a.pi.n
ㄏㄝ.ㄚ.ㄆㄧ.ㄣ.

手錶
腕時計
うでどけい
u.de.do.ke.i
ㄨ.ㄉㄝ.ㄉㄛ.ㄎㄝ.ㄧ

眼鏡
眼鏡
めがね
me.ga.ne
ㄇㄝ.ㄍㄚ.ㄋㄝ

包
バッグ
ba.・.gu
ㄅㄚ.・.ㄍㄨ

手提包
ハンドバッグ
ha.n.do.ba.・.gu
ㄏㄚ.ㄣ.ㄉㄛ.ㄅㄚ.・.ㄍㄨ

包
かばん
ka.ba.n
ㄎㄚ.ㄅㄚ.ㄣ.

錢包
財布
さいふ
sa.i.fu
ㄙㄚ.ㄧ.ㄏㄨ

手套

手袋
て ぶくろ

te.bu.ku.ro

ㄊㄝ.ㄅㄨ.ㄎㄨ.ㄌㄛ

圍巾

マフラー

ma.fu.ra.-

ㄇㄚ.ㄈㄨ.ㄌㄚ.‧.

帽子

帽子
ぼう し

bo.u.shi

ㄅㄛ.ㄨ.ㄒㄧ—

手帕

ハンカチ

ha.n.ka.chi

ㄏㄚ.ㄣ.ㄎㄚ.ㄑㄧ—

腰帶

ベルト

be.ru.to

ㄅㄝ.ㄌㄨ.ㄊㄛ

隱形眼鏡

コンタク
トレンズ

ko.n.ta.ku.to.re.n.zu

ㄎㄛ.ㄣ.ㄊㄚ.ㄎㄨ.ㄊㄛ.ㄌㄝ.ㄣ.ㄗㄨ

太陽眼鏡

サングラス

sa.n.gu.ra.su

ㄙㄚ.ㄣ.ㄍㄨ.ㄌㄚ.ㄙ

零錢包

小銭入れ
こ ぜに い

ko.ze.ni.i.re

ㄎㄛ.ㄗㄝ.ㄋㄧ—.ㄧ.ㄌㄝ

ブレスレット

鐲子

bu.re.su.re.・.to

ㄅㄨ.ㄌㄝ.ㄙ.ㄌㄝ.・.ㄊㄛ

ブローチ

胸針

bu.ro.-.chi

ㄅㄨ.ㄌㄛ.～.くー

ペンダント

吊墜

pe.n.da.n.to

ㄆㄝ.ㄅ.ㄉㄚ.ㄅ.ㄊㄛ

宝石
ほうせき

寶石

ho.u.se.ki

ㄏㄛ.ㄨ.ㄙㄝ.ㄎー

金
きん

金

ki.n

ㄎー.ㄅ

銀
ぎん

銀

gi.n

ㄍー.ㄅ

ダイヤモンド

鑽石

da.i.ya.mo.n.do

ㄉㄚ.ー.ーㄚ.ㄇㄛ.ㄅ.ㄉㄛ

真珠
しんじゅ

珍珠

shi.n.ju

ㄒー.ㄅ.ㄗㄧㄨ

鑰匙圈

キーホルダー

ki.-.ho.ru.da.-

ㄎㄧ.-.ㄏㄛ.ㄌㄨ.ㄉㄚ.～

戴

かぶ
被る

ka.bu.ru

ㄎㄚ.ㄅㄨ.ㄌㄨ

戴上

っ
付ける

tsu.ke.ru

ㄘ.ㄎㄝ.ㄌㄨ

戴

はめる

ha.me.ru

ㄏㄚ.ㄇㄝ.ㄌㄨ

勒緊

し
締める

shi.me.ru

ㄒㄧ.ㄇㄝ.ㄌㄨ

家電產品

家電

かでん
家電

ka.de.n

ㄎㄚ.ㄉㄝ.ㄣ

電器

でんきせいひん
電気製品

de.n.ki.se.i.hi.n

ㄉㄝ.ㄣ.ㄎㄧ.ㄙㄝ.ㄧ.ㄏㄧ.ㄣ

微波爐

でんし
電子レンジ

de.n.shi.re.n.ji

ㄉㄝ.ㄣ.ㄒㄧ.ㄉㄝ.ㄣ.ㄐㄧ

烤箱

オーブン

o.-.bu.n

ㄛ.~.ㄅㄨ.ㄣ

烤麵包機

トースター

to.-.su.ta.-

ㄊㄛ.~.ㄙ.ㄊㄚ.~

電風扇

せんぷうき
扇風機

se.n.pu.u.ki

ㄙㄝ.ㄣ.ㄆㄨ.ㄨ.ㄎㄧ

電熱水瓶

でんき
電気ポット

de.n.ki.po. ・ .to

ㄉㄝ.ㄣ.ㄎㄧ.ㄆㄛ.・.ㄊㄛ

果汁機

ミキサー

mi.ki.sa.-

ㄇㄧ.ㄎㄧ.ㄙㄚ.~

冰箱

れいぞう こ
冷蔵庫

re.i.zo.u.ko

ㄌㄟ.ㄧ.ㄗㄛ.ㄨ.ㄎㄛ

洗碗盤機

さらあら き
皿洗い機

sa.ra.a.ra.i.ki

ㄙㄚ.ㄌㄚ.ㄚ.ㄌㄚ.ㄧ.ㄎㄧ

空調

エアコン

e.a.ko.n

ㄝ.ㄚ.ㄎㄛ.ㄣ

冷氣

クーラー

ku.-.ra.-

ㄎㄨ.～.ㄌㄚ.～

暖氣

ヒーター

hi.-.ta.-

ㄏㄧ.～.ㄊㄚ.～

電熱毯

ホットカ
ーペット

ho.・.to.ka.-.pe.・.to

ㄏㄛ.・.ㄊㄛ.ㄎㄚ.～.ㄆㄝ.・.ㄊㄛ

電視

テレビ

te.re.bi

ㄊㄝ.ㄌㄝ.ㄅㄧ

收音機

ラジオ

ra.ji.o

ㄌㄚ.ㄗㄧ.ㄛ

225

立體音響

ステレオ

su.te.re.o

ㄙ.ㄊㄝ.ㄌㄝ.ㄛ

CD播放機

CDプレ
イヤー

shi.-.di.-.pu.re.i.ya.-

ㄒㄧ.～.ㄉㄧ.～.ㄆㄨ.ㄌㄝ.ㄧ.ㄧㄚ.～

揚聲器

スピーカー

su.pi.-.ka.-

ㄙ.ㄆㄧ.～.ㄎㄚ.～

耳機

イヤフォーン

i.ya.fo.-.n

ㄧ.ㄧㄚ.ㄈㄛ.～.ㄣ

電燈

でんとう
電灯

de.n.to.u

ㄉㄝ.ㄣ.ㄊㄛ.ㄨ

電源插座

コンセント

ko.n.se.n.to

ㄎㄛ.ㄣ.ㄙㄝ.ㄣ.ㄊㄛ

開關

スイッチ

su.i. ・ .chi

ㄙ.ㄧ.・.ㄑㄧ

按按鈕

ボタンを押す
お

bo.ta.n.wo.o.su

ㄅㄛ.ㄊㄚ.ㄣ.ㄅㄛ.ㄛ.ㄙ

不動

さどう
作動しません。

sa.do.u.shi.ma.se.n.

ㄙㄚˋ.ㄉㄛ.ㄨ.ㄒㄧ.ㄇㄚ.ㄙㄝ.ㄣ

壊掉了

こわ
壊れています。

ko.wa.re.te.i.ma.su.

ㄎㄛ.ㄨㄚ.ㄌㄝ.ㄊㄝ.ㄧ.ㄇㄚ.ㄙㄨ

錄影機

ビデオ

bi.de.o

ㄅㄧ.ㄉㄝ.ㄛ

攝影照相機

ビデオカメラ

bi.de.o.ka.me.ra

ㄅㄧ.ㄉㄝ.ㄛ.ㄎㄚ.ㄇㄝ.ㄌㄚ

電燈

でんき
電気

de.n.ki

ㄉㄝ.ㄣ.ㄎㄧ

9.在餐廳

必學好用句

我要點A。

A	に	します
A	ni.	shi.ma.su
A	ㄋㄧ.	ㄒㄧ.ㄇㄚ.ㄙㄨ

例句 ‧‧‧‧‧‧‧‧‧‧‧‧‧‧‧‧‧‧‧‧‧‧‧‧‧‧‧‧‧‧‧‧‧‧‧‧‧

▶ 我要點咖啡。

コーヒーにします

ko.-.hi.-.ni.shi.ma.su

ㄎㄛ.～.ㄏㄧ.～. ㄋㄧ.ㄒㄧ.ㄇㄚ.ㄙㄨ

請給我A

A	を	ください。
A	wo.	ku.da.sa.i
A	ㄛ.	ㄎㄨ.ㄉㄚ.ㄙㄚ.ㄧ

有什麼樣的飲料呢？

どんな飲み物	が	ありますか。
do.n.na.no.mi.mo.no.	ga.	a.ri.ma.su.ka
ㄉㄛ.ㄣ.ㄋㄚ.ㄋㄛ.ㄇㄧ.ㄇㄛ.ㄋㄛ.	ㄍㄚ.	ㄚ.ㄌㄧ.ㄇㄚ.ㄙㄨ.ㄎㄚ

高頻使用句

❶ 歡迎光臨！有幾位客人呢？

いらっしゃいませ。何名様ですか。
なんめいさま

i.ra.・.sha.i.ma.se.　na.n.me.i.sa.ma.de.su.ka

ㄧ.ㄌㄚ.・.ㄒㄧㄚ.ㄧ.ㄇㄚ.ㄙㄝ　ㄋㄚ.ㄅ.ㄇㄝ.ㄧ.ㄙㄚ.ㄇㄚ.ㄉㄝ.ㄙ.ㄎㄚ

❷ 3位。

3名です。
めい

sa.n.me.i.de.su

ㄙㄚ.ㄅ.ㄇㄝ.ㄧ.ㄉㄝ.ㄙ

❸ 給您安排禁菸的座位可以嗎？

禁煙席でよろしいですか。
きんえんせき

ki.n.e.n.se.ki.de.yo.ro.shi.i.de.su.ka

ㄎㄧ.ㄅ.ㄝ.ㄅ.ㄙㄝ.ㄎㄧ.ㄉㄝ.ㄧ.ㄌㄛ.ㄒㄧ.ㄧ.ㄉㄝ.ㄙ.ㄎㄚ

❹ 請給我能抽菸的座位。

喫煙席をお願いします。
きつえんせき　　ねが

ki.tsu.e.n.se.ki.wo.o.ne.ga.i.shi.ma.su

ㄎㄧ.ㄘ.ㄝ.ㄅ.ㄙㄝ.ㄎㄧ.ㄛ.ㄛ.ㄋㄝ.ㄍㄚ.ㄧ.ㄒㄧ.ㄇㄚ.ㄙ

❺ 請給我菜單。

メニューをください。

me.nyu.-.wo.ku.da.sa.i

ㄇㄝ.ㄋㄧㄨ.～.ㄛ.ㄎㄨ.ㄉㄚ.ㄙㄚ.ㄧ

❻ 有中文的菜單嗎？

<ruby>中国語<rt>ちゅうごくご</rt></ruby>のメニューはありますか。

chu.u.go.ku.go.no.me.nyu.-.wa.a.ri.ma.su.ka

ㄑㄧㄨ.ㄨ.ㄍㄛ.ㄎㄨ.ㄍㄛ.ㄋㄛ.ㄇㄝ.ㄋㄧㄨ.～.ㄨㄚ.ㄚ.ㄌㄧ.ㄇㄚ.ㄙ.ㄎㄚ

❼ 菜點好了嗎？

ご<ruby>注文<rt>ちゅうもん</rt></ruby>はお<ruby>決<rt>き</rt></ruby>まりですか。

go.chu.u.mo.n.wa.o.ki.ma.ri.de.su.ka

ㄍㄛ.ㄑㄧㄨ.ㄨ.ㄇㄛ.ㄣ.ㄨㄚ.ㄛ.ㄎㄧ.ㄇㄚ.ㄌㄧ.ㄉㄝ.ㄙ.ㄎㄚ

❽ 請先給我啤酒！

とりあえずビールください。

to.ri.a.e.zu.bi.-.ru.ku.da.sa.i

ㄊㄛ.ㄌㄧ.ㄚ.ㄝ.ㄗㄨ.ㄅㄧ.～.ㄌㄨ.ㄎㄨ.ㄉㄚ.ㄙㄚ.ㄧ

❾ 有推薦的菜色嗎？

おすすめはどの<ruby>料理<rt>りょうり</rt></ruby>ですか。

o.su.su.me.wa.do.no.ryo.u.ri.de.su.ka

ㄛ.ㄙ.ㄙ.ㄇㄝ.ㄨㄚ.ㄉㄛ.ㄋㄛ.ㄌㄧㄡ.ㄨ.ㄌㄧ.ㄉㄝ.ㄙ.ㄎㄚ

⑩ 要點的菜就以上這些了嗎？

ご注文は以上でよろしいでしょうか。

go.chu.u.mo.n.wa.i.jo.u.de.yo.ro.shi.i.de.sho.u.ka

ㄍㄛ.ㄑㄨ.ㄨ.ㄇㄛ.ㄣ.ㄨㄚ.ㄧ.ㄐㄛ.ㄨ.ㄉㄝ.ㄧㄛ.ㄌㄛ.ㄒㄧ.ㄧ.ㄉㄝ.ㄒㄧㄛ.ㄨ.ㄎㄚ

⑪ 是的。就這些了，麻煩你了！

はい。それでお願いします。

ha.i.　so.re.de.o.ne.ga.i.shi.ma.su

ㄏㄚ.ㄧ.ㄙㄛ.ㄌㄝ.ㄉㄝ.ㄛ.ㄋㄝ.ㄍㄚ.ㄧ.ㄒㄧ.ㄇㄚ.ㄙ

⑫ 我要結帳。

お会計をお願いします。

o.ka.i.ke.i.wo.o.ne.ga.i.shi.ma.su

ㄛ.ㄎㄚ.ㄧ.ㄎㄝ.ㄧ.ㄛ.ㄛ.ㄋㄝ.ㄍㄚ.ㄧ.ㄒㄧ.ㄇㄚ.ㄙ

⑬ 可以坐這裡嗎？

ここに座ってもいいですか。

ko.ko.ni.su.wa.・.te.mo.i.i.de.su.ka

ㄎㄛ.ㄎㄛ.ㄋㄧ.ㄙ.ㄨㄚ.・.ㄊㄝ.ㄇㄛ.ㄧ.ㄧ.ㄉㄝ.ㄙ.ㄎㄚ

⑭ 人氣菜單是什麼？

人気メニューは何ですか。

ni.n.ki.me.nyu.-.wa.na.n.de.su.ka

ㄋㄧ-.ㄣ.ㄎㄧ-.ㄇㄝ.ㄋㄩ-.～.ㄨㄚ.ㄋㄚ.ㄣ.ㄉㄝ.ㄙ.ㄎㄚ

⑮ 那是什麼？

それは何ですか。

so.re.wa.na.n.de.su.ka

ㄙㄛ.ㄌㄝ.ㄨㄚ.ㄋㄚ.ㄣ.ㄉㄝ.ㄙ.ㄎㄚ

⑯ 會辣嗎？

辛いですか。

ka.ra.i.de.su.ka

ㄎㄚ.ㄌㄚ.ㄧ-.ㄉㄝ.ㄙ.ㄎㄚ

⑰ 會甜嗎？

甘いですか。

a.ma.i.de.su.ka

ㄚ.ㄇㄚ.ㄧ-.ㄉㄝ.ㄙ.ㄎㄚ

⑱ 有酒精類的飲料嗎？

アルコール類はありますか。

a.ru.ko.-.ru.ru.i.wa.a.ri.ma.su.ka

ㄚ.ㄌㄨ.ㄎㄛ.～.ㄌㄨ.ㄌㄨ.ㄧ-.ㄨㄚ.ㄚ.ㄌㄧ-.ㄇㄚ.ㄙ.ㄎㄚ

⑲ 請給我那個。

それを下^{くだ}さい。

so.re.wo.ku.da.sa.i

ㄙㄛ.ㄌㄝ.ㄛ.ㄎㄨ.ㄉㄚ.ㄙㄚ.ㄧ

⑳ 可以再給我一個玻璃杯嗎？

グラスをもうひとついただけますか。

gu.ra.su.wo.mo.u.hi.to.tsu.i.ta.da.ke.ma.su.ka

ㄍㄨ.ㄌㄚ.ㄙ.ㄛ.ㄇㄛ.ㄨ.ㄏㄧ.ㄊㄛ.ㄘ.ㄧ.ㄊㄚ.ㄉㄚ.ㄎㄝ.ㄇㄚ.ㄙ.ㄎㄚ

㉑ 什麼時候要付錢？

支払^{しはら}いはいつすればいいですか。

shi.ha.ra.i.i.ha.tsu.su.re.ba.i.i.de.su.ka

ㄒㄧ.ㄏㄚ.ㄌㄚ.ㄧ.ㄧ.ㄏㄚ.ㄧ.ㄘ.ㄙ.ㄌㄝ.ㄅㄚ.ㄧ.ㄧ.ㄉㄝ.ㄙ.ㄎㄚ

㉒ 肚子好飽！

おなかいっぱいです。

o.na.ka.i.・.pa.i.de.su

ㄛ.ㄋㄚ.ㄎㄚ.ㄧ.・.ㄆㄚ.ㄧ.ㄉㄝ.ㄙ

㉓ 還要再來！

また来ます。

ma.ta.ki.ma.su

ㄇㄚ.ㄊㄚ.ㄎㄧ.ㄇㄚ.ㄙ

㉔ 抱歉！這個不是我點的。

これは私の頼んだものではないんですが。

ko.re.wa.wa.ta.shi.no.ta.no.n.da.mo.no.de.wa.na.i.n.de.su.ga

ㄎㄛ.ㄌㄟ.ㄨㄚ.ㄨㄚ.ㄊㄚ.ㄒㄧ-.ㄋㄛ.ㄊㄚ.ㄋㄛ.ㄣ.ㄉㄚ.ㄇㄛ.ㄋㄛ.ㄉㄟ.ㄨㄚ.ㄋㄚ.ㄧ-.ㄣ.ㄉㄟㄙ.ㄙ.ㄍㄚ

㉕ 我點的東西還沒送來。

頼んだものがまだ来ないんですが。

ta.no.n.da.mo.no.ga.ma.da.ko.na.i.n.de.su.ga

ㄊㄚ.ㄋㄛ.ㄣ.ㄉㄚ.ㄇㄛ.ㄋㄛ.ㄍㄚ.ㄇㄚ.ㄉㄚ.ㄎㄛ.ㄋㄚ.ㄧ-.ㄣ.ㄉㄟㄙ.ㄙ.ㄍㄚ

㉖ 我想取消剛剛點的東西。

さっきの注文をキャンセルしたいのですが。

sa.・.ki.no.chu.u.mo.n.wo.kya.n.se.ru.shi.ta.i.no.de.su.ga

ㄙㄚ.・.ㄎㄧ-.ㄋㄛ.ㄑㄩㄨ.ㄨ.ㄇㄛ.ㄣ.ㄋㄛ.ㄎㄧㄚ-.ㄙㄟ.ㄌㄨ.ㄒㄧ-.ㄊㄚ.ㄧ-.ㄋㄛ.ㄉㄟㄙ.ㄙ.ㄍㄚ

㉗ 是冰涼的唷。

冷めていますよ。

sa.me.te.i.ma.su.yo

ㄙㄚ.ㄇㄟ.ㄊㄟ.ㄧ-.ㄇㄚ.ㄙ.ㄧㄛ

㉘ 好像有像蟲的東西在裡面。

虫のようなものが入っていますよ。

mu.shi.no.yo.u.na.mo.no.ga.ha.i.‧.te.i.ma.su.yo

ㄇㄨˋㄒㄧˋㄋㄛˋㄧㄡˋㄨˋㄋㄚˋㄇㄛˋㄋㄛˋㄍㄚˋㄏㄚˇㄧˊ‧‧ㄊㄝˋㄧˊㄇㄚˋㄙㄨˋㄛˇ

㉙ 筷子掉了，可以再給我一雙新的嗎？

お箸を落としてしまったので新しいのをお願いします。

o.ha.shi.wo.o.to.shi.te.shi.ma.‧.ta.no.de.a.ta.ra.shi.i.no.
wo.o.ne.ga.i.shi.ma.su

ㄛˇㄏㄚˋㄒㄧˋㄛˋㄛˋㄊㄛˋㄒㄧˋㄊㄝˋㄒㄧˋㄇㄚˋ‧‧ㄊㄚˋㄋㄛˋㄉㄝˋㄚˇㄊㄚˋㄉㄚˋㄒㄧˋㄧˊ‧
ㄋㄛˋㄛˇㄛˇㄋㄝˋㄍㄚˋㄧˊㄒㄧˋㄇㄚˋㄙㄨ

㉚ 因為很冷，我可以換個座位嗎？

寒いので席を替えていただけますか。

sa.mu.i.no.de.se.ki.wo.ka.e.te.i.ta.da.ke.ma.su.ka

ㄙㄚˇㄇㄨˋㄨˇㄋㄛˋㄉㄝˋㄙㄝˋㄎㄧˇㄛˋㄎㄚˇㄝˋㄊㄝˋㄧˇㄊㄚˋㄉㄚˋㄎㄝˋㄇㄚˋㄙㄨˋㄎㄚ

㉛ 這個我可以打包回去嗎？

これをお持ち帰りできますか。

ko.re.wo.o.mo.chi.ka.e.ri.de.ki.ma.su.ka

ㄎㄛˋㄌㄝˋㄛˋㄛˋㄇㄛˋㄑㄧˋㄎㄚˇㄝˋㄌㄧˋㄉㄝˋㄎㄧˋㄇㄚˋㄙㄨˋㄎㄚ

㉜ 總共多少錢？

全部<ruby>全部<rt>ぜんぶ</rt></ruby>でいくらですか。

ze.n.bu.de.i.ku.ra.de.su.ka

ㄗㄝ.ㄣ.ㄅㄨ.ㄉㄝ.ㄧ.ㄎㄨ.ㄌㄚ.ㄉㄝ.ㄙ.ㄎㄚ

㉝ 我們要各付各的？

べつべつで<ruby>お願<rt>ねが</rt></ruby>いします。

be.tsu.be.tsu.de.o.ne.ga.i.shi.ma.su

ㄅㄝ.ㄘ.ㄅㄝ.ㄘ.ㄉㄝ.ㄛ.ㄋㄝ.ㄍㄚ.ㄧ.ㄒㄧ.ㄇㄚ.ㄙ

㉞ 金額好像有錯喔。

<ruby>金額<rt>きんがく</rt></ruby>が<ruby>間違<rt>まちが</rt></ruby>っているようです。

ki.n.ga.ku.ga.ma.chi.ga.・.te.i.ru.yo.u.de.su

ㄎㄧ.ㄣ.ㄍㄚ.ㄎㄨ.ㄍㄚ.ㄇㄚ.ㄑㄧ.ㄍㄚ.・.ㄊㄝ.ㄧ.ㄌㄨ.ㄧㄛ.ㄨ.ㄉㄝ.ㄙ

關鍵單字

吃飯

吃飯

しょく じ
食事
sho.ku.ji
ㄒㄧㄛˊ.ㄎㄨ.ㄗㄧ

早飯

ちょうしょく
朝食
cho.u.sho.ku
ㄑㄧㄛˊ.ㄨ.ㄒㄧㄛˊ.ㄎㄨ

午飯

ちゅうしょく
昼食
chu.u.sho.ku
ㄑㄧㄡˊ.ㄨ.ㄨ.ㄒㄧㄛˊ.ㄎㄨ

晚飯

ゆうしょく
夕食
yu.u.sho.ku
ㄧㄡˊ.ㄨ.ㄨ.ㄒㄧㄛˊ.ㄎㄨ

零食

かんしょく
間食
ka.n.sho.ku
ㄎㄚ.ㄣ.ㄒㄧㄛˊ.ㄎㄨ

主食

しゅしょく
主食
shu.sho.ku
ㄒㄧㄡ.ㄒㄧㄛˊ.ㄎㄨ

菜

おかず
o.ka.zu
ㄛ.ㄎㄚ.ㄗㄨ

飲料

の もの
飲み物
no.mi.mo.no
ㄋㄛ.ㄇㄛ.ㄧ.ㄇㄛ.ㄋㄛ

237

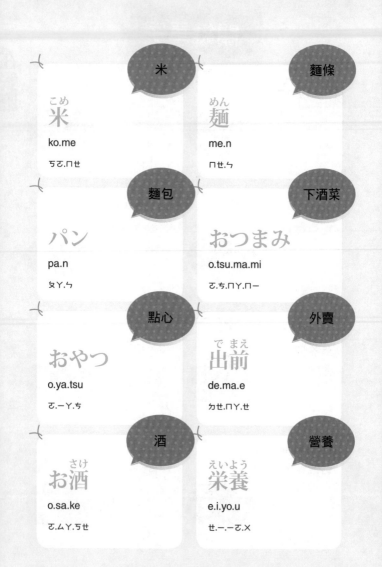

米

こめ
米
ko.me
ㄎㄛ.ㄇㄝ

麵條

めん
麺
me.n
ㄇㄝ.ㄣ

麵包

パン
pa.n
ㄆㄚ.ㄣ

下酒菜

おつまみ
o.tsu.ma.mi
ㄛ.ㄘ.ㄇㄚ.ㄇㄧ

點心

おやつ
o.ya.tsu
ㄛ.ㄧㄚ.ㄘ

外賣

で まえ
出前
de.ma.e
ㄉㄝ.ㄇㄚ.ㄝ

酒

さけ
お酒
o.sa.ke
ㄛ.ㄙㄚ.ㄎㄝ

營養

えいよう
栄養
e.i.yo.u
ㄝ.ㄛ.ㄧ.ㄛ.ㄨ

豊盛的菜

ごちそう

go.chi.so.u

ㄍㄛ.ㄑㄧ.ㄙㄛ.ㄨ

美食

び しょく
美食

bi.sho.ku

ㄅㄧ.ㄒㄛ.ㄎㄨ

粗食

そ しょく
粗食

so.sho.ku

ㄙㄛ.ㄒㄛ.ㄎㄨ

食慾

しょく よく
食欲

sho.ku.yo.ku

ㄒㄛ.ㄎㄨ.ㄧㄛ.ㄎㄨ

吃

た
食べる

ta.be.ru

ㄊㄚ.ㄅㄝ.ㄌㄨ

在外吃飯

がい しょく
外食する

ga.i.sho.ku.su.ru

ㄍㄚ.ㄧ.ㄒㄛ.ㄎㄨ.ㄙㄨ.ㄌㄨ

收拾・清理

あとかた
後片づけ

a.to.ka.ta.zu.ke

ㄚ.ㄊㄛ.ㄎㄚ.ㄊㄚ.ㄗㄨ.ㄎㄝ

肚子餓了

おなかがすいた

o.na.ka.ga.su.i.ta

ㄛ.ㄋㄚ.ㄎㄚ.ㄍㄚ.ㄙㄨ.ㄧ.ㄊㄚ

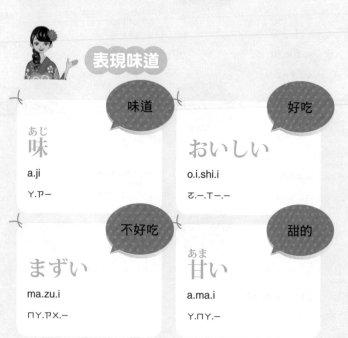

口渇了

のどが渇いた
かわ

no.do.ga.ka.wa.i.ta

ㄋㄛ.ㄉㄛ.ㄍㄚ.ㄎㄚ.ㄨㄚ.ㄧ.ㄊㄚ

吃飽了

おなかが
いっぱいだ

o.na.ka.ga.i.・.pa.i.da

ㄛ.ㄋㄚ.ㄎㄚ.ㄍㄚ.ㄧ.・.ㄆㄚ.ㄧ.ㄉㄚ

表現味道

味道

味
あじ

a.ji

ㄚ.ㄗㄧ

好吃

おいしい

o.i.shi.i

ㄛ.ㄧ.ㄒㄧ.ㄧ

不好吃

まずい

ma.zu.i

ㄇㄚ.ㄗㄨ.ㄧ

甜的

甘い
あま

a.ma.i

ㄚ.ㄇㄚ.ㄧ

辣的

から
辛い

ka.ra.i

ㄎㄚ.ㄌㄚ.ㄧ

鹹的

しおから
塩辛い

shi.o.ka.ra.i

ㄒㄧ.ㄛ.ㄎㄚ.ㄌㄚ.ㄧ

酸的

すっぱい

su.・.pa.i

ㄙ.・.ㄆㄚ.ㄧ

苦的

にがい

ni.ga.i

ㄋㄧ.ㄍㄚ.ㄧ

澀的

しぶ
渋い

shi.bu.i

ㄒㄧ.ㄅㄨ.ㄧ

香的

こう
香ばしい

ko.u.ba.shi.i

ㄎㄛ.ㄨ.ㄅㄚ.ㄒㄧ.ㄧ

清爽的

さっぱり

sa.・.pa.ri

ㄙㄚ.・.ㄆㄚ.ㄌㄧ

濃郁的

こってり

ko.・.te.ri

ㄎㄛ.・.ㄊㄝ.ㄌㄧ

水っぽい
みず

mi.zu.・.po.i

ㄇ一.ㄗㄨ.・.ㄆㄛ一

脂っぽい
あぶら

a.bu.ra.・.po.i

ㄚ.ㄅㄨ.ㄌㄚ.・.ㄆㄛ一

味が濃い
あじ　こ

a.ji.ga.ko.i

ㄚ.ㄗ一.ㄍㄚ.ㄎㄛ一

味が薄い
あじ　うす

a.ji.ga.u.su.i

ㄚ.ㄗ一.ㄍㄚ.ㄨ.ㄙㄨ一

好き嫌い
す　きら

su.ki.ki.ra.i

ㄙ.ㄎ一.ㄎ一.ㄌㄚ一

生
なま

na.ma

ㄋㄚ.ㄇㄚ

冷たい
つめ

tsu.me.ta.i

ㄘ.ㄇㄝ.ㄊㄚ一

熱い
あつ

a.tsu.i

ㄚ.ㄘ一

太鹹的

しおから
塩辛すぎる

shi.o.ka.ra.su.gi.ru

ㄒㄧ.ㄛ.ㄎㄚ.ㄌㄚ.ㄙㄨ.ㄍㄧ.ㄌㄨ

鹹味不足

しおあじ　た
塩味が足りない

shi.o.a.ji.ga.ta.ri.na.i

ㄒㄧ.ㄛ.ㄚ.ㄗㄧ.ㄍㄚ.ㄊㄚ.ㄌㄧ.ㄋㄚ.ㄧ

嚐味道

あじ　み
味見をする

a.ji.mi.wo.su.ru

ㄚ.ㄗㄧ.ㄇㄧ.ㄛ.ㄙㄨ.ㄌㄨ

餐廳・食品店

餐廳

いんしょくてん
飲食店

i.n.sho.ku.te.n

ㄧ.ㄣ.ㄒㄧㄛ.ㄎㄨ.ㄊㄝ.ㄣ

日本料理店

にほん　りょうりてん
日本料理店

ni.ho.n.ryo.u.ri.te.n

ㄋㄧ.ㄏㄛ.ㄣ.ㄌㄧㄛ.ㄨ.ㄌㄧ.ㄊㄝ.ㄣ

中華料理店
ちゅうかりょうりてん

chu.u.ka.ryo.u.ri.te.n

ㄑㄧㄨ.ㄨ.ㄎㄚ.ㄌㄧㄡ.ㄨ.ㄌㄧ.ㄊㄝ.ㄣ

食堂
しょくどう

sho.ku.do.u

ㄒㄧㄛ.ㄎㄨ.ㄉㄛ.ㄨ

レストラン

re.su.to.ra.n

ㄌㄝ.ㄙ.ㄊㄛ.ㄌㄚ.ㄣ

イタリア
レストラン

i.ta.ri.a.re.su.to.ra.n

ㄧ.ㄊㄚ.ㄌㄧ.ㄚ.ㄌㄝ.ㄙ.ㄊㄛ.ㄌㄚ.ㄣ

フランス
レストラン

fu.ra.n.su.re.su.to.ra.n

ㄈㄨ.ㄌㄚ.ㄣ.ㄙ.ㄌㄝ.ㄙ.ㄊㄛ.ㄌㄚ.ㄣ

ベジタリ
アン料理店
りょうりてん

be.ji.ta.ri.a.n.ryo.u.ri.te.n

ㄅㄝ.ㄗㄧ.ㄊㄚ.ㄌㄧ.ㄚ.ㄣ.ㄌㄧㄡ.ㄨ.ㄌㄧ.ㄊㄝ.ㄣ

ファース
トフード店
てん

fa.-.su.to.fu.-.do.te.n

ㄈㄚ.～.ㄙ.ㄊㄛ.ㄈㄨ.～.ㄉㄛ.ㄊㄝ.ㄣ

居酒屋
いざかや

i.za.ka.ya

ㄧ.ㄗㄚ.ㄎㄚ.ㄧㄚ

酒吧

バー

ba.-

ㄅㄚ.～

咖啡店

きっさてん
喫茶店

ki.・.sa.te.n

ㄎㄧ.・.ㄙㄚ.ㄊㄝ.ㄣ

比薩店

や
ピザ屋

pi.za.ya

ㄆㄧ.ㄗㄚ.ㄧㄚ

超級市場

スーパー
マーケット

su.-.pa.-.ma.-.ke.・.to

ㄙ.～.ㄆㄚ.～.ㄇㄚ.～.ㄎㄝ.・.ㄊㄛ

肉舖

にくや
肉屋

ni.ku.ya

ㄋㄧ.ㄎㄨ.ㄧㄚ

魚舖

さかな や
魚屋

sa.ka.na.ya

ㄙㄚ.ㄎㄚ.ㄋㄚ.ㄧㄚ

蔬菜店

や お や
八百屋

ya.o.ya

ㄧㄚ.ㄛ.ㄧㄚ

點心店

か し や
お菓子屋

o.ka.shi.ya

ㄛ.ㄎㄚ.ㄒㄧ.ㄧㄚ

ケーキ屋^や
蛋糕店

ke.-.ki.ya

ㄎㄝ.～.ㄎㄧ.ㄧㄚ

セルフサービス
自助餐

se.ru.fu.sa.-.bi.su

ㄙㄝ.ㄌㄨ.ㄈㄨ.ㄙㄚ.～.ㄅㄧ.ㄙㄨ

バイキング
自助餐

ba.i.ki.n.gu

ㄅㄚ.ㄧ.ㄎㄧ.ㄣ.ㄍㄨ

食^たべ放題^{ほうだい}
吃到飽

ta.be.ho.u.da.i

ㄊㄚ.ㄅㄝ.ㄏㄛ.ㄨ.ㄉㄚ.ㄧ

市場^{いち ば}
市場

i.chi.ba

ㄧ.ㄑㄧ.ㄅㄚ

食料品店^{しょくりょうひんてん}
食品店

sho.ku.ryo.u.hi.n.te.n

ㄒㄧㄛ.ㄎㄨ.ㄌㄧㄛ.ㄨ.ㄏㄧ.ㄣ.ㄊㄝ.ㄣ

酒屋^{さか や}
小酒店

sa.ka.ya

ㄙㄚ.ㄎㄚ.ㄧㄚ

パン屋^や
麵包店

pa.n.ya

ㄆㄚ.ㄣ.ㄧㄚ

餐廳

廚師

いたまえ
板前
i.ta.ma.e
ー.ㄊㄚ.ㄇㄚ.ㄝ

廚師

シェフ
she.fu
ㄒㄧㄝ.ㄈㄨ

廚師

コック
ko.・.ku
ㄎㄛ.・.ㄎㄨ

女服務生

ウエイトレス
u.e.i.to.re.su
ㄨ.ㄝ.ー.ㄊㄛ.ㄌㄝ.ㄙㄨ

服務生

ウエイター
u.e.i.ta.-
ㄨ.ㄝ.ー.ㄊㄚ.～

酒吧招待員

ソムリエ
so.mu.ri.e
ㄙㄛ.ㄇㄨ.ㄌㄧ.ㄝ

菜單

メニュー
me.nyu.-
ㄇㄝ.ㄋㄧㄨ.～

葡萄酒單

ワインリスト
wa.i.n.ri.su.to
ㄨㄚ.ー.ㄣ.ㄌㄧ.ㄙㄨ.ㄊㄛ

247

訂購

ちゅうもん
注文
chu.u.mo.n
ㄑㄧㄡˋ．ㄨˇ．ㄇㄛ．ㄣ

套餐

りょうり
コース料理
ko.-.su.ryo.u.ri
ㄎㄛˋ．～．ㄙ．ㄌㄧㄛˋ．ㄨˋ．ㄌㄧ

前菜

ぜんさい
前菜
ze.n.sa.i
ㄗㄝˋ．ㄣ．ㄙㄚˋ．ㄧ

主菜

メインデ
イッシュ
me.i.n.di. ・ .shu
ㄇㄝˋ．ㄧ．ㄣ．ㄉㄧˋ．・．ㄒ．ㄧㄨ

有肉類的餐點

にくりょうり
肉料理
ni.ku.ryo.u.ri
ㄋㄧˋ．ㄎㄨ．ㄌㄧㄛˋ．ㄨˋ．ㄌㄧ

有魚類的餐點

さかなりょうり
魚料理
sa.ka.na.ryo.u.ri
ㄙㄚˋ．ㄎㄚ．ㄋㄚˋ．ㄌㄧㄛˋ．ㄨˋ．ㄌㄧ

甜品

デザート
de.za.-.to
ㄉㄝ．ㄗㄚˋ．～．ㄊㄛ

預約

よ やく
予約
yo.ya.ku
ㄧㄛ．ㄧㄚ．ㄎㄨ

預約座位

よやくせき
予約席

yo.ya.ku.se.ki

ㄧㄛ.ㄧㄚ.ㄎㄨ.ㄙㄟ.ㄎㄧ

滿座

まんせき
満席

ma.n.se.ki

ㄇㄚ.ㄣ.ㄙㄟ.ㄎㄧ

吸菸席

きつえんせき
喫煙席

ki.tsu.e.n.se.ki

ㄎㄧ.ㄘㄜ.ㄣ.ㄙㄟ.ㄎㄧ

禁菸席

きんえんせき
禁煙席

ki.n.e.n.se.ki

ㄎㄧ.ㄣ.ㄙㄟ.ㄣ.ㄙㄟ.ㄎㄧ

空席

くうせき
空席

ku.u.se.ki

ㄎㄨ.ㄨ.ㄙㄟ.ㄎㄧ

預約

よやく
予約する

yo.ya.ku.su.ru

ㄧㄛ.ㄧㄚ.ㄎㄨ.ㄙ.ㄌㄨ

訂菜

ちゅうもん
注文する

chu.u.mo.n.su.ru

ㄑㄧㄡ.ㄨ.ㄇㄛ.ㄣ.ㄙ.ㄌㄨ

結帳

かんじょう
勘定する

ka.n.jo.u.su.ru

ㄎㄚ.ㄣ.ㄐㄧㄛ.ㄨ.ㄙ.ㄌㄨ

料理名稱

飯菜

りょう り
料理

ryo.u.ri

ㄌㄧㄜ.ㄨ.ㄌㄧ

日式餐點

わ しょく
和食

wa.sho.ku

ㄨㄚ.ㄒㄧㄛ.ㄎㄨ

中華

ちゅう か
中華

chu.u.ka

ㄑㄩ.ㄨ.ㄨ.ㄎㄚ

西餐

よう しょく
洋食

yo.u.sho.ku

ㄧㄛ.ㄨ.ㄒㄧㄛ.ㄎㄨ

煮燉（的食品）

に もの
煮物

ni.mo.no

ㄋㄧ.ㄇㄛ.ㄋㄛ

燒烤類

や もの
焼き物

ya.ki.mo.no

ㄧㄚ.ㄎㄧ.ㄇㄛ.ㄋㄛ

熱炒類

いた もの
炒め物

i.ta.me.mo.no

ㄧ.ㄊㄚ.ㄇㄝ.ㄇㄛ.ㄋㄛ

油炸類

あ もの
揚げ物

a.ge.mo.no

ㄚ.ㄍㄝ.ㄇㄛ.ㄋㄛ

蒸煮類

蒸し物
<ruby>蒸<rt>む</rt></ruby>し<ruby>物<rt>もの</rt></ruby>

mu.shi.mo.no

ㄇㄨ.ㄒㄧ-.ㄇㄛ.ㄋㄛ

湯類

汁物
<ruby>汁物<rt>しるもの</rt></ruby>

shi.ru.mo.no

ㄒㄧ-.ㄌㄨ.ㄇㄛ.ㄋㄛ

義大利菜

イタリアン

i.ta.ri.a.n

ㄧ-.ㄊㄚ.ㄌㄧ-.ㄚ.ㄣ

法國菜

フレンチ

fu.re.n.chi

ㄏㄨ.ㄌㄝ.ㄣ.ㄑㄧ-

吐司

トースト

to.-.su.to

ㄊㄛ.～.ㄙ.ㄊㄛ

三明治

サンドイッチ

sa.n.do.i.・.chi

ㄙㄚ.ㄣ.ㄉㄛ.ㄧ-.・.ㄑㄧ-

比薩

ピザ

pi.za

ㄆㄧ-.ㄗㄚ

義大利麵

スパゲッティ

su.pa.ge.ti

ㄙ.ㄆㄚ.ㄍㄝ.・.ㄊㄧ-

カレーライス
咖哩飯

ka.re.-.ra.i.su

ㄎㄚ.ㄌㄝ.～.ㄌㄚ.ㄧ.ㄙ

シチュー
燉

shi.chu.-

ㄒㄧ.ㄑㄩ.～

ハンバーグ
漢堡牛肉餅

ha.n.ba.-.gu

ㄏㄚ.ㄣ.ㄅㄚ.～.ㄍㄨ

ステーキ
牛排

su.te.-.ki

ㄙ.ㄊㄝ.～.ㄎㄧ

サラダ
沙拉

sa.ra.da

ㄙㄚ.ㄌㄚ.ㄉㄚ

寿司
壽司

su.shi

ㄙ.ㄒㄧ

天ぷら
天麩羅

te.n.pu.ra

ㄊㄝ.ㄣ.ㄆㄨ.ㄌㄚ

すき焼き
壽喜燒

su.ki.ya.ki

ㄙ.ㄎㄧ.ㄧㄚ.ㄎㄧ

252

水煮蛋

ゆで卵
たまご

yu.de.ta.ma.go

ㄧㄨˋ.ㄉㄝ.ㄊㄚ.ㄇㄚ.《ㄛ

湯

スープ

su.-.pu

ㄙ.～.ㄆㄨ

調味醬

ソース

so.-.su

ㄙㄛ.～.ㄙ

歐姆蛋

オムレツ

o.mu.re.tsu

ㄛ.ㄇㄨ.ㄌㄝ.ㄘ

炒蛋

スクラン
ブルエッグ

su.ku.ra.n.bu.ru.e.・.gu

ㄙ.ㄎㄨ.ㄌㄚ.ㄣ.ㄅㄨ.ㄌㄨ.ㄝ.・.《ㄨ

主菜

メインデ
ィッシュ

me.i.n.di.・.shu

ㄇㄝ.ㄧˊ.ㄣ.ㄉㄧˋ.・.ㄒㄧㄨ

烹調方法

切
き
切る
ki.ru
ㄎㄧ.ㄌㄨ

剁碎
きざむ
ki.za.mu
ㄎㄧ.ㄗㄚ.ㄇㄨ

剝皮
かわ
皮をむく
ka.wa.wo.mu.ku
ㄎㄚ.ㄨㄚ.ㄛ.ㄇㄨ.ㄎㄨ

磨碎
すりおろす
su.ri.o.ro.su
ㄙ.ㄌㄧ.ㄛ.ㄌㄛ.ㄙ

溫熱
あたた
温める
a.ta.ta.me.ru
ㄚ.ㄊㄚ.ㄊㄚ.ㄇㄝ.ㄌㄨ

冷卻
さ
冷ます
sa.ma.su
ㄙㄚ.ㄇㄚ.ㄙ

冷卻
ひ
冷やす
hi.ya.su
ㄏㄧ.ㄧㄚ.ㄙ

煮
に
煮る
ni.ru
ㄋㄧ.ㄌㄨ

254

焼，烤

焼く
ya.ku

ㄧㄚ.ㄎㄨ

炒

炒める
i.ta.me.ru

ㄧ.ㄊㄚ.ㄇㄝ.ㄌㄨ

炸

揚げる
a.ge.ru

ㄚ.ㄍㄝ.ㄌㄨ

蒸

蒸す
mu.su

ㄇㄨ.ㄙ

煮，焯

ゆでる
yu.de.ru

ㄧㄨ.ㄉㄝ.ㄌㄨ

煮沸

わかす
wa.ka.su

ㄨㄚ.ㄎㄚ.ㄙ

炸

フライにする
fu.ra.i.ni.su.ru

ㄈㄨ.ㄌㄚ.ㄧ.ㄋㄧ.ㄙ.ㄌㄨ

燒烤

グリルする
gu.ri.ru.su.ru

ㄍㄨ.ㄌㄧ.ㄌㄨ.ㄙ.ㄌㄨ

あじ
味をつける

a.ji.wo.tsu.ke.ru

 Y.ㄗㄧ.ㆆ.ㄘ.ㄘㄝ.ㄌㄨ

しお　い
塩を入れる

shi.o.wo.i.re.ru

ㄒㄧ.ㆆ.ㆆ.ㄧ.ㄌㄝ.ㄌㄨ

い
こしょうを入れる

ko.sho.u.wo.i.re.ru

ㄎㆆ.ㄒㄧ一ㄛ.ㄨ.ㆆ.ㄧ.ㄌㄝ.ㄌㄨ

肉・魚

ぎゅうにく
牛　肉

gyu.u.ni.ku

ㄍ一ㄨ.ㄨ.ㄋㄧ.ㄎㄨ

ぶたにく
豚肉

bu.ta.ni.ku

ㄅㄨ.ㄊㄚ.ㄋㄧ.ㄎㄨ

羊肉

ようにく
羊肉

yo.u.ni.ku

ㄧㄛ.ㄨ.ㄋㄧ.ㄎㄨ

雞肉

とりにく
鶏肉

to.ri.ni.ku

ㄊㄛ.ㄌㄧ.ㄋㄧ.ㄎㄨ

蛋

たまご
卵

ta.ma.go

ㄊㄚ.ㄇㄚ.ㄍㄛ

絞肉

にく
ひき肉

hi.ki.ni.ku

ㄏㄧ.ㄎㄧ.ㄋㄧ.ㄎㄨ

絞肉

ミンチ

mi.n.chi

ㄇㄧ.ㄣ.ㄑㄧ

火腿

ハム

ha.mu

ㄏㄚ.ㄇㄨ

香腸

ソーセージ

so.-.se.-.ji

ㄙㄛ.～.ㄙㄝ.～.ㄐㄧ

沙丁魚

いわし

i.wa.shi

ㄧ.ㄨㄚ.ㄒㄧ

ます
ma.su
ㄇㄚ.ㄙ

鱒魚

まぐろ
ma.gu.ro
ㄇㄚ.ㄍㄨ.ㄌㄛ

鮪魚

さけ
sa.ke
ㄙㄚ.ㄎㄝ

鮭魚

うなぎ
u.na.gi
ㄨ.ㄋㄚ.ㄍㄧ

鰻魚

えび
e.bi
ㄝ.ㄅㄧ

蝦

ロブスター
ro.bu.su.ta.-
ㄌㄛ.ㄅㄨ.ㄙ.ㄊㄚ.～

龍蝦

かに
ka.ni
ㄎㄚ.ㄋㄧ

螃蟹

いか
i.ka
ㄧ.ㄎㄚ

魷魚

章魚

たこ

ta.ko

ㄊㄚ.ㄎㄛ

貝

かい
貝

ka.i

ㄎㄚ.ㄧ

蛤蜊

はまぐり

ha.ma.gu.ri

ㄏㄚ.ㄇㄚ.ㄍㄨ.ㄌㄧ

蛤仔

あさり

a.sa.ri

ㄚ.ㄙㄚ.ㄌㄧ

牡蠣

かき
牡蠣

ka.ki

ㄎㄚ.ㄎㄧ

海膽

ウニ

u.ni

ㄨ.ㄋㄧ

肝臟

レバー

re.ba.-

ㄌㄝ.ㄅㄚ.～

蔬菜

蔬菜

野菜
や さい

ya.sa.i

ーYﾑﾑY.ー

番茄

トマト

to.ma.to

ㄊㄛﾛㄇY.ㄊㄛ

茄子

なす

na.su

ㄋY.ﾑ

小黃瓜

きゅうり

kyu.u.ri

ㄎ一.ㄨ.ㄨ.ㄌ一

青椒

ピーマン

pi.-.ma.n

ㄆ一.～.ㄇY.ㄣ

高麗菜

キャベツ

kya.be.tsu

ㄎ一Y.ㄅㄝ.ㄘ

萵苣

レタス

re.ta.su

ㄌㄝ.ㄊY.ﾑ

菠菜

ほうれん草
そう

ho.u.re.n.so.u

ㄏㄛ.ㄨ.ㄌㄝ.ㄣ.ﾑㄛ.ㄨ

豆芽菜

もやし

mo.ya.shi

ㄇㄛ.ㄧ.ㄚ.ㄒㄧ

蔥

ねぎ

ne.gi

ㄋㄝ.ㄍㄧ

洋蔥

たま
玉ねぎ

ta.ma.ne.gi

ㄊㄚ.ㄇㄚ.ㄋㄝ.ㄍㄧ

荷蘭芹

パセリ

pa.se.ri

ㄆㄚ.ㄙㄝ.ㄌㄧ

芹菜

セロリ

se.ro.ri

ㄙㄝ.ㄌㄛ.ㄌㄧ

青花椰菜

ブロッコリー

bu.ro.・.ko.ri.-

ㄅㄨ.ㄌㄛ.・.ㄎㄛ.ㄌㄧ.～

蘆筍

アスパラガス

a.su.pa.ra.ga.su

ㄚ.ㄙ.ㄆㄚ.ㄌㄚ.ㄍㄚ.ㄙ

紅蘿蔔

にんじん

ni.n.ji.n

ㄋㄧ.ㄣ.ㄐㄧ.ㄣ

馬鈴薯

じゃがいも

ja.ga.i.mo

ㄐㄚˋㄍㄚ.ㄧ.ㄇㄛ

南瓜

かぼちゃ

ka.bo.cha

ㄎㄚ.ㄅㄛ.ㄑㄧㄚ

蘑菇

きのこ

ki.no.ko

ㄎㄧ.ㄋㄛ.ㄎㄛ

海草

かいそう
海草

ka.i.so.u

ㄎㄚ.ㄧ.ㄙㄛ.ㄨ

橄欖

オリーブ

o.ri.-.bu

ㄛ.ㄌㄧ.～.ㄅㄨ

白蘿蔔

だいこん
大根

da.i.ko.n

ㄉㄚ.ㄧ.ㄎㄛ.ㄣ

豆製品・乳製品

豆

まめ
豆
ma.me
ㄇㄚ.ㄇㄝ

青豌豆

グリーン
ピース
gu.ri.-.n.pi.-.su
ㄍㄨ.ㄌㄧ-.～.ㄣ.ㄆㄧ-.～.ㄙ

扁豆

まめ
いんげん豆
i.n.ge.n.ma.me
ㄧ-.ㄣ.ㄍㄝ.ㄣ.ㄇㄚ.ㄇㄝ

蠶豆

まめ
そら豆
so.ra.ma.me
ㄙㄛ.ㄌㄚ.ㄇㄚ.ㄇㄝ

納豆

なっとう
納豆
na.・.to.u
ㄋㄚ.・.ㄊㄛ.ㄨ

乳製品

にゅうせいひん
乳製品
nyu.u.se.i.hi.n
ㄋㄧㄡ.ㄨ.ㄙㄝ.ㄧ.ㄏㄧ-.ㄣ

牛奶

ぎゅうにゅう
牛乳
gyu.u.nyu.u
ㄍㄧㄡ.ㄨ.ㄋㄧㄡ.ㄨ

豆漿

とうにゅう
豆乳
to.u.nyu.u
ㄊㄛ.ㄨ.ㄋㄧㄡ.ㄨ

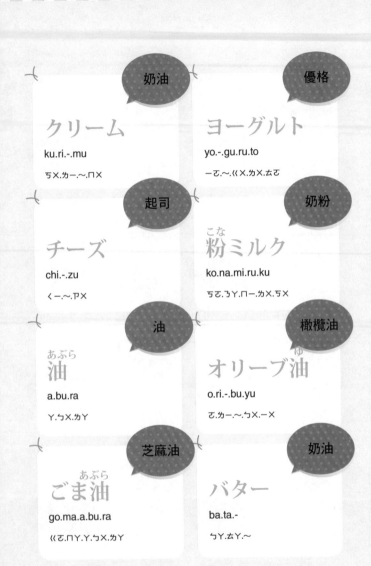

クリーム
奶油
ku.ri.-.mu
ㄎㄨ.ㄌㄧ-.～.ㄇㄨ

ヨーグルト
優格
yo.-.gu.ru.to
ㄧ-ㄛ.～.ㄍㄨ.ㄌㄨ.ㄊㄛ

チーズ
起司
chi.-.zu
ㄑㄧ-.～.ㄗㄨ

粉ミルク
こな
奶粉
ko.na.mi.ru.ku
ㄎㄛ.ㄋㄚ.ㄇㄧ-.ㄌㄨ.ㄎㄨ

油
あぶら
油
a.bu.ra
ㄚ.ㄅㄨ.ㄌㄚ

オリーブ油
ゆ
橄欖油
o.ri.-.bu.yu
ㄛ.ㄌㄧ-.～.ㄅㄨ.ㄧ-ㄨ

ごま油
あぶら
芝麻油
go.ma.a.bu.ra
ㄍㄛ.ㄇㄚ.ㄚ.ㄅㄨ.ㄌㄚ ㄍ

バター
奶油
ba.ta.-
ㄅㄚ.ㄊㄚ.～

人造奶油

マーガリン

ma.-.ga.ri.n

ㄇㄚ.～.ㄍㄚ.ㄌㄧˋ.ㄣ

豬油

ラード

ra.-.do

ㄌㄚ.～.ㄉㄛ

鮮奶油

生クリーム

なま

na.ma.ku.ri.-.mu

ㄋㄚ.ㄇㄚ.ㄎㄨ.ㄌㄧˋ.～.ㄇㄨ

巧克力冰

チョコレ
ートアイス

cho.ko.re.-.to.a.i.su

ㄑㄩˋ.ㄎㄛ.ㄌㄝ.～.ㄊㄛ.ㄚ.ㄧˋ.ㄙ

香草冰

バニラアイス

ba.ni.ra.a.i.su

ㄅㄚ.ㄋㄧˋ.ㄌㄚ.ㄚ.ㄧˋ.ㄙ

冰淇淋

アイスク
リーム

a.i.su.ku.ri.-.mu

ㄚ.ㄧˋ.ㄙ.ㄎㄨ.ㄌㄧˋ.～.ㄇㄨ

霜淇淋

ソフトク
リーム

so.fu.to.ku.ri.-.mu

ㄙㄛ.ㄈㄨ.ㄊㄛ.ㄎㄨ.ㄌㄧˋ.～.ㄇㄨ

調味料

調味料

調味料
ちょう み りょう
調味料

cho.u.mi.ryo.u

ㄑ一ㄛ.ㄨ.ㄇㄧ.ㄌㄧㄛ.ㄨ

香辣調味料

香辛料
こう しん りょう
香辛料

ko.u.shi.n.ryo.u

ㄎㄛ.ㄨ.ㄒㄧ.ㄣ.ㄌㄧㄛ.ㄨ

鹽

塩
しお
塩

shi.o

ㄒㄧ.ㄛ

糖

砂糖
さ とう
砂糖

sa.to.u

ㄙㄚ.ㄊㄛ.ㄨ

醋

酢
す
酢

su

ㄙ

醬油

しょうゆ

sho.u.yu

ㄒㄧㄛ.ㄨ.一.ㄨ

胡椒

こしょう

ko.sho.u

ㄎㄛ.ㄒㄧㄛ.ㄨ

辣椒

唐辛子
とう がら し
唐辛子

to.u.ga.ra.shi

ㄊㄛ.ㄨ.ㄨ.ㄍㄚ.ㄌㄚ.ㄒㄧ

芥末

マスタード

ma.su.ta.-.do

ㄇㄚ.ㄙ.ㄊㄚ.～.ㄉㄛ

蒜

にんにく

ni.n.ni.ku

ㄋㄧ.ㄣ.ㄋㄧ.ㄎㄨ

蜂蜜

はちみつ
蜂蜜

ha.chi.mi.tsu

ㄏㄚ.ㄑㄧ.ㄇㄧ.ㄘ

草本植物
・藥草

ハーブ

ha.-.bu

ㄏㄚ.～.ㄅㄨ

蛋黃醬・
美乃滋

マヨネーズ

ma.yo.ne.-.zu

ㄇㄚ.ㄧㄛ.ㄋㄝ.～.ㄗㄨ

沙拉醬

ドレッシング

do.re.・.shi.n.gu

ㄉㄛ.ㄌㄝ.・.ㄒㄧ.ㄣ.ㄍㄨ

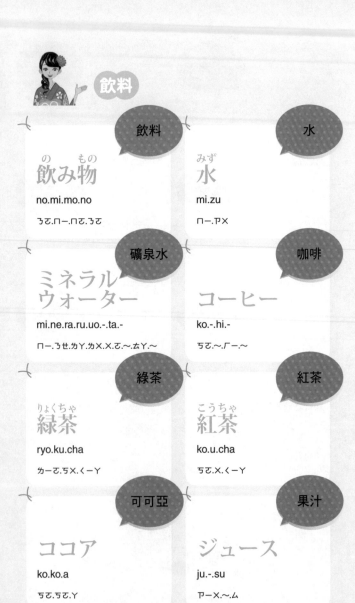

飲料

飲料
飲（の）み物（もの）
no.mi.mo.no
ㄋㄛ.ㄇㄧ.ㄇㄛ.ㄋㄛ

水
水（みず）
mi.zu
ㄇㄧ.ㄗㄨ

礦泉水
ミネラル ウォーター
mi.ne.ra.ru.uo.-.ta.-
ㄇㄧ.ㄋㄝ.ㄌㄚ.ㄌㄨ.ㄨㄛ.～.ㄊㄚ.～

咖啡
コーヒー
ko.-.hi.-
ㄎㄛ.～.ㄏㄧ.～

綠茶
緑茶（りょくちゃ）
ryo.ku.cha
ㄌㄧㄛ.ㄎㄨ.ㄑㄧㄚ

紅茶
紅茶（こうちゃ）
ko.u.cha
ㄎㄛ.ㄨ.ㄑㄧㄚ

可可亞
ココア
ko.ko.a
ㄎㄛ.ㄎㄛ.ㄚ

果汁
ジュース
ju.-.su
ㄐㄧㄨ.～.ㄙ

汽水

炭酸飲料
<small>たんさんいんりょう</small>

ta.n.sa.n.i.n.ryo.u

ㄊㄚ.ㄣ.ㄙㄚ.ㄣ.ㄧ.ㄣ.ㄌㄧㄛ.ㄨ

蘇打水

ソーダ

so.-.da

ㄙㄛ.～.ㄉㄚ

可樂

コーラ

ko.-.ra

ㄎㄛ.～.ㄌㄚ

酒

お酒
<small>さけ</small>

o.sa.ke

ㄛ.ㄙㄚ.ㄎㄝ

啤酒

ビール

bi.-.ru

ㄅㄧ.～.ㄌㄨ

葡萄酒

ワイン

wa.i.n

ㄨㄚ.ㄧ.ㄣ

雞尾酒

カクテル

ka.ku.te.ru

ㄎㄚ.ㄎㄨ.ㄊㄝ.ㄌㄨ

威士忌酒

ウイスキー

u.i.su.ki.-

ㄨ.ㄧ.ㄙ.ㄎㄧ.～

白蘭地

ブランデー

bu.ra.n.de.-

ㄅㄨ.ㄌㄚ.ㄣ.ㄉㄟ.～

攪水的威士忌酒

みず わ
水割り

mi.zu.wa.ri

ㄇㄧ.ㄗㄨ.ㄨㄚ.ㄌㄧ

加冰的威士忌酒

ロック

ro.・.ku

ㄌㄛ.・.ㄎㄨ

飯前酒

しょくぜんしゅ
食前酒

sho.ku.ze.n.shu

ㄒㄧㄛ.ㄎㄨ.ㄗㄝ.ㄣ.ㄒㄧㄨ

飯後酒

しょく ご しゅ
食後酒

sho.ku.go.shu

ㄒㄧㄛ.ㄎㄨ.ㄍㄛ.ㄒㄧㄨ

生啤酒

なま
生ビール

na.ma.bi.-.ru

ㄋㄚ.ㄇㄚ.ㄅㄧ.～.ㄌㄨ

白葡萄酒

しろ
白ワイン

shi.ro.wa.i.n

ㄒㄧ.ㄌㄛ.ㄨㄚ.ㄧ.ㄣ

拿鐵咖啡

カフェラテ

ka.fe.ra.te

ㄎㄚ.ㄈㄝ.ㄌㄚ.ㄊㄝ

喝

の
飲む

no.mu

ㄋㄛ.ㄇㄨˋ

紅葡萄酒

あか
赤ワイン

a.ka.wa.i.n

ㄚ.ㄎㄚ.ㄨㄚ.ㄧˋ.ㄣ

清涼飲料

ソフトド
リンク

so.fu.to.do.ri.n.ku

ㄙㄛ.ㄈㄨ.ㄊㄛ.ㄉㄛ.ㄌㄧˋ.ㄣ.ㄎㄨ

卡布奇諾

カプチーノ

ka.pu.chi.-.no

ㄎㄚ.ㄆㄨ.ㄑㄧˇ.～.ㄋㄛ

271

水果・點心

水果

くだもの
果物

ku.da.mo.no

ㄎㄨ.ㄌㄚ.ㄇㄛ.ㄋㄛ

柿子

かき
柿

ka.ki

ㄎㄚ.ㄎㄧ

草莓

いちご

i.chi.go

ㄧ.ㄑㄧ.ㄍㄛ

桃子

もも
桃

mo.mo

ㄇㄛ.ㄇㄛ

葡萄

ぶどう

bu.do.u

ㄅㄨ.ㄌㄛ.ㄨ

蘋果

りんご

ri.n.go

ㄌㄧ.ㄣ.ㄍㄛ

梨

なし

na.shi

ㄋㄚ.ㄒㄧ

橘子

オレンジ

o.re.n.ji

ㄛ.ㄌㄝ.ㄣ.ㄐㄧ

橘子，香橙

みかん

mi.ka.n

ㄇㄧˋ.ㄎㄚ.ㄣ

檸檬

レモン

re.mo.n

ㄌㄝˊ.ㄇㄛ.ㄣ

香蕉

バナナ

ba.na.na

ㄅㄚ.ㄋㄚ.ㄋㄚ

奇異果

キウイ

ki.u.i

ㄎㄧ.ㄨ.ㄧ

西瓜

すいか

su.i.ka

ㄙ.ㄧ.ㄎㄚ

鳳梨

パイナップル

pa.i.na.・.pu.ru

ㄆㄚ.ㄧ.ㄋㄚ.・.ㄆㄨ.ㄌㄨ

哈密瓜

メロン

me.ro.n

ㄇㄝ.ㄌㄛ.ㄣ

葡萄柚

グレープ フルーツ

gu.re.-.pu.fu.ru.-.tsu

ㄍㄨ.ㄌㄝ.～.ㄆㄨ.ㄏㄨ.ㄌㄨ.～.ㄘ

栗子

くり
ku.ri
ㄎㄨ.ㄌㄧ‾

櫻桃

さくらんぼ
sa.ku.ra.n.bo
ㄙㄚ.ㄎㄨ.ㄌㄚ.ㄣ.ㄅㄛ

無花果

いちじく
i.chi.ji.ku
ㄧ.ㄑㄧ‾.ㄐㄧ‾.ㄎㄨ

藍莓

ブルーベリー
bu.ru.-.be.ri.-
ㄅㄨ.ㄌㄨ.～.ㄅㄝ.ㄌㄧ.‾

椰子

ココナッツ
ko.ko.na.・.tsu
ㄎㄛ.ㄎㄛ.ㄋㄚ.・.ㄘ

點心

(お)菓子
か し
(o.)ka.shi
(ㄛ.)ㄎㄚ.ㄒㄧ

餅乾

クッキー
ku.・.ki.-
ㄎㄨ.・.ㄎㄧ.～

蛋糕

ケーキ
ke.-.ki
ㄎㄝ.～.ㄎㄧ

巧克力

チョコレート

cho.ko.re.-.to

くーこ.丂ご.丂せ.~.ㄊ乙

布丁

プリン

pu.ri.n

タメ.カー.ㄣ

果凍

ゼリー

ze.ri.-

卩せ.カー.~

冰沙

シャーベット

sha.-.be.・.to

ㄒ一ㄚ.~.ㄅせ.・.ㄊ乙

糖

あめ

a.me

ㄚ.ㄇせ

口香糖

ガム

ga.mu

《ㄚ.ㄇㄨ

蘋果派

アップルパイ

a.・.pu.ru.pa.i

ㄚ.・.タㄨ.カㄨ.タㄚ.ー

餐具・烹飪器具

餐具

しょっき
食器
sho.・.ki
ㄒㄧㄛ.・.ㄎㄧ

碗

ちゃわん
茶碗
cha.wa.n
ㄑㄧㄚ.ㄨㄚ.ㄣ

筷子

はし
箸
ha.shi
ㄏㄚ.ㄒㄧ

玻璃杯

コップ
ko.・.pu
ㄎㄛ.・.ㄆㄨ

玻璃酒杯

グラス
gu.ra.su
ㄍㄨ.ㄌㄚ.ㄙ

盤子

さら
皿
sa.ra
ㄙㄚ.ㄌㄚ

咖啡杯

コーヒー
カップ
ko.-.hi.-.ka.・.pu
ㄎㄛ.～.ㄏ一.～.ㄎㄚ.・.ㄆㄨ

刀子

ナイフ
na.i.fu
ㄋㄚ.一.ㄈㄨ

叉子

フォーク

fo.-.ku

ㄈㄛ.～.ㄎㄨ

湯匙

スプーン

su.pu.-.n

ㄙ.ㄆㄨ.～.ㄣ

鍋

なべ
鍋

na.be

ㄋㄚ.ㄅㄝ

平底鍋

フライパン

fu.ra.i.pa.n

ㄈㄨ.ㄌㄚ.ㄧ.ㄆㄚ.ㄣ

啤酒紅酒開罐器

せん抜き

se.n.nu.ki

ㄙㄝ.ㄣ.ㄋㄨ.ㄎㄧ

牙籤

つまようじ

tsu.ma.yo.u.ji

ㄘ.ㄇㄚ.ㄧㄛ.ㄨ.ㄐㄧ

桌布

テーブルクロス

te.-.bu.ru.ku.ro.su

ㄊㄝ.～.ㄅㄨ.ㄌㄨ.ㄎㄨ.ㄌㄛ.ㄙ

餐巾

ナプキン

na.pu.ki.n

ㄋㄚ.ㄆㄨ.ㄎㄧ.ㄣ

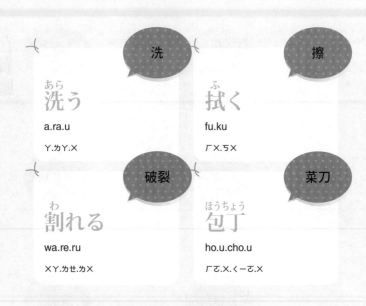

洗

あら
洗う

a.ra.u

ㄚ.ㄌㄚ.ㄨ

擦

ふ
拭く

fu.ku

ㄏㄨ.ㄎㄨ

破裂

わ
割れる

wa.re.ru

ㄨㄚ.ㄌㄝ.ㄌㄨ

菜刀

ほうちょう
包丁

ho.u.cho.u

ㄏㄛ.ㄨ.ㄑㄧㄛ.ㄨ

第 **5** 天

這時該怎麼說的 好用便利句

1. 觀光   3. 幫幫忙

2. 生病了   4. 交朋友

1.觀光

第2天　第1天
第3天
第4天　第5天

可以照相嗎？

写真^{しゃしん}をとってもいいですか。

sha.shi.n.wo.to.・.te.mo.i.i.de.su.ka

ㄒㄧㄚ.ㄒㄧㄣ.ㄅㄛ.ㄊㄛˊ.ㄊㄝ.ㄇㄛ.ㄧˊ.ㄧˊ.ㄉㄝ.ㄙㄨ.ㄎㄚ

可以使用閃光燈嗎？

フラッシュを使^{つか}ってもいいですか。

fu.ra.・.shu.wo.tsu.ka.・.te.mo.i.i.de.su.ka

ㄈㄨ.ㄌㄚ.・.ㄒㄧㄨㄛ.ㄛ.ㄘ.ㄎㄚ.・.ㄊㄝ.ㄇㄛ.ㄧˊ.ㄧˊ.ㄉㄝ.ㄙㄨ.ㄎㄚ

高頻使用句

① 有推薦的旅行團嗎？

どのツアーがお勧^{すす}めですか。

do.no.tsu.a.-.ga.o.su.su.me.de.su.ka

ㄉㄛ.ㄋㄛ.ㄘ.ㄚ.～.ㄍㄚ.ㄛ.ㄙㄨ.ㄙㄨ.ㄇㄝ.ㄉㄝ.ㄙㄨ.ㄎㄚ

❷ 較受歡迎的團是哪一團？

人気のあるツアーはどれですか。

ni.n.ki.no.a.ru.tsu.a.-.wa.do.re.de.su.ka

ㄋㄧ.ㄣ.ㄎㄧˉ.ㄋㄛ.ㄚ.ㄌㄨ.ㄘ.ㄚ.～.ㄨㄚ.ㄉㄛ.ㄌㄝ.ㄉㄝ.ㄙ.ㄎㄚ

❸ 這個團的費用是多少？

このツアーの料金はいくらですか。

ko.no.tsu.a.-.no.ryo.u.ki.n.wa.i.ku.ra.de.su.ka

ㄎㄛ.ㄋㄛ.ㄘ.ㄚ.～.ㄋㄛ.ㄌㄧㄛ.ㄨ.ㄎㄧ.ㄣ.ㄨㄚ.ㄧ.ㄎㄨ.ㄌㄚ.ㄉㄝ.ㄙ.ㄎㄚ

❹ 有中文導遊的團嗎？

中国語ガイドのいるツアーはありますか。

chu.u.go.ku.go.ga.i.do.no.i.ru.tsu.a.-.wa.a.ri.ma.su.ka

ㄑㄧ－ㄨ.ㄨ.ㄍㄛ.ㄎㄨ.ㄍㄛ.ㄍㄚ.ㄧ.ㄉㄛ.ㄋㄛ.ㄧ.ㄌㄨ.ㄘ.ㄚ.～.ㄨㄚ.ㄚ.ㄌㄧ.ㄇㄚ.ㄙ.ㄎㄚ

❺ 去迪士尼的團是哪一團？

ディズニーランドへ行くツアーはどれですか。

di.zu.ni.-.ra.n.do.e.i.ku.tsu.a.-.wa.do.re.de.su.ka

ㄉㄧ.ㄗㄨ.ㄋㄧ.～.ㄌㄚ.ㄣ.ㄉㄛ.ㄝ.ㄧˉ.ㄎㄨ.ㄘ.ㄚ.～.ㄨㄚ.ㄉㄛ.ㄌㄝ.ㄉㄝ.ㄙ.ㄎㄚ

❻ 這個團的行程是多久？

このツアーはどれくらいの時間がかかりますか。

ko.no.tsu.a.-.wa.do.re.ku.ra.i.no.ji.ka.n.ga.ka.ka.ri.ma.su.ka

ㄎㄛ.ㄋㄛ.ㄘ.ㄚ.～.ㄨㄚ.ㄉㄛ.ㄌㄝ.ㄎㄨ.ㄌㄚ.ㄧ.ㄋㄛ.ㄐㄧ.ㄎㄚ.ㄣ.ㄍㄚ.ㄎㄚ.ㄎㄚ.ㄌㄧ.ㄇㄚ.ㄙ.ㄎㄚ

❼ 集合場所在哪裡呢？

しゅうごう ば しょ
集合場所はどこですか。

shu.u.go.u.ba.sho.wa.do.ko.de.su.ka

ㄒㄧㄨˋ.ㄨ.ㄍㄛ.ㄨ.ㄅㄚ.ㄒㄧㄛ.ㄨㄚ.ㄉㄛ.ㄎㄛ.ㄌㄝ.ㄙ.ㄎㄚ

❽ 集合時間是幾點呢？

しゅうごう じ かん　　なん じ
集合時間は何時ですか。

shu.u.go.u.ji.ka.n.wa.na.n.ji.de.su.ka

ㄒㄧㄨˋ.ㄨ.ㄍㄛ.ㄨ.ㄐㄧ.ㄎㄚ.ㄣ.ㄨㄚ.ㄋㄚ.ㄣ.ㄐㄧ.ㄌㄝ.ㄙ.ㄎㄚ

❾ 出發時間是幾點呢？

しゅっぱつ じ かん　　なん じ
出発時間は何時ですか。

shu.・.pa.tsu.ji.ka.n.wa.na.n.ji.de.su.ka

ㄒㄧㄨ.・.ㄆㄚ.ㄘ.ㄐㄧ.ㄎㄚ.ㄣ.ㄨㄚ.ㄋㄚ.ㄣ.ㄐㄧ.ㄌㄝ.ㄙ.ㄎㄚ

❿ 幾點回來就可以呢？

なん じ　　もど
何時に戻ってくればいいですか。

na.n.ji.ni.mo.do.・.te.ku.re.ba.i.i.de.su.ka

ㄋㄚ.ㄣ.ㄐㄧ.ㄋㄧ.ㄇㄛ.ㄉㄛ.・.ㄊㄝ.ㄎㄨ.ㄌㄝ.ㄅㄚ.ㄧ.ㄧ.ㄌㄝ.ㄙ.ㄎㄚ

⑪ 解散場所在哪裡？

かいさん ば しょ
解散場所はどこですか。

ka.i.sa.n.ba.sho.wa.do.ko.de.su.ka

ㄎㄚ.ㄧ.ㄙㄚ.ㄣ.ㄅㄚ.ㄒㄧㄛ.ㄨㄚ.ㄉㄛ.ㄎㄛ.ㄉㄝ.ㄙ.ㄎㄚ

⑫ 夜晚外出會危險嗎？

よる がいしゅつ きけん
夜の外出は危険ですか。

yo.ru.no.ga.i.shu.tsu.wa.ki.ke.n.de.su.ka

ㄧㄛ.ㄌㄨ.ㄋㄛ.ㄍㄚ.ㄧ.ㄒㄧㄨ.ㄘ.ㄨㄚ.ㄎㄧ.ㄎㄝ.ㄣ.ㄉㄝ.ㄙ.ㄎㄚ

⑬ 今天有什麼活動呢？

きょう なに
今日は何かイベントやっていますか。

kyo.u.wa.na.ni.ka.i.be.n.to.ya.・.te.i.ma.su.ka

ㄎㄧㄛ.ㄨ.ㄨㄚ.ㄋㄚ.ㄋㄧ.ㄎㄚ.ㄧ.ㄅㄝ.ㄣ.ㄊㄛ.ㄧㄚ.・.ㄊㄝ.ㄧ.ㄇㄚ.ㄙ.ㄎㄚ

⑭ 請問有市區的地圖嗎？

まち ちず
町の地図はありますか。

ma.chi.no.chi.zu.wa.a.ri.ma.su.ka

ㄇㄚ.ㄑㄧ.ㄋㄛ.ㄑㄧ.ㄗㄨ.ㄨㄚ.ㄚ.ㄌㄧ.ㄇㄚ.ㄙ.ㄎㄚ

⑮ 請問有中文的導覽嗎？

ちゅうごくご
中国語のガイドはありますか。

chu.u.go.ku.go.no.ga.i.do.wa.a.ri.ma.su.ka

ㄑㄧㄨ.ㄨ.ㄍㄛㄨ.ㄎㄨ.ㄍㄛ.ㄋㄛ.ㄍㄚ.ㄧ.ㄉㄛ.ㄨㄚ.ㄚ.ㄌㄧ.ㄇㄚ.ㄙ.ㄎㄚ

關鍵單字

城市

斑馬線

おうだん ほ どう
横断歩道

o.u.da.n.ho.do.u

ㄛ.ㄨ.ㄉㄢ.ㄅ.ㄛ.ㄉㄛ.ㄨ

天橋

りっきょう
陸橋

ri.・.kyo.u

ㄌㄧ.・.ㄎㄧㄛ.ㄨ

橋

はし
橋

ha.shi

ㄏㄚ.ㄒㄧ

鐵路平交道

ふみきり
踏切

fu.mi.ki.ri

ㄈㄨ.ㄇㄧ.ㄎㄧ.ㄌㄧ

馬路

おおどお
大通り

o.o.do.o.ri

ㄛ.ㄛ.ㄉㄛ.ㄛ.ㄌㄧ

廣場

ひろ ば
広場

hi.ro.ba

ㄏㄧ.ㄌㄛ.ㄅㄚ

公園

こうえん
公園

ko.u.e.n

ㄎㄛ.ㄨ.ㄝ.ㄣ

展望台

てんぼうだい
展望台

te.n.bo.u.da.i

ㄊㄝ.ㄣ.ㄅㄛ.ㄨ.ㄉㄚ.ㄧ

中心地

じゅうたくち
住宅區

ちゅうしん ち
中心地

chu.u.shi.n.chi

ㄑㄨˋ.ㄨˊ.ㄒㄧˇ.ㄣˊ.ㄑㄧ

じゅうたく ち
住宅地

ju.u.ta.ku.chi

ㄗㄧˋ.ㄨˊ.ㄊㄚˋ.ㄎㄨˋ.ㄑㄧ

商店街

郊外

しょうてんがい
商店街

sho.u.te.n.ga.i

ㄒㄧˇㄛ.ㄨˋ.ㄊㄝ.ㄣˊ.ㄍㄚ.ㄧ

こうがい
郊外

ko.u.ga.i

ㄎㄛˋ.ㄨˋ.ㄍㄚ.ㄧ

人行道

地下道

ほ どう
歩道

ho.do.u

ㄏㄛˋ.ㄉㄛˊ.ㄨ

ち か どう
地下道

chi.ka.do.u

ㄑㄧˊ.ㄎㄚ.ㄉㄛˊ.ㄨ

神社

寺院

じんじゃ
神社

ji.n.ja

ㄗㄧˊ.ㄣˊ.ㄗㄧㄚ

てら
寺

te.ra

ㄊㄝ.ㄌㄚ

遺跡
い せき
遺跡
i.se.ki

ㄧˊ.ㄙㄜˋ.ㄎㄧ一

公共廁所
こうしゅうべんじょ
公衆便所
ko.u.shu.u.be.n.jo

ㄎㄛˋ.ㄨˋ.ㄒㄩ一.ㄨ.ㄨ.ㄅㄣ.ㄅㄣ.ㄐㄛ一ㄛ

派出所
こうばん
交番
ko.u.ba.n

ㄎㄛˋ.ㄨ.ㄅㄚ.ㄣ

博物館
はくぶつかん
博物館
ha.ku.bu.tsu.ka.n

ㄏㄚˋ.ㄎㄨˋ.ㄅㄨ.ㄘ.ㄎㄚ.ㄣ

美術館
び じゅつかん
美術館
bi.ju.tsu.ka.n

ㄅㄧ一.ㄐㄩㄨ.ㄘ.ㄎㄚ.ㄣ

劇場
げきじょう
劇場
ge.ki.jo.u

ㄍㄝˋㄎㄧ一.ㄐㄛ一.ㄨ

咖啡館
きっさてん
喫茶店
ki. • .sa.te.n

ㄎㄧ一. • .ㄙㄚˋ.ㄊㄝˋ.ㄣ

散步
さん ぽ
散歩する
sa.n.po.su.ru

ㄙㄚˋ.ㄣ.ㄆㄛˋ.ㄙ.ㄌㄨ

286

拱廊

アーケード

a.-.ke.-.do

ㄚ.～.ㄎㄝ.～.ㄉㄛ

城市商業區，鬧區

したまち
下町

shi.ta.ma.chi

ㄒㄧ.ㄊㄚ.ㄇㄚ.ㄑㄧ

娛樂・愛好

遊樂場

ゆうえん ち
遊園地

yu.u.e.n.chi

ㄧ.ㄨ.ㄨ.ㄝ.ㄣ.ㄑㄧ

賽馬

けい ば
競馬

ke.i.ba

ㄎㄝ.ㄧ.～.ㄅㄚ

自行車競賽

けいりん
競輪

ke.i.ri.n

ㄎㄝ.ㄧ.～.ㄌㄧ.～.ㄣ

賽艇

きょうてい
競艇

kyo.u.te.i

ㄎㄧㄛ.ㄛ.ㄨ.ㄊㄝ.ㄧ

* 羅馬拼音的「-」要發長音；ㄅㄆㄇ拼音的「～」要發長音。

陶瓷工藝

陶芸
とうげい
to.u.ge.i
ㄊㄛ.ㄨ.ㄍㄝ.ㄧ

園藝

園芸
えんげい
e.n.ge.i
ㄝ.ㄣ.ㄍㄝ.ㄧ

插花

生け花
い　　ばな
i.ke.ba.na
ㄧ.ㄎㄝ.ㄅㄚ.ㄋㄚ

高爾夫

ゴルフ
go.ru.fu
ㄍㄛ.ㄌㄨ.ㄈㄨ

撲克牌

トランプ
to.ra.n.pu
ㄊㄛ.ㄌㄚ.ㄣ.ㄆㄨ

遊戲

ゲーム
ge.-.mu
ㄍㄝ.～.ㄇㄨ

賭博

ギャンブル
gya.n.bu.ru
ㄍㄧㄚ.ㄣ.ㄅㄨ.ㄌㄨ

保齡球

ボウリング
bo.u.ri.n.gu
ㄅㄛ.ㄨ.ㄌㄧ.ㄣ.ㄍㄨ

魔術

手品
て じ な

te.ji.na

ㄊㄝ.ㄐㄧ.ˇㄋㄚ

電視遊戲

テレビゲーム

te.re.bi.ge.-.mu

ㄊㄝ.ㄌㄝ.ㄅㄧ-.ㄍㄝ.～.ㄇㄨ

遊藝場

ゲームセンター

ge.-.mu.se.n.ta.-

ㄍㄝ.～.ㄇㄨ.ㄙㄝ.ㄣ.ㄊㄚ.～

享受

楽しむ
たの

ta.no.shi.mu

ㄊㄚ.ㄋㄛ.ㄒㄧ-.ㄇㄨ

快樂的

楽しい
たの

ta.no.shi.i

ㄊㄚ.ㄋㄛ.ㄒㄧ-.ㄧ

迪斯可舞

ディスコ

di.su.ko

ㄉㄧ-.ㄙ.ㄎㄛ

玩

遊ぶ
あそ

a.so.bu

ㄨ.ㄙㄛ.ㄅㄨ

旅行

國內旅行

こくないりょこう
国内旅行

ko.ku.na.i.ryo.ko.u

ㄎㄛ.ㄎㄨ.ㄋㄚ.ㄧ.ㄌㄧㄛ.ㄎㄛ.ㄨ

海外旅行

かいがいりょこう
海外旅行

ka.i.ga.i.ryo.ko.u

ㄎㄚ.ㄧ.ㄍㄚ.ㄧ.ㄌㄧㄛ.ㄎㄛ.ㄨ

旅遊

かんこう
観光

ka.n.ko.u

ㄎㄚ.ㄣ.ㄎㄛ.ㄨ

團體旅行

ツアー

tsu.a.-

ㄘ.ㄚ.～

旅行箱

スーツケース

su.-.tsu.ke.-.su

ㄙ.～.ㄘ.ㄎㄝ.～.ㄙ

旅費

りょ ひ
旅費

ryo.hi

ㄌㄧㄛ.ㄏㄧ

超便宜
機票

かくやす
格安チケット

ka.ku.ya.su.chi.ke.・.to

ㄎㄚ.ㄎㄨ.ㄧㄚ.ㄙ.ㄑㄧ.ㄎㄝ.・.ㄊㄛ

導遊

ガイド

ga.i.do

ㄍㄚ.ㄧ.ㄉㄛ

旅遊指南

ガイドブック

ga.i.do.bu.‧.ku

《丫.一.ㄉㄛ.ㄅㄨ.‧.ㄎㄨ

地圖

ち ず
地図

chi.zu

ㄑ一.ㄗㄨ

日程

にってい
日程

ni.‧.te.i

ㄋ一.‧.ㄊㄝ.一

單程

かたみち
片道

ka.ta.mi.chi

ㄎㄚ.ㄊㄚ.ㄇ一.ㄑ一

往返

おうふく
往復

o.u.fu.ku

ㄛ.ㄨ.ㄈㄨ.ㄎㄨ

兌換

りょうがえ
両替

ryo.u.ga.e

ㄌ一ㄛ.ㄨ.《ㄚ.ㄝ

旅遊詢問處

かんこうあんないじょ
観光案内所

ka.n.ko.u.a.n.na.i.jo

ㄎㄚ.ㄅ.ㄎㄛ.ㄨ.ㄚ.ㄅ.ㄋㄚ.一.ㄐ一ㄛ

免稅店

めんぜいてん
免税店

me.n.ze.i.te.n

ㄇㄝ.ㄅ.ㄗㄝ.一.ㄊㄝ.ㄅ

特產

おみやげ

o.mi.ya.ge

ㄛ.ㄇㄧ.ㄧㄚ.ㄍㄝ

訊息

インフォメーション

i.n.fo.me.-.sho.n

ㄧ.ㄣ.ㄈㄛ.ㄇㄝ.～.ㄒㄧㄛ.ㄣ

國籍

こくせき
国籍

ko.ku.se.ki

ㄎㄛ.ㄎㄨ.ㄙㄝ.ㄎㄧ

出發日

しゅっぱつ び
出発日

shu. ・ .pa.tsu.bi

ㄒㄧㄨ.・.ㄆㄚ.ㄘ.ㄅㄧ

海關

ぜいかん
税関

ze.i.ka.n

ㄗㄝ.ㄧ.ㄎㄚ.ㄣ

稅金

ぜいきん
税金

ze.i.ki.n

ㄗㄝ.ㄧ.ㄎㄧ.ㄣ

填寫

き にゅう
記入する

ki.nyu.u.su.ru

ㄎㄧ.ㄋㄧㄨ.ㄨ.ㄙ.ㄌㄨ

護照

パスポート

pa.su.po.-.to

ㄆㄚ.ㄙ.ㄆㄛ.～.ㄊㄛ

簽證

ビザ

bi.za

ㄅㄧ.ㄗㄚ

氣象

天氣

てんこう
天候

te.n.ko.u

ㄊㄝ.ㄣ.ㄎㄛ.ㄨ

氣象

き しょう
気象

ki.sho.u

ㄎㄧ.ㄒㄧㄛ.ㄨ

晴天

は
晴れ

ha.re

ㄏㄚ.ㄌㄝ

陰天

くも
曇り

ku.mo.ri

ㄎㄨ.ㄇㄛ.ㄌㄧ

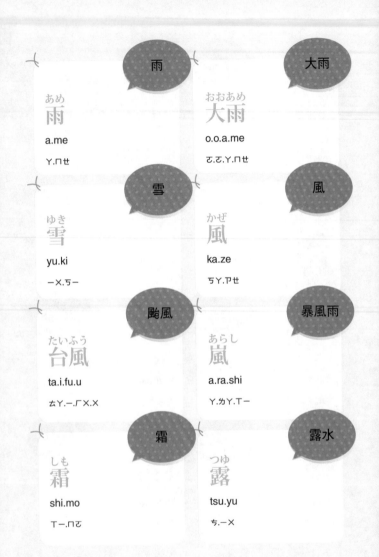

あめ
雨
a.me
ㄚ.ㄇㄝ

おおあめ
大雨
o.o.a.me
ㄛ.ㄛ.ㄚ.ㄇㄛ

ゆき
雪
yu.ki
ㄧㄨ.ㄎㄧ

かぜ
風
ka.ze
ㄎㄚ.ㄗㄝ

たいふう
台風
ta.i.fu.u
ㄊㄚ.ㄧ.ㄈㄨ.ㄨ

あらし
嵐
a.ra.shi
ㄚ.ㄌㄚ.ㄒㄧ

しも
霜
shi.mo
ㄒㄧ.ㄇㄛ

つゆ
露
tsu.yu
ㄘ.ㄧㄨ

龍捲風

たつまき
竜巻
ta.tsu.ma.ki
ㄊㄚˋ.ㄘ.ㄇㄚ.ㄎㄧˋ

雷

かみなり
雷
ka.mi.na.ri
ㄎㄚˋ.ㄇㄧ.ㄋㄚ.ㄌㄧˋ

地震

じしん
地震
ji.shi.n
ㄐㄧˋ.ㄒㄧˋ.ㄣ

海嘯

つなみ
津波
tsu.na.mi
ㄘ.ㄋㄚˋ.ㄇㄧˋ

洪水

こうずい
洪水
ko.u.zu.i
ㄎㄛ.ㄨˋ.ㄗㄨ.ㄧˋ

氣溫

きおん
気温
ki.o.n
ㄎㄧˋ.ㄛˋ.ㄣ

溫度

おんど
温度
o.n.do
ㄛˋ.ㄣ.ㄉㄛ

濕度

しつど
湿度
shi.tsu.do
ㄒㄧˋ.ㄘ.ㄉㄛ

天氣預報

てん き よ ほう
天気予報

te.n.ki.yo.ho.u

ㄊㄝ.ㄅ.ㄎㄧ.一ㄛ.ㄏㄛ.ㄨ

晴

は
晴れる

ha.re.ru

ㄏㄚ.ㄌㄝ.ㄌㄨ

陰

くも
曇る

ku.mo.ru

ㄎㄨ.ㄇㄛ.ㄌㄨ

熱的

あつ
暑い

a.tsu.i

ㄚ.ㄘ.一

冷的

さむ
寒い

sa.mu.i

ㄙㄚ.ㄇㄨ.一

自然

自然

風景

自然
しぜん

shi.ze.n

ㄒㄧ.ㄗㄝ.ㄣ

風景
ふうけい

fu.u.ke.i

ㄈㄨ.ㄨ.ㄎㄝ.ㄧ

山

河川

山
やま

ya.ma

ㄧㄚ.ㄇㄚ

川
かわ

ka.wa

ㄎㄚ.ㄨㄚ

海

天空

海
うみ

u.mi

ㄨ.ㄇㄧ

空
そら

so.ra

ㄙㄛ.ㄌㄚ

森林

森林

森
もり

mo.ri

ㄇㄛ.ㄌㄧ

林
はやし

ha.ya.shi

ㄏㄚ.ㄧㄚ.ㄒㄧ

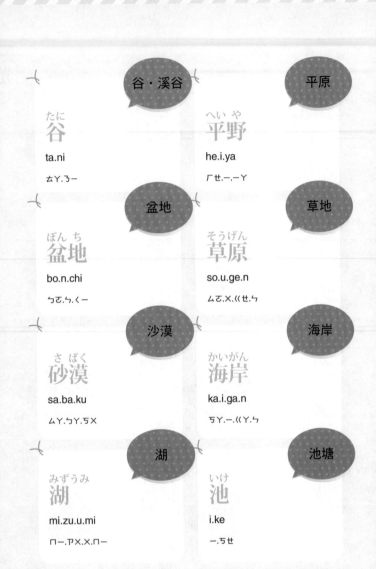

谷・溪谷

たに
谷
ta.ni
ㄊㄚ.ㄋㄧ

平原

へい や
平野
he.i.ya
ㄏㄝ.ㄧ.ㄧㄚ

盆地

ぼん ち
盆地
bo.n.chi
ㄅㄛ.ㄣ.ㄑㄧ

草地

そうげん
草原
so.u.ge.n
ㄙㄛ.ㄨ.ㄍㄝ.ㄣ

沙漠

さ ばく
砂漠
sa.ba.ku
ㄙㄚ.ㄅㄚ.ㄎㄨ

海岸

かいがん
海岸
ka.i.ga.n
ㄎㄚ.ㄧ.ㄍㄚ.ㄣ

湖

みずうみ
湖
mi.zu.u.mi
ㄇㄧ.ㄗㄨ.ㄨ.ㄇㄧ

池塘

いけ
池
i.ke
ㄧ.ㄎㄝ

298

沼澤

ぬま
沼

nu.ma

ㄋㄨ.ㄇㄚ

瀑布

たき
滝

ta.ki

ㄊㄚ.ㄎㄧ

岩石

いわ
岩

i.wa

ㄧ.ㄨㄚ

溫泉

おんせん
温泉

o.n.se.n

ㄛ.ㄣ.ㄙㄝ.ㄣ

標高

ひょうこう
標高

hyo.u.ko.u

ㄏㄧㄛ.ㄨ.ㄎㄛ.ㄨ

小河

お がわ
小川

o.ga.wa

ㄛ.ㄍㄚ.ㄨㄚ

懸崖

がけ
崖

ga.ke

ㄍㄚ.ㄎㄝ

海灣

わん
湾

wa.n

ㄨㄚ.ㄣ

299

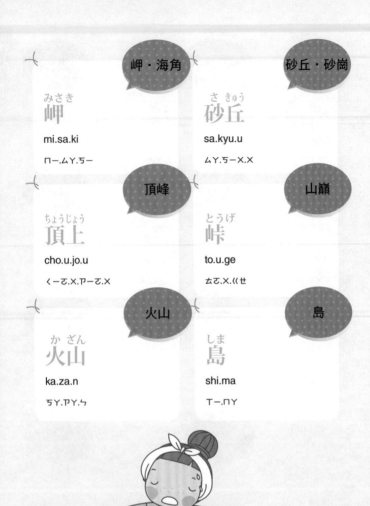

岬・海角

みさき
岬
mi.sa.ki
ㄇㄧˋ.ㄙㄚ.ㄎㄧˇ

砂丘・砂崗

さ きゅう
砂丘
sa.kyu.u
ㄙㄚ.ㄎㄧㄡˋ.ㄨ

頂峰

ちょうじょう
頂上
cho.u.jo.u
ㄑㄧㄡˋ.ㄨ.ㄐㄧㄡˋ.ㄨ

山巓

とうげ
峠
to.u.ge
ㄊㄛˋ.ㄨ.ㄍㄝ

火山

か ざん
火山
ka.za.n
ㄎㄚ.ㄗㄚˋ.ㄣ

島

しま
島
shi.ma
ㄒㄧˋ.ㄇㄚ

觀光

電影・戲劇

電影

映画
えいが

e.i.ga

ㄝ.ㄧ.ㄍㄚ

喜劇

喜劇
きげき

ki.ge.ki

ㄎㄧ.ㄍㄝ.ㄎㄧ

悲劇

悲劇
ひげき

hi.ge.ki

ㄏㄧ.ㄍㄝ.ㄎㄧ

動畫片

アニメ

a.ni.me

ㄚ.ㄋㄧ.ㄇㄝ

彩色電影

カラー映画
えいが

ka.ra.-.e.i.ga

ㄎㄚ.ㄌㄚ.～.ㄝ.ㄧ.ㄍㄚ

黑白電影

白黒映画
しろくろえいが

shi.ro.ku.ro.e.i.ga

ㄒㄧ.ㄌㄛ.ㄎㄨ.ㄌㄛ.ㄝ.ㄧ.ㄍㄚ

觀眾席

客席
きゃくせき

kya.ku.se.ki

ㄎㄧㄚ.ㄎㄨ.ㄙㄝ.ㄎㄧ

相聲

漫才
まんざい

ma.n.za.i

ㄇㄚ.ㄣ.ㄗㄚ.ㄧ

301

らくご
落語

ra.ku.go

ㄌㄚ.ㄎㄨ.ㄍㄛ

し ていせき
指定席

shi.te.i.se.ki

ㄒㄧ.ㄊㄝ.ㄧ.ㄙㄝ.ㄎㄧ

えい が かん
映画館

e.i.ga.ka.n

ㄝ.ㄧ.ㄍㄚ.ㄎㄚ.ㄣ

えんげき
演劇

e.n.ge.ki

ㄝ.ㄣ.ㄍㄝ.ㄎㄧ

ドラマ

do.ra.ma

ㄉㄛ.ㄌㄚ.ㄇㄚ

げ き じょう
劇場

ge.ki.jo.u

ㄍㄝ.ㄎㄧ.ㄐㄧㄛ.ㄨ

う ば
チケット売り場

chi.ke.・.to.u.ri.ba

ㄑㄧ.ㄎㄝ.・.ㄊㄛ.ㄨ.ㄌㄧ.ㄅㄚ

にゅうじょうけん
入場券

nyu.u.jo.u.ke.n

ㄋㄧㄨ.ㄨ.ㄐㄧㄛ.ㄨ.ㄎㄝ.ㄣ

預售票

まえうりけん
前売券

ma.e.u.ri.ke.n

ㄇㄚ.ㄝ.ㄨ.ㄌㄧ.ㄎㄝ.ㄣ

男演員

だんゆう
男優

da.n.yu.u

ㄉㄚ.ㄣ.ㄧㄨ.ㄨ

女演員

じょゆう
女優

jo.yu.u

ㄗ一ㄛ.一ㄨ.ㄨ

演員

タレント

ta.re.n.to

ㄊㄚ.ㄌㄝ.ㄣ.ㄊㄛ

拍手

はくしゅ
拍手

ha.ku.shu

ㄏㄚ.ㄎㄨ.ㄒ一ㄨ

休息時間

きゅうけい じ かん
休憩時間

kyu.u.ke.i.ji.ka.n

ㄎ一ㄨ.ㄨ.ㄎㄝ.一.ㄗ一.ㄎㄚ.ㄣ

音樂

おんがく
音楽

o.n.ga.ku

ㄛ.ㄣ.ㄍㄚ.ㄎㄨ

音樂

ミュージック

myu.-.ji.・.ku

ㄇ一ㄨ.～.ㄗ一.・.ㄎㄨ

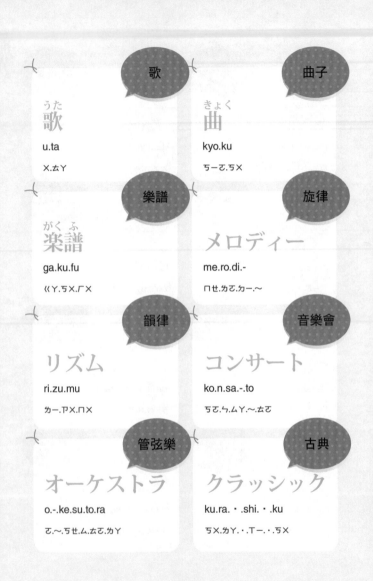

歌
歌
うた
u.ta
ㄨ.ㄊㄚ

曲子
曲
きょく
kyo.ku
ㄎㄧ-ㄛ.ㄎㄨ

樂譜
楽譜
がくふ
ga.ku.fu
ㄍㄚ.ㄎㄨ.ㄏㄨ

旋律
メロディー
me.ro.di.-
ㄇㄝ.ㄌㄛ.ㄉㄧ-.～

韻律
リズム
ri.zu.mu
ㄌㄧ-.ㄗㄨ.ㄇㄨ

音樂會
コンサート
ko.n.sa.-.to
ㄎㄛ.ㄣ.ㄙㄚ.～.ㄊㄛ

管弦樂
オーケストラ
o.-.ke.su.to.ra
ㄛ.～.ㄎㄝ.ㄙ.ㄊㄛ.ㄌㄚ

古典
クラッシック
ku.ra.・.shi.・.ku
ㄎㄨ.ㄌㄚ.・.ㄒㄧ-.・.ㄎㄨ

流行歌曲

ポップス

po.・.pu.su

ㄆㄛ.・.ㄆㄨ.ㄙㄨ

爵士樂

ジャズ

ja.zu

ㄐㄧㄚ.ㄗㄨ

搖滾樂

ロック

ro.・.ku

ㄌㄛ.・.ㄎㄨ

音樂劇

ミュージカル

myu.-.ji.ka.ru

ㄇㄧㄨ.～.ㄐㄧㄚ.ㄎㄚ.ㄌㄨ

歌劇

オペラ

o.pe.ra

ㄛ.ㄆㄝ.ㄌㄚ

合唱

コーラス

ko.-.ra.su

ㄎㄛ.～.ㄌㄚ.ㄙㄨ

民謠

民謡
みんよう

mi.n.yo.u

ㄇㄧ.ㄋ.ㄧㄛ.ㄨ

演歌

演歌
えん か

e.n.ka

ㄝ.ㄋ.ㄎㄚ

305

歌手

歌手
ka.shu
ㄎㄚ.ㄒㄧㄨ

演奏家

演奏家
e.n.so.u.ka
ㄝ.ㄣ.ㄙㄛ.ㄨ.ㄎㄚ

鋼琴

ピアノ
pi.a.no
ㄆㄧ.ㄚ.ㄋㄛ

小提琴

バイオリン
ba.i.o.ri.n
ㄅㄚ.ㄧ.ㄛ.ㄌㄧ.ㄣ

吉他

ギター
gi.ta.-
ㄍㄧ.ㄊㄚ.～

長笛

フルート
fu.ru.-.to
ㄈㄨ.ㄌㄨ.～.ㄊㄛ

樂器

楽器
ga.・.ki
ㄍㄚ.・.ㄎㄧ－

彈

弾く
hi.ku
ㄏㄧ.ㄎㄨ

演奏

演奏する
えんそう

e.n.so.u.su.ru

ㄝ.ㄣ.ㄙㆦ.ㄨ.ㄙ.ㄌㄨ

唱歌

歌う
うた

u.ta.u

ㄨ.ㄊㄚ.ㄨ

戸外運動

戸外

アウトドア

a.u.to.do.a

ㄚ.ㄨ.ㄊㆦ.ㄉㆦ.ㄚ

登山

登山
と　ざん

to.za.n

ㄊㆦ.ㄗㄚ.ㄣ

徒歩旅行

ハイキング

ha.i.ki.n.gu

ㄏㄚ.ㄧ.ㄎㄧ.ㄣ.ㄍㄨ

郊遊

ピクニック

pi.ku.ni.・.ku

ㄆㄧ.ㄎㄨ.ㄋㄧ.・.ㄎㄨ

キャンプ
露營
kya.n.pu
ㄎㄧ-ㄚ.ㄅ.ㄆㄨ

かいすいよく
海水浴
海水浴
ka.i.su.i.yo.ku
ㄎㄚ.ㄧ.ㄙㄨ.ㄧ.ㄧㄜ.ㄎㄨ

しんりんよく
森林浴
森林浴
shi.n.ri.n.yo.ku
ㄒㄧ.ㄅ.ㄌㄧ.ㄅ.ㄧㄜ.ㄎㄨ

テント
帳篷
te.n.to
ㄊㄝ.ㄅ.ㄊㄜ

ね ぶくろ
寝袋
睡袋
ne.bu.ku.ro
ㄋㄝ.ㄅㄨ.ㄎㄨ.ㄌㄜ

と ざんぐつ
登山靴
登山鞋
to.za.n.gu.tsu
ㄊㄜ.ㄗㄚ.ㄅ.ㄍㄨ.ㄘ

べんとう
弁当
便當
be.n.to.u
ㄅㄝ.ㄅ.ㄊㄜ.ㄨ

リュック
サック
背包
ryu.・.ku.sa.・.ku
ㄌㄧㄨ.・.ㄎㄨ.ㄙㄚ.・.ㄎㄨ

水壺

すいとう
水筒

su.i.to.u

ㄙㄨ.ㄧ.ㄊㄜ.ㄨ

野外烤肉

バーベキュー

ba.-.be.kyu.-

ㄅㄚ.～.ㄅㄝ.ㄎㄧㄨ.～

營火

キャンプ
ファイヤー

kya.n.pu.fa.i.ya.-

ㄎㄧㄚ.ㄣ.ㄆㄨ.ㄈㄚ.ㄧ.ㄧㄚ.～

釣

っ
釣り

tsu.ri

ㄘ.ㄌㄧ

體育

運動

うんどう
運動

u.n.do.u

ㄨ.ㄣ.ㄉㄜ.ㄨ

體育

スポーツ

su.po.-.tsu

ㄙ.ㄆㄜ.～.ㄘ

309

サーフィン

衝浪

sa.-.fi.n

ㄙㄚ.～.ㄈㄧ.ㄆ

ボート

小船

bo.-.to

ㄅㄛ.～.ㄊㄛ

ヨット

快艇

yo.・.to

ㄧㄛ.・.ㄊㄛ

ダイビング

潛水

da.i.bi.n.gu

ㄉㄚ.ㄧ.ㄅㄧ.ㄆ.ㄍㄨ

かんせん
観戦する

看球賽

ka.n.se.n.su.ru

ㄎㄚ.ㄣ.ㄙㄝ.ㄣ.ㄙㄨ.ㄌㄨ

テニス

網球

te.ni.su

ㄊㄝ.ㄋㄧ.ㄙㄨ

ウオーキング

健走

u.o.-.ki.n.gu

ㄨ.ㄛ.～.ㄎㄧ.ㄆ.ㄍㄨ

ジョギング

跑步

jo.gi.n.gu

ㄐㄧㄛ.ㄍㄧ.ㄆ.ㄍㄨ

自行車旅行

サイクリング

sa.i.ku.ri.n.gu

ㄙㄚ.ㄧ.ㄎㄨ.ㄌㄚ.ㄣ.ㄍㄨ

游泳

すいえい
水泳

su.i.e.i

ㄙ.ㄧ.ㄝ.ㄧ

棒球

や きゅう
野球

ya.kyu.u

ㄧㄚ.ㄎㄧㄡ.ㄨ

足球

サッカー

sakka.-

ㄙㄚ.・.ㄎㄚ.～

橄欖球

ラグビー

ra.gu.bi.-

ㄌㄚ.ㄍㄨ.ㄅㄧ.～

籃球

バスケット
トボール

ba.su.ke.・.to.bo.-.ru

ㄅㄚ.ㄙ.ㄎㄝ.・.ㄊㄛ.ㄅㄛ.～.ㄌㄨ

排球

バレーボール

ba.re.-.bo.-.ru

ㄅㄚ.ㄌㄝ.～.ㄅㄛ.～.ㄌㄨ

高爾夫球

ゴルフ

go.ru.fu

ㄍㄛ.ㄌㄨ.ㄈㄨ

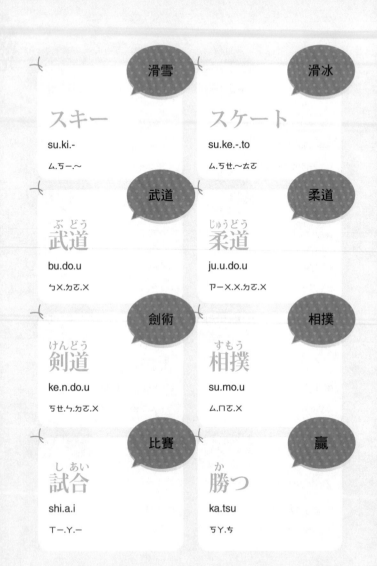

スキー
滑雪
su.ki.-
ㄙ.ㄎㄧˉ.～

スケート
滑冰
su.ke.-.to
ㄙ.ㄎㄝ.～ㄊㄛ

ぶどう
武道
武道
bu.do.u
ㄅㄨ.ㄉㄛ.ㄨ

じゅうどう
柔道
柔道
ju.u.do.u
ㄐㄧˉㄨ.ㄨ.ㄉㄛ.ㄨ

けんどう
剣道
劍術
ke.n.do.u
ㄎㄝ.ㄣ.ㄉㄛ.ㄨ

すもう
相撲
相撲
su.mo.u
ㄙ.ㄇㄛ.ㄨ

し あい
試合
比賽
shi.a.i
ㄒㄧ.ㄚ.ㄧ

か
勝つ
贏
ka.tsu
ㄎㄚ.ㄘ

312

輸

勝戰

ま
負ける

ma.ke.ru

ㄇㄚ.ㄎㄝ.ㄌㄨ

かちいくさ
勝戰

ka.chi.i.ku.sa

ㄎㄚ.ㄑㄧ.ㄧ.ㄎㄨ.ㄙㄚ

運動

跑

うんどう
運動する

u.n.do.u.su.ru

ㄨ.ㄣ.ㄉㄛ.ㄨ.ㄙㄨ.ㄌㄨ

はし
走る

ha.shi.ru

ㄏㄚ.ㄒㄧ.ㄌㄨ

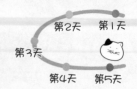

2.生病了

第2天　第1天
第3天
第4天　第5天

我 ⬚ 痛。

⬚ が　痛いです。

ga. i.ta.i.de.su

《Y.　一.ㄊΥ.一.ㄉㄝ.ㄙㄨ

高頻使用句

❶ 身體感到不舒服。

体の具合が悪いです。

ka.ra.da.no.gu.a.i.ga.wa.ru.i.de.su

ㄎΥ.ㄌΥ.ㄉΥ.ㄌㄛ.《ㄨ.Υ.一.《Υ.ㄨΥ.ㄌㄨ.一.ㄉㄝ.ㄙㄨ

❷ 覺得不舒服。

気分が悪いです。

ki.bu.n.ga.wa.ru.i.de.su

ㄎ一.ㄅㄨ.ㄣ.《Υ.ㄨΥ.ㄌㄨ.一.ㄉㄝ.ㄙㄨ

3 我鼻塞。

鼻が詰まってしまいました。

ha.na.ga.tsu.ma.・.te.shi.ma.i.ma.shi.ta

ㄏㄚ.ㄋㄚ.ㄍㄚ.ㄘ.ㄇㄚ.・.ㄊㅔ.ㄒㄧ.ㄇㄚ.ㄧ.ㄇㄚ.ㄒㄧ.ㄊㄚ

4 我一直咳不停。

咳が止まりません。

se.ki.ga.to.ma.ri.ma.se.n

ㄙㅔ.ㄎㄧ.ㄍㄚ.ㄊㄛ.ㄇㄚ.ㄌㄧ.ㄇㄚ.ㄙㅔ.ㄣ

5 我會覺得呼吸困難。

息苦しい感じがします。

i.ki.gu.ru.shi.i.ka.n.ji.ga.shi.ma.su

ㄧ.ㄎㄧ.ㄍㄨ.ㄌㄨ.ㄒㄧ.ㄧ.ㄎㄚ.ㄣ.ㄐㄧ.ㄍㄚ.ㄒㄧ.ㄇㄚ.ㄙ

6 我全身無力。

体がひどくだるいです。

ka.ra.da.ga.hi.do.ku.da.ru.i.de.su

ㄎㄚ.ㄌㄚ.ㄉㄚ.ㄍㄚ.ㄏㄧ.ㄉㄛ.ㄎㄨ.ㄉㄚ.ㄌㄨ.ㄧ.ㄉㅔ.ㄙ

7 我一吃就會吐。

食べると吐いてしまいます。

ta.be.ru.to.ha.i.te.shi.ma.i.ma.su

ㄊㄚ.ㄅㅔ.ㄌㄨ.ㄊㄛ.ㄏㄚ.ㄧ.ㄊㅔ.ㄒㄧ.ㄇㄚ.ㄧ.ㄇㄚ.ㄙ

❽ 有胃藥（鎮痛劑）嗎？

胃薬（鎮痛剤）はありますか。
<ruby>胃薬<rt>いぐすり</rt></ruby>（<ruby>鎮痛剤<rt>ちんつうざい</rt></ruby>）はありますか。

i.gu.su.ri.(chi.n.tsu.u.za.i.)wa.a.ri.ma.su.ka

一.ㄍㄨ.ㄙㄨ.ㄌㄧ.(ㄑㄧ一.ㄣ.ㄗㄨ.ㄨ.ㄗㄚ.一.)ㄨㄚ.ㄚ.ㄌㄧ.ㄇㄚ.ㄙㄨ.ㄎㄚ

❾ 最近的藥局（醫院）在哪裡？

一番近い薬局（病院）はどこですか。
<ruby>一番近<rt>いちばんちか</rt></ruby>い<ruby>薬局<rt>やっきょく</rt></ruby>（<ruby>病院<rt>びょういん</rt></ruby>）はどこですか。

i.chi.ba.n.chi.ka.i.ya.・.kyo.ku.(byo.u.i.n.)wa.do.ko.de.su.ka

一.ㄑㄧ.ㄅㄚ.ㄣ.ㄑㄧ.ㄎㄚ.一.一ㄚ.・.ㄎㄧㄛ.ㄎㄨ.(ㄅㄧㄛ.ㄨ.一.ㄣ.)ㄨㄚ.ㄉㄛ.ㄎㄛ.ㄉㄜ.ㄙㄨ.ㄎㄚ

❿ 請幫我叫醫生。

医者を呼んでください。
<ruby>医者<rt>いしゃ</rt></ruby>を<ruby>呼<rt>よ</rt></ruby>んでください。

i.sha.wo.yo.n.de.ku.da.sa.i

一.ㄒㄧㄚ.ㄛ.一ㄛ.ㄣ.ㄉㄜ.ㄎㄨ.ㄉㄚ.ㄙㄚ.一

⓫ 請幫我叫救護車。

救急車を呼んでください。
<ruby>救急車<rt>きゅうきゅうしゃ</rt></ruby>を<ruby>呼<rt>よ</rt></ruby>んでください。

kyu.u.kyu.u.sha.wo.yo.n.de.ku.da.sa.i

ㄎㄧ一ㄨ.ㄨ.ㄎㄧ一ㄨ.ㄨ.ㄒㄧㄚ.ㄛ.一ㄛ.ㄣ.ㄉㄜ.ㄎㄨ.ㄉㄚ.ㄙㄚ.一

⑫ 有會說中文的醫生嗎？

中国語を話せる医者はいますか。

chu.u.go.ku.go.wo.ha.na.se.ru.i.sha.wa.i.ma.su.ka

ㄑㄧㄨˋㄨˋㄍㄛˋㄎㄨˋㄍㄛˋㄛˋㄏㄚˋㄋㄚˋㄙㄝˋㄌㄨˋ.ㄧˊ.ㄒㄧ.ㄒㄧㄚ.ㄨㄚ.ㄧˊ.ㄇㄚˋㄙㄨˋㄙㄨ.ㄎㄚ

⑬ 拉肚子了。

下痢です。

ge.ri.de.su

ㄍㄝ.ㄌㄧ.ㄉㄝ.ㄙ

⑭ 好像感冒了。

風邪をひいたみたいです。

ka.ze.wo.hi.i.ta.mi.ta.i.de.su

ㄎㄚ.ㄗㄝ.ㄛ.ㄏㄧ.ㄧ.ㄊㄚ.ㄇㄧ.ㄊㄚ.ㄧ.ㄉㄝ.ㄙ

⑮ 發燒了。

熱があります。

ne.tsu.ga.a.ri.ma.su

ㄋㄝ.ㄘ.ㄍㄚ.ㄚ.ㄌㄧ.ㄇㄚ.ㄙ

⑯ 想要吐。

吐き気がします。

ha.ki.ke.ga.shi.ma.su

ㄏㄚ.ㄎㄧ.ㄎㄝ.ㄍㄚ.ㄒㄧ.ㄇㄚ.ㄙ

⑰ 手（腳）受傷了。

手（足）をケガしました。

te. (a.shi.)wo.ke.ga.shi.ma.shi.ta

ㄊㄝ.（Ａ.ㄒㄧ－.）ㆦ.ㄎㄝ.ㄍＡ.ㄒㄧ－.ㄇＡ.ㄒㄧ－.ㄊＡ

⑱ 懷孕了。

妊娠中です。

ni.n.shi.n.chu.u.de.su

ㄋㄧ－.ㄣ.ㄒㄧ－.ㄣ.ㄑㄧ－ㄨ.ㄨ.ㄉㄝ.ㄙ

⑲ 現在是生理期。

生理中です。

se.i.ri.chu.u.de.su

ㄙㄝ.ㄧ－.ㄌㄧ－.ㄑㄧ－ㄨ.ㄨ.ㄉㄝ.ㄙ

⑳ 我對蛋過敏。

卵アレルギーです。

ta.ma.go.a.re.ru.gi.-.de.su

ㄊＡ.ㄇＡ.ㄍㆦ.ㄍㆦ.Ａ.ㄌㄝ.ㄌㄨ.ㄍㄧ－.～.ㄉㄝ.ㄙ

21 可以繼續旅行嗎？

りょこう　つづ
旅行を続けてもいいですか。

ryo.ko.u.wo.tsu.zu.ke.te.mo.i.i.de.su.ka

カーㄛ.ㄎㄛ.ㄨ.ㄛ.ㄘ.ㄗㄨ.ㄎㄝ.ㄊㄝ.ㄇㄛ.ㄧ.ㄧ.ㄉㄝ.ㄙ.ㄎㄚ

22 好一點了。

すこ
少しよくなりました。

su.ko.shi.yo.ku.na.ri.ma.shi.ta

ㄙ.ㄎㄛ.ㄒㄧ.ㄧㄛ.ㄎㄨ.ㄋㄚ.ㄌㄧ.ㄇㄚ.ㄒㄧ.ㄊㄚ

關鍵單字

身體

頭
あたま
頭
a.ta.ma
ㄚ.ㄊㄚ.ㄇㄚ

臉
かお
顔
ka.o
ㄎㄚ.ㄛ

眼
め
目
me
ㄇㄝ

鼻子
はな
鼻
ha.na
ㄏㄚ.ㄋㄚ

口・嘴巴
くち
口
ku.chi
ㄎㄨ.ㄑㄧ

耳朵
みみ
耳
mi.mi
ㄇㄧ.ㄇㄧ

脖子
くび
首
ku.bi
ㄎㄨ.ㄅㄧ

肩膀
かた
肩
ka.ta
ㄎㄚ.ㄊㄚ

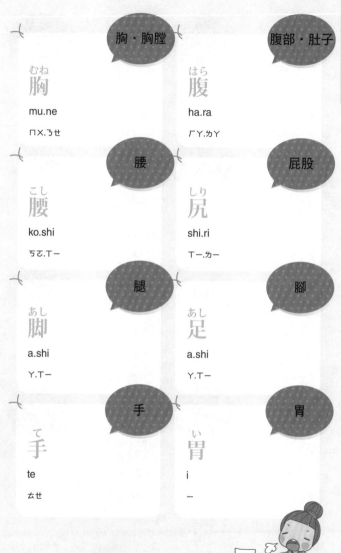

胸・胸膛

むね
胸

mu.ne

ㄇㄨ.ㄋㄝ

腹部・肚子

はら
腹

ha.ra

ㄏㄚ.ㄌㄚ

腰

こし
腰

ko.shi

ㄎㄛ.ㄒㄧ

屁股

しり
尻

shi.ri

ㄒㄧ.ㄌㄧ

腿

あし
脚

a.shi

ㄚ.ㄒㄧ

腳

あし
足

a.shi

ㄚ.ㄒㄧ

手

て
手

te

ㄊㄝ

胃

い
胃

i

ㄧ

心臓

しんぞう
心臓

shi.n.zo.u

ㄒㄧ.ㄣ.ㄗㄛ.ㄨ

腸

ちょう
腸

cho.u

ㄑㄧㄡ.ㄨ

骨

ほね
骨

ho.ne

ㄏㄛ.ㄋㄝ

皮膚

ひ　ふ
皮膚

hi.fu

ㄏㄧ.ㄈㄨ

額頭

ひたい
額

hi.ta.i

ㄏㄧ.ㄊㄚ.ㄧ

臉頰

ほお
頰

ho.o

ㄏㄛ.ㄛ

舌頭

した
舌

shi.ta

ㄒㄧ.ㄊㄚ

下巴

あご

a.go

ㄚ.ㄍㄛ

牙齒

は
歯

ha

ㄏㄚ

喉嚨

のど

no.do

ㄋㄛ.ㄉㄛ

手指

ゆび
指

yu.bi

ㄧㄨ.ㄅㄧ

大拇指

おやゆび
親指

o.ya.yu.bi

ㄛ.ㄧㄚ.ㄧㄨ.ㄅㄧ

食指

ひと さ　ゆび
人差し指

hi.to.sa.shi.yu.bi

ㄏㄧ.ㄊㄛ.ㄙㄚ.ㄒㄧ.ㄧㄨ.ㄅㄧ

中指

なかゆび
中指

na.ka.yu.bi

ㄋㄚ.ㄎㄚ.ㄧㄨ.ㄅㄧ

無名指

くすりゆび
薬指

ku.su.ri.yu.bi

ㄎㄨ.ㄙ.ㄌㄧ.ㄧㄨ.ㄅㄧ

小指

こ　ゆび
小指

ko.yu.bi

ㄎㄛ.ㄧㄨ.ㄅㄧ

手肘

ひじ
肘
hi.ji
ㄏㄧ.ㄗㄧ

膝蓋

ひざ
膝
hi.za
ㄏㄧ.ㄗㄚ

手腕

て　くび
手首
te.ku.bi
ㄊㄝ.ㄎㄨ.ㄅㄧ

腳踝

あしくび
足首
a.shi.ku.bi
ㄚ.ㄒㄧ.ㄎㄨ.ㄅㄧ

腳後跟

かかと
ka.ka.to
ㄎㄚ.ㄎㄚ.ㄊㄛ

關節

かんせつ
関節
ka.n.se.tsu
ㄎㄚ.ㄣ.ㄙㄝ.ㄘ

疾病的症狀

過敏性
花粉症

か ふんしょう
花粉症

ka.fu.n.sho.u

ㄎㄚ.ㄈㄨ.ㄣ.ㄒㄧㄛ.ㄨ

腹痛

ふくつう
腹痛

fu.ku.tsu.u

ㄈㄨ.ㄎㄨ.ㄘ.ㄨ

頭痛

ずつう
頭痛

zu.tsu.u

ㄗㄨ.ㄘ.ㄨ

牙疼

し つう
歯痛

shi.tsu.u

ㄒㄧ.ㄘ.ㄨ

腰痛

ようつう
腰痛

yo.u.tsu.u

ㄧㄛ.ㄨ.ㄘ.ㄨ

經痛

せい り つう
生理痛

se.i.ri.tsu.u

ㄙㄟ.ㄧ.ㄌㄧ.ㄘ.ㄨ

發燒

ねつ
熱がある

ne.tsu.ga.a.ru

ㄋㄝ.ㄘ.ㄍㄚ.ㄚ.ㄌㄨ

肌肉痛

きんにくつう
筋肉痛

ki.n.ni.ku.tsu.u

ㄎㄧ.ㄣ.ㄋㄧ.ㄎㄨ.ㄘ.ㄨ

325

かた こ
肩凝り

ka.ta.ko.ri

ㄎㄚ.ㄊㄚ.ㄎㄛ.ㄌㄧ

みみ な
耳鳴り

mi.mi.na.ri

ㄇㄧ.ㄇㄧ.ㄋㄚ.ㄌㄧ

た
立ちくらみ

ta.chi.ku.ra.mi

ㄊㄚ.ㄑㄧ.ㄎㄨ.ㄌㄚ.ㄇㄧ

しゅっけつ
出 血

shu.・.ke.tsu

ㄒㄧㄨ.・.ㄎㄝ.ㄘ

いた
のどの痛み

no.do.no.i.ta.mi

ㄋㄛ.ㄉㄛ.ㄋㄛ.ㄧ.ㄊㄚ.ㄇㄧ

い いた
胃の痛み

i.no.i.ta.mi

ㄧ.ㄋㄛ.ㄧ.ㄊㄚ.ㄇㄧ

さむ
寒けがする

sa.mu.ke.ga.su.ru

ㄙㄚ.ㄇㄨ.ㄎㄝ.ㄍㄚ.ㄙ.ㄌㄨ

き うしな
気を失う

ki.wo.u.shi.na.u

ㄎㄧ.ㄛ.ㄨ.ㄒㄧ.ㄋㄚ.ㄨ

咳嗽

せきが出る

se.ki.ga.de.ru

ㄙㄝ.ㄎㄧ-.ㄍㄚ.ㄉㄝ.ㄌㄨ

感到頭暈

目まいがする

me.ma.i.ga.su.ru

ㄇㄝ.ㄇㄚ.ㄧ-.ㄍㄚ.ㄙㄨ.ㄌㄨ

流鼻涕

鼻水が出る

ha.na.mi.zu.ga.de.ru

ㄏㄚ.ㄋㄚ.ㄇㄧ-.ㄗㄨ.ㄍㄚ.ㄉㄝ.ㄌㄨ

疼痛

痛い

i.ta.i

ㄧ-.ㄊㄚ.ㄧ-

痛苦

苦しい

ku.ru.shi.i

ㄎㄨ.ㄌㄨ.ㄒㄧ-.ㄧ-

懶倦・發痠

だるい

da.ru.i

ㄉㄚ.ㄌㄨ.ㄧ-

心情不好

気分が悪い

ki.bu.n.ga.wa.ru.i

ㄎㄧ-.ㄅㄨ.ㄣ.ㄍㄚ.ㄨㄚ.ㄌㄨ.ㄧ-

想吐

吐き気がする

ha.ki.ke.ga.su.ru

ㄏㄚ.ㄎㄧ-.ㄎㄝ.ㄍㄚ.ㄙㄨ.ㄌㄨ

熱が高い
ne.tsu.ga.ta.ka.i

ㄋㄝ.ち.《Y.ㄊㄚ.ㄎㄚ.一

熱が低い
ne.tsu.ga.hi.ku.i

ㄋㄝ.ち.《Y.ㄏ一.ㄎㄨ.一

病和傷

健康

健康
ke.n.ko.u

ㄎㄝ.ㄣ.ㄎㄜ.ㄨ

病

病気
byo.u.ki

ㄅ一ㄜ.ㄨ.ㄎ一

病危

危篤
ki.to.ku

ㄎ一.ㄊㄜ.ㄎㄨ

感冒

風邪
ka.ze

ㄎㄚ.ㄗㄝ

328

肺炎

はいえん
肺炎

ha.i.e.n

ㄏㄚ.ㄧ.ㄝ.ㄣ

胃潰瘍

い かいよう
胃潰瘍

i.ka.i.yo.u

ㄧ.ㄎㄚ.ㄧ.ㄧㄛ.ㄨ

心臓病

しんぞうびょう
心臓病

shi.n.zo.u.byo.u

ㄒㄧ.ㄣ.ㄗㄛ.ㄨ.ㄅㄧㄛ.ㄨ

糖尿病

とうにょうびょう
糖尿病

to.u.nyo.u.byo.u

ㄊㄛ.ㄨ.ㄋㄧㄛ.ㄨ.ㄅㄧㄛ.ㄨ

盲腸

もうちょう
盲腸

mo.u.cho.u

ㄇㄛ.ㄨ.ㄑㄧㄛ.ㄨ

脳震盪

のう
脳しんとう

no.u.shi.n.to.u

ㄋㄛ.ㄨ.ㄒㄧ.ㄣ.ㄊㄛ.ㄨ

癌

がん

ga.n

ㄍㄚ.ㄣ

愛滋病

エイズ

e.i.zu

ㄝ.ㄧ.ㄗㄨ

食物中毒

しょくちゅうどく
食中毒

sho.ku.chu.u.do.ku

ㄒㄧㄛˊㄎㄨˋ.ㄑㄧㄨㄨˋㄨˋ.ㄉㄛˊㄎㄨ

貧血

ひんけつ
貧血

hi.n.ke.tsu

ㄏㄧˋ.ㄣ.ㄎㄝˋㄘ

腹瀉

げ　り
下痢

ge.ri

ㄍㄝˋㄌㄧ

便秘

べん ぴ
便秘

be.n.pi

ㄅㄝˋ.ㄣ.ㄆㄧ

燒傷

やけど

ya.ke.do

ㄧㄚˊㄎㄝˋㄉㄛ

骨折

こっせつ
骨折

ko. ・.se.tsu

ㄎㄛˊ.・.ㄙㄝˋㄘ

扭傷

ねんざ

ne.n.za

ㄋㄝˋ.ㄣ.ㄗㄚ

打・毆打

だ　ぼく
打撲

da.bo.ku

ㄉㄚˊ.ㄅㄛˊㄎㄨ

擦傷

すり傷
きず

su.ri.ki.zu

ㄙ.ㄌㄧ.ㄎㄧ.ㄗㄨ

刀傷

切り傷
き きず

ki.ri.ki.zu

ㄎㄧ.ㄌㄧ.ㄎㄧ.ㄗㄨ

過敏

アレルギー

a.re.ru.gi.-

ㄚ.ㄌㄝ.ㄌㄨ.ㄍㄧ.~

炎症

炎症
えんしょう

e.n.sho.u

ㄝ.ㄣ.ㄒㄧㄛ.ㄨ

流行性感冒

インフルエンザ

i.n.fu.ru.e.n.za

ㄧ.ㄣ.ㄈㄨ.ㄌㄨ.ㄝ.ㄣ.ㄗㄚ

高血壓

高血圧
こうけつあつ

ko.u.ke.tsu.a.tsu

ㄎㄛ.ㄨ.ㄎㄝ.ㄘ.ㄚ.ㄘ

哮喘・氣喘

ぜんそく

ze.n.so.ku

ㄗㄝ.ㄣ.ㄙㄛ.ㄎㄨ

支氣管炎

気管支炎
き かん し えん

ki.ka.n.shi.e.n

ㄎㄧ.ㄎㄚ.ㄣ.ㄒㄧ.ㄝ.ㄣ

脱臼

だっきゅう
脱臼

da.・.kyu.u

ㄉㄚˋ.・.ㄎ一ㄡˋ.ㄨ

中暑

にっしゃびょう
日射病

ni.・.sha.byo.u

ㄋ一ˋ.・.ㄒ一ㄚˋ.ㄅ一ㄛˋ.ㄨ

熱中症

ねっちゅうしょう
熱中症

ne.・.chu.u.sho.u

ㄋㄝˋ.・.ㄑ一ㄡˋ.ㄨ.ㄒ一ㄛˋ.ㄨ

胃難受・
吐胃酸

むね
胸やけ

mu.ne.ya.ke

ㄇㄨˋ.ㄋㄝˋ.一ㄚˋ.ㄎㄝ

痔

じ
痔

ji

ㄐ一ˋ

腫瘤・疙瘩

おでき

o.de.ki

ㄛ.ㄉㄝˋ.ㄎ一

醫院

醫院

びょういん
病院

byo.u.i.n

ㄅㄧㄛ.ㄨ.ㄧ.ㄣ

診療所

しんりょうじょ
診療所

shi.n.ryo.u.jo

ㄒㄧ.ㄣ.ㄌㄧㄛ.ㄨ.ㄐㄛ

急救醫院

きゅうきゅうびょういん
救急病院

kyu.u.kyu.u.byo.u.i.n

ㄎㄧㄨ.ㄨ.ㄎㄧㄨ.ㄨ.ㄅㄧㄛ.ㄨ.ㄧ.ㄣ

內科

ないか
内科

na.i.ka

ㄋㄚ.ㄧ.ㄎㄚ

外科

げか
外科

ge.ka

ㄍㄝ.ㄎㄚ

小兒科

しょうにか
小児科

sho.u.ni.ka

ㄒㄧㄛ.ㄨ.ㄋㄧ.ㄎㄚ

婦產科

さんふじんか
産婦人科

sa.n.fu.ji.n.ka

ㄙㄚ.ㄣ.ㄈㄨ.ㄐㄧ.ㄣ.ㄎㄚ

眼科

がんか
眼科

ga.n.ka

ㄍㄚ.ㄣ.ㄎㄚ

333

耳鼻科

じびか
耳鼻科

ji.bi.ka

ㄐㄧ.ㄅㄧ.ㄎㄚ

牙科

しか
歯科

shi.ka

ㄒㄧ.ㄎㄚ

醫生

いし
医師

i.shi

ㄧ.ㄒㄧ

護士

かんごし
看護士

ka.n.go.shi

ㄎㄚ.ㄣ.ㄍㄛ.ㄒㄧ

症狀

しょうじょう
症状

sho.u.jo.u

ㄒㄧㄛ.ㄨ.ㄗㄧㄛ.ㄨ

消毒

しょうどく
消毒

sho.u.do.ku

ㄒㄧㄛ.ㄨ.ㄉㄛ.ㄎㄨ

注射

ちゅうしゃ
注射

chu.u.sha

ㄑㄧㄨ.ㄨ.ㄒㄧㄚ

點滴

てんてき
点滴

te.n.te.ki

ㄊㄝ.ㄣ.ㄊㄝ.ㄎㄧ

うけつけ
受付

u.ke.tsu.ke

ㄨ.ㄎㄝ.ㄘ.ㄎㄝ

櫃檯

まちあいしつ
待合室

ma.chi.a.i.shi.tsu

ㄇㄚ.ㄑㄧ.ㄚ.ㄧ.ㄒㄧ.ㄘ

等候室

しんだん
診斷

shi.n.da.n

ㄒㄧ.ㄣ.ㄉㄚ.ㄣ

診斷

けんこうしんだん
健康診斷

ke.n.ko.u.shi.n.da.n

ㄎㄝ.ㄣ.ㄎㄛ.ㄨ.ㄒㄧ.ㄣ.ㄉㄚ.ㄣ

健康檢查

しんさつしつ
診察室

shi.n.sa.tsu.shi.tsu

ㄒㄧ.ㄣ.ㄙㄚ.ㄘ.ㄒㄧ.ㄘ

診察室

レントゲン

re.n.to.ge.n

ㄌㄝ.ㄣ.ㄊㄛ.ㄍㄝ.ㄣ

X光線

ちりょう
治療

chi.ryo.u

ㄑㄧ.ㄌㄧㄛ.ㄨ

治療

しゅじゅつ
手術

shu.ju.tsu

ㄒㄧㄨ.ㄗㄧㄨ.ㄘ

手術

麻醉

麻醉
ます すい
麻酔
ma.su.i
ㄇㄚ.ㄙㄨ.一

救護車

きゅうきゅうしゃ
救急車
kyu.u.kyu.u.sha
ㄎㄧㄡ.ㄨ.ㄎㄧㄡ.ㄨ.ㄒㄧㄚ

病人

びょうにん
病人
byo.u.ni.n
ㄅㄧㄛ.ㄨ.ㄋㄧ.ㄣ

住院

にゅういん
入院する
nyu.u.i.n.su.ru
ㄋㄧㄡ.ㄨ.一.ㄣ.ㄙㄨ.ㄌㄨ

藥物

外用
(藥)

がいよう やく
外用(藥)
ga.i.yo.u.(ya.ku.)
ㄍㄚ.一.一ㄛ.ㄨ.(一ㄚ.ㄎㄨ.)

内服
(藥)

ないふく やく
内服(藥)
na.i.fu.ku.(ya.ku.)
ㄋㄚ.一.ㄈㄨ.ㄎㄨ.(一ㄚ.ㄎㄨ.)

336

內服藥

飲み薬
の　　ぐすり

no.mi.gu.su.ri

ㄋㄛ.ㄇㄧ.ㄍㄨ.ㄙㄨ.ㄌㄧ

塗劑

塗り薬
ぬ　　ぐすり

nu.ri.gu.su.ri

ㄋㄨ.ㄌㄧ.ㄍㄨ.ㄙㄨ.ㄌㄧ

藥丸

錠剤
じょうざい

jo.u.za.i

ㄐㄧㄛ.ㄨ.ㄗㄚ.ㄧ

藥粉

粉薬
こなぐすり

ko.na.gu.su.ri

ㄎㄛ.ㄋㄚ.ㄍㄨ.ㄙㄨ.ㄌㄧ

退燒藥

解熱剤
げ ねつざい

ge.ne.tsu.za.i

ㄍㄝ.ㄋㄝ.ㄘ.ㄗㄚ.ㄧ

安眠藥

睡眠薬
すいみんやく

su.i.mi.n.ya.ku

ㄙ.ㄧ.ㄇㄧ.ㄣ.ㄧㄚ.ㄎㄨ

維生素

ビタミン剤
ざい

bi.ta.mi.n.za.i

ㄅㄧ.ㄊㄚ.ㄇㄧ.ㄣ.ㄗㄚ.ㄧ

眼藥水

目薬
め ぐすり

me.gu.su.ri

ㄇㄝ.ㄍㄨ.ㄙㄨ.ㄌㄧ

藥局

やっきょく
薬局

ya..kyo.ku

ㄧㄚˋˋㄎㄧㄛㆢㄎㄨ

藥方

しょほうせん
処方箋

sho.ho.u.se.n

ㄒㄧㄛㆢㄏㄛ.ㄨ.ㄙㄝ.ㄣ

溫度計

たいおんけい
体温計

ta.i.o.n.ke.i

ㄊㄚ.ㄧ.ㄛ.ㄣ.ㄎㄝ.ㄧ

藥用貼布

ばんそうこう

ba.n.so.u.ko.u

ㄅㄚ.ㄣ.ㄙㄛ.ㄨ.ㄎㄛ.ㄨ

塗・擦

ぬ
塗る

nu.ru

ㄋㄨ.ㄌㄨ

繃帶

ほうたい
包帯

ho.u.ta.i

ㄏㄛ.ㄨ.ㄊㄚ.ㄧ

保險套

コンドーム

ko.n.do.-.mu

ㄎㄛ.ㄣ.ㄅㄉㄛ.～.ㄇㄨ

止痛

いた　　ど
痛み止め

i.ta.mi.do.me

ㄧ.ㄊㄚ.ㄇㄧ.ㄅㄉㄛ.ㄇㄝ

338

感冒藥

かぜ薬
ka.ze.gu.su.ri

ㄎㄚ.ㄗㄝ.ㄍㄨ.ㄙ.ㄌㄧ

消毒藥

消毒薬
sho.u.do.ku.ya.ku

ㄒㄧㄛ.ㄨ.ㄉㄛ.ㄎㄨ.ㄧㄚ.ㄎㄨ

軟膏

軟膏
na.n.ko.u

ㄋㄚ.ㄣ.ㄎㄛ.ㄨ

衛生棉

生理用ナプキン
se.i.ri.yo.u.na.pu.ki.n

ㄙㄝ.ㄧ.ㄌㄧ.ㄧㄛ.ㄨ.ㄋㄚ.ㄆㄨ.ㄎㄧ.ㄣ

保健食品

健康食品
ke.n.ko.u.sho.ku.hi.n

ㄎㄝ.ㄣ.ㄎㄛ.ㄨ.ㄒㄧㄛ.ㄎㄨ.ㄏㄧ.ㄣ

貼

貼る
ha.ru

ㄏㄚ.ㄌㄨ

1日3次

1日3回
i.chi.ni.chi.san.ka.i

ㄧ.ㄑㄧ.ㄋㄧ.ㄑㄧ.ㄙㄢ.ㄎㄚ.ㄧ

吃（藥）

飲む
no.mu

ㄋㄛ.ㄇㄨ

しょくぜん
食前

sho.ku.ze.n

ㄒㄧㄛ.ㄎㄨ.ㄗㄝ.ㄣ

しょっかん
食間

sho.・.ka.n

ㄒㄧㄛ.・.ㄎㄚ.ㄣ

しょく ご
食後

sho.ku.go

ㄒㄧㄛ.ㄎㄨ.ㄍㄛ

3.幫幫我

高頻使用句

1 錢包不見了。

財布<ruby>さいふ</ruby>をなくしました。

sa.i.fu.wo.na.ku.shi.ma.shi.ta

ㄙㄞ.ㄈㄨ.ㄨㄛ.ㄋㄚ.ㄎㄨ.ㄒㄧ.ㄇㄚ.ㄒㄧ.ㄊㄚ

2 沒有帶現金。

現金<ruby>げんきん</ruby>の持<ruby>も</ruby>ち合<ruby>あ</ruby>わせがありません。

ge.n.ki.n.no.mo.chi.a.wa.se.ga.a.ri.ma.se.n

ㄍㄝ.ㄣ.ㄎㄧ-.ㄣ.ㄋㄛ.ㄇㄛ.ㄑㄧ-.ㄚ.ㄨㄚ.ㄙㄝ.ㄍㄚ.ㄚ.ㄌㄧ-.ㄇㄚ.ㄙㄝ.ㄣ

3 可以借我錢嗎？

お金<ruby>かね</ruby>を貸<ruby>か</ruby>してくれませんか。

o.ka.ne.wo.ka.shi.te.ku.re.ma.se.n.ka

ㄛ.ㄎㄚ.ㄋㄝ.ㄛ.ㄎㄚ.ㄒㄧ-.ㄊㄝ.ㄎㄨ.ㄎㄝ.ㄇㄚ.ㄙㄝ.ㄣ.ㄎㄚ

4 錢包遺忘在飯店了。

ホテルに財布<ruby>さいふ</ruby>を忘<ruby>わす</ruby>れました。

ho.te.ru.ni.sa.i.fu.wo.wa.su.re.ma.shi.ta

ㄏㄛ.ㄊㄝ.ㄌㄨ.ㄋㄧ-.ㄙㄞ.ㄧ-.ㄈㄨ.ㄛ.ㄨㄚ.ㄙ.ㄎㄝ.ㄇㄚ.ㄒㄧ-.ㄊㄚ

⑤ 哪裡可以領錢呢？

どこでお金が下ろせますか。

do.ko.de.o.ka.ne.ga.o.ro.se.ma.su.ka

ㄉㄛ.ㄎㄛ.ㄉㄝ.ㄛ.ㄎㄚ.ㄋㄝ.ㄍㄚ.ㄛ.ㄌㄛ.ㄙㄝ.ㄇㄚ.ㄙㄨ.ㄎㄚ

⑥ 救命！

助けて！

ta.su.ke.te

ㄊㄚ.ㄙㄨ.ㄎㄝ.ㄊㄝ

⑦ 請不要這樣做！

やめて！

ya.me.te

ㄧㄚ.ㄇㄝ.ㄊㄝ

⑧ 請抓住他。

捕まえて！

tsu.ka.ma.e.te

ㄘ.ㄎㄚ.ㄇㄚ.ㄝ.ㄊㄝ

9 打電話給警察。

警察に電話して！
ke.i.sa.tsu.ni.de.n.wa.shi.te
ㄎㄟ.-.ㄙㄚ.ㄘ.ㄋㄧ-.ㄉㄟ.ㄅ.ㄨㄚ.ㄒㄧ-.ㄊㄟ

10 叫救護車！

救急車を呼んで！
kyu.u.kyu.u.sha.wo.yo.n.de
ㄎㄧ-.ㄨ.ㄎㄧ-.ㄨ.ㄨ.ㄒㄧㄚ.ㄛ.ㄛ.ㄧㄛ.ㄅ.ㄉㄟ

11 危險！

危ない！
a.bu.na.i
ㄚ.ㄅㄨ.ㄋㄚ.-

12 護照不見了。

パスポートをなくしました。
pa.su.po.-.to.wo.na.ku.shi.ma.shi.ta
ㄆㄚ.ㄙ.ㄆㄛ.~.ㄊㄛ.ㄛ.ㄋㄚ.ㄎㄨ.ㄒㄧ-.ㄇㄚ.ㄒㄧ-.ㄊㄚ

13 錢包被偷了！

財布を盗まれました。
sa.i.fu.wo.nu.su.ma.re.ma.shi.ta
ㄙㄚ.-.ㄈㄨ.ㄛ.ㄛ.ㄋㄨ.ㄙ.ㄇㄚ.ㄌㄟ.ㄇㄚ.ㄒㄧ-.ㄊㄚ

⑭ 昨天，我將照相機遺忘在這裡了。

昨日(きのう)ここにカメラを忘(わす)れました。

ki.no.u.ko.ko.ni.ka.me.ra.wo.wa.su.re.ma.shi.ta

ㄑㄧ-.ㄋㄡ.ㄎㄡ.ㄎㄛ.ㄋㄧ-.ㄎㄚ.ㄇㄝ.ㄌㄚ.ㄛ.ㄨㄚ.ㄙ.ㄌㄝ.ㄇㄚ.ㄒㄧ-.ㄊㄚ

⑮ 皮包遺忘在電車上了。

電車(でんしゃ)にバッグを置(お)き忘(わす)れました。

de.n.sha.ni.ba.・.gu.wo.o.ki.wa.su.re.ma.shi.ta

ㄉㄝ.ㄣ.ㄒㄧㄚ.ㄋㄧ-.ㄅㄚ.・.ㄍㄨ.ㄛ.ㄛ.ㄎㄧ-.ㄨㄚ.ㄙ.ㄌㄝ.ㄇㄚ.ㄒㄧ-.ㄊㄚ

⑯ 警察在哪裡呢？

警察(けいさつ)はどこですか。

ke.i.sa.tsu.wa.do.ko.de.su.ka

ㄎㄝ-.ㄧ-.ㄙㄚ.ㄘ.ㄨㄚ.ㄉㄛ.ㄎㄛ.ㄉㄝ.ㄙ.ㄎㄚ

⑰ 包包不見了！

バッグがなくなりました。

ba.・.gu.ga.na.ku.na.ri.ma.shi.ta

ㄅㄚ.・.ㄍㄨ.ㄍㄚ.ㄋㄚ.ㄎㄨ.ㄋㄚ.ㄌㄧ-.ㄇㄚ.ㄒㄧ-.ㄊㄚ

⑱ 錢包被偷了！

財布(さいふ)をすられました。

sa.i.fu.wo.su.ra.re.ma.shi.ta

ㄙㄚ.ㄧ-.ㄈㄨ.ㄛ.ㄙ.ㄌㄚ.ㄌㄝ.ㄇㄚ.ㄒㄧ-.ㄊㄚ

詢問・請求

誰？

だれ
誰が？
da.re.ga
ㄉㄚ.ㄌㄝ.ㄍㄚ

給誰？

だれに？
da.re.ni
ㄉㄚ.ㄌㄝ.ㄋㄧ

和誰？

だれと？
da.re.to
ㄉㄚ.ㄌㄝ.ㄊㄛ

什麼時候？

いつ？
i.tsu
ㄧ.ㄘ

為什麼？

なぜ？
na.ze
ㄋㄚ.ㄗㄝ

為什麼？

どうして？
do.u.shi.te
ㄉㄛ.ㄨ.ㄒㄧ.ㄊㄝ

什麼？

なに
何を？
na.ni.wo
ㄋㄚ.ㄋㄧ.ㄛ

哪個？

どれ？
do.re
ㄉㄛ.ㄌㄝ

為了什麼？

なん
何のために？

na.n.no.ta.me.ni

ㄋㄚ.ㄣ.ㄋㄛ.ㄊㄚ.ㄇㄝ.ㄋㄧ

怎麼？

どういう
ふうに？

do.u.i.u.fu.u.ni

ㄉㄛ.ㄨ.ㄧ.ㄨ.ㄈㄨ.ㄨ.ㄋㄧ

哪邊？

どちら？

do.chi.ra

ㄉㄛ.ㄑㄧ.ㄌㄚ

多少錢？

いくら？

i.ku.ra

ㄧ.ㄎㄨ.ㄌㄚ

什麼時候？

いつ？

i.tsu

ㄧ.ㄘ

哪裡？

どこ？

do.ko

ㄉㄛ.ㄎㄛ

問

き
聞く

ki.ku

ㄎㄧ.ㄎㄨ

質詢

しつもん
質問する

shi.tsu.mo.n.su.ru

ㄒㄧ.ㄘ.ㄇㄛ.ㄣ.ㄙㄨ.ㄌㄨ

346

詢問

問い合わせる
と　あ

to.i.a.wa.se.ru

ㄊㄛ.ㄧ.ㄚ.ㄨㄚ.ㄙㄝ.ㄌㄨ

拜託

頼む
たの

ta.no.mu

ㄊㄚ.ㄋㄛ.ㄇㄨ

委託

依頼する
い　らい

i.ra.i.su.ru

ㄧ.ㄌㄚ.ㄧ.ㄙ.ㄌㄨ

尋求

求める
もと

mo.to.me.ru

ㄇㄛ.ㄊㄛ.ㄇㄝ.ㄌㄨ

要求

要求する
ようきゅう

yo.u.kyu.u.su.ru

ㄧㄛ.ㄨ.ㄎㄧㄨ.ㄨ.ㄙ.ㄌㄨ

請求

お願いする
ねが

o.ne.ga.i.su.ru

ㄛ.ㄋㄝ.ㄍㄚ.ㄧ.ㄙ.ㄌㄨ

4.交朋友

高頻使用句

① 可以和你說話嗎？

お話してもよろしいですか。

o.ha.na.shi.shi.te.mo.yo.ro.shi.i.de.su.ka

ㄛˋㄏㄚˋㄋㄚˋㄒㄧ－ㄒㄧ－ㄊㄝˋㄇㄛˊㄧㄛˇㄛˋㄒㄧ－－ㄉㄝˋㄙㄨˋㄎㄚ

② 可以借我打火機嗎？

煙草の火を貸していただけませんか。

ta.ba.ko.no.hi.wo.ka.shi.te.i.ta.da.ke.ma.se.n.ka

ㄊㄚˋㄅㄚˋㄎㄛˋㄋㄛˋㄏㄧˋㄛˋㄎㄚˋㄒㄧ－ㄊㄝˋ－ㄊㄚˋㄉㄚˋㄎㄝˋㄇㄚˋㄙㄝˋㄣˋㄎㄚ

③ 請告訴我你的聯絡地址！

連絡先教えてください。

re.n.ra.ku.sa.ki.o.shi.e.te.ku.da.sa.i

ㄌㄝˋㄣˋㄌㄚˋㄎㄨˋㄙㄚˋㄎㄧ－ㄛˋㄒㄧ－ㄝˋㄊㄝˋㄎㄨˋㄉㄚˋㄙㄚˋ－

④ 請告訴我你的住址！

アドレスを教えてください。

a.do.re.su.wo.o.shi.e.te.ku.da.sa.i

ㄚˋㄉㄛˋㄌㄝˋㄙㄨˋㄛˋㄛˋㄒㄧ－ㄝˋㄊㄝˋㄎㄨˋㄉㄚˋㄙㄚˋ－

⑤ 你有LINE嗎？

LINEしてますか。

ra.i.n.shi.te.ma.su.ka

ㄌㄚ.ㄧ.ㄣ.ㄒㄧ.ㄊㄝ.ㄇㄚ.ㄙ.ㄎㄚ

⑥ 明天要不要一起去吃午飯？

明日ランチに行きませんか。
<ruby>明日<rt>あした</rt></ruby>ランチに<ruby>行<rt>い</rt></ruby>きませんか。

a.shi.ta.ra.n.chi.ni.i.ki.ma.se.n.ka

ㄚ.ㄒㄧ.ㄊㄚ.ㄌㄚ.ㄣ.ㄑㄧ.ㄋㄧ.ㄧ.ㄎㄧ.ㄇㄚ.ㄙㄝ.ㄣ.ㄎㄚ

⑦ 要不要一起去吃晚餐？

ディナーに<ruby>行<rt>い</rt></ruby>きませんか。

di.na.-.ni.i.ki.ma.se.n.ka

ㄉㄧ.ㄋㄚ.～.ㄋㄧ.ㄧ.ㄎㄧ.ㄇㄚ.ㄙㄝ.ㄣ.ㄎㄚ

⑧ 你喜歡什麼樣的料理？

<ruby>何料理<rt>なにりょうり</rt></ruby>が<ruby>好<rt>す</rt></ruby>きですか。

na.ni.ryo.u.ri.ga.su.ki.de.su.ka

ㄋㄚ.ㄋㄧ.ㄌㄧㄛ.ㄨ.ㄌㄧ.ㄍㄚ.ㄙ.ㄎㄧ.ㄉㄝ.ㄙ.ㄎㄚ

⑨ 要不要一起參加這個旅行團？

このツアーに一緒に参加しませんか。

ko.no.tsu.a.-.ni.i.・.sho.ni.sa.n.ka.shi.ma.se.n.ka

ㄎㄛ.ㄋㄛ.ㄘㄨ.ㄚ.～.ㄋㄧ.ㄧ.・.ㄒㄛ.ㄋㄧ.ㄙㄚ.ㄣ.ㄎㄚ.ㄒㄧ.ㄇㄚ.ㄙㄝ.ㄣ.ㄎㄚ

⑩ 下次一起去喝吧！

今度飲みに行きましょう。

ko.n.do.no.mi.ni.i.ki.ma.sho.u

ㄎㄛ.ㄣ.ㄉㄛ.ㄋㄛ.ㄇㄧ.ㄋㄧ.ㄧ.ㄎㄧ.ㄇㄚ.ㄒㄛ.ㄨ

⑪ 要不要去喝個茶？

お茶でも飲みませんか。

o.cha.de.mo.no.mi.ma.se.n.ka

ㄛ.ㄑㄧㄚ.ㄉㄝ.ㄇㄛ.ㄋㄛ.ㄇㄧ.ㄇㄚ.ㄙㄝ.ㄣ.ㄎㄚ

⑫ 明天要有時間嗎？

明日，時間ありますか。

a.shi.ta. ， ji.ka.n.a.ri.ma.su.ka

ㄚ.ㄒㄧ.ㄊㄚ.、 ㄐㄧ.ㄎㄚ.ㄣ.ㄚ.ㄌㄧ.ㄇㄚ.ㄙ.ㄎㄚ

⑬ 請陪我去購物！

買い物に付き合ってください。

ka.i.i.mo.no.ni.tsu.ki.a.・.te.ku.da.sa.i

ㄎㄚ.ㄧ.ㄧ.ㄇㄛ.ㄋㄛ.ㄋㄧ.ㄘ.ㄎㄧ.ㄚ.・.ㄊㄝ.ㄎㄨ.ㄉㄚ.ㄙㄚ.ㄧ

⓮ 我幫你拍照吧。

写真を撮りましょうか。

sha.shi.n.wo.to.ri.ma.sho.u.ka

ㄒㄧˉㄚˉ.ㄒㄧˉ.ㄣˋㄛˊ.ㄊㄛˊ.ㄌㄧˊㄚ.ㄇㄚˋㄚ.ㄒㄧˉㄛˊ.ㄨ.ㄎㄚ

⓯ 讓我們再次去玩吧！

また遊びに行きましょう。

ma.ta.a.so.bi.ni.i.ki.ma.sho.u

ㄇㄚ.ㄊㄚˋㄚ.ㄚˊ.ㄙㄛˊ.ㄅㄧˊ.ㄋㄧ.ㄧ.ㄎㄧˊ.ㄇㄚ.ㄒㄧˊㄛˊ.ㄨ

關鍵單字

心情-形容詞

幸福

しあわ
幸せな

shi.a.wa.se.na

ㄒㄧ.ㄚ.ㄨㄚ.ㄙㄝ.ㄋㄚ

不幸

ふ こう
不幸な

fu.ko.u.na

ㄈㄨ.ㄎㄛ.ㄨ.ㄋㄚ

冷靜

れいせい
冷静な

re.i.se.i.na

ㄌㄝ.ㄧ.ㄙㄝ.ㄧ.ㄋㄚ

平靜

おだ
穏やかな

o.da.ya.ka.na

ㄛ.ㄉㄚ.ㄧㄚ.ㄎㄚ.ㄋㄚ

感情用事

かんじょうてき
感情的な

ka.n.jo.u.te.ki.na

ㄎㄚ.ㄣ.ㄐㄛ.ㄨ.ㄊㄝ.ㄎㄧ.ㄋㄚ

熱情

じょうねつてき
情熱的な

jo.u.ne.tsu.te.ki.na

ㄐㄛ.ㄨ.ㄋㄝ.ㄘ.ㄊㄝ.ㄎㄧ.ㄋㄚ

心情-動詞

悲傷

かな
悲しむ
ka.na.shi.mu
ㄎㄚ.ㄋㄚ.ㄒㄧ.ㄇㄨ

悲嘆

なげ
嘆く
na.ge.ku
ㄋㄚ.ㄍㄝ.ㄎㄨ

懷念

なつ
懐かしむ
na.tsu.ka.shi.mu
ㄋㄚ.ㄘ.ㄎㄚ.ㄒㄧ.ㄇㄨ

享受

たの
楽しむ
ta.no.shi.mu
ㄊㄚ.ㄋㄛ.ㄒㄧ.ㄇㄨ

笑

わら
笑う
wa.ra.u
ㄨㄚ.ㄌㄚ.ㄨ

微笑

ほほえむ
ho.ho.e.mu
ㄏㄛ.ㄏㄛ.ㄝ.ㄇㄨ

哭

な
泣く
na.ku
ㄋㄚ.ㄎㄨ

感到喜悅

よろこ
喜ぶ
yo.ro.ko.bu
ㄧㄛ.ㄌㄛ.ㄎㄛ.ㄅㄨ

發怒

おこ
怒る
o.ko.ru

ㄛ.ㄎㄛ.ㄌㄨ

憎惡

にく
憎む
ni.ku.mu

ㄋㄧ.ㄎㄨ.ㄇㄨ

羨慕

うらや
羨む
u.ra.ya.mu

ㄨ.ㄌㄚ.ㄧㄚ.ㄇㄨ

趕時間

いそ
急ぐ
i.so.gu

ㄧ.ㄙㄛ.ㄍㄨ

著急

あせ
焦る
a.se.ru

ㄚ.ㄙㄝ.ㄌㄨ

焦急

いらいらする
i.ra.i.ra.su.ru

ㄧ.ㄌㄚ.ㄧ.ㄌㄚ.ㄙ.ㄌㄨ

吃驚

おどろ
驚く
o.do.ro.ku

ㄛ.ㄉㄛ.ㄌㄛ.ㄎㄨ

忍耐

た
耐える
ta.e.ru

ㄊㄚ.ㄝ.ㄌㄨ

354

失望

がっかりする

ga.・.ka.ri.su.ru

《Y.・.ㄎY.ㄌㄧ.ㄙ.ㄌㄨ

相信

信じる

shi.n.ji.ru

ㄒㄧ.ㄣ.ㄗㄧ.ㄌㄨ

懷疑

うたが
疑う

u.ta.ga.u

ㄨ.ㄊY.《Y.ㄨ

請求

ねが
願う

ne.ga.u

ㄋㄝ.《Y.ㄨ

覺得

かん
感じる

ka.n.ji.ru

ㄎY.ㄣ.ㄗㄧ.ㄌㄨ

想

かんが
考える

ka.n.ga.e.ru

ㄎY.ㄣ.《Y.ㄝ.ㄌㄨ

很滿足

まんぞく
満足している

ma.n.zo.ku.shi.te.i.ru

ㄇY.ㄣ.ㄗㄛ.ㄎㄨ.ㄒㄧ.ㄊㄝ.ㄧ.ㄌㄨ

不滿意

ふ まんぞく
不満足な

fu.ma.n.zo.ku.na

ㄈㄨ.ㄇY.ㄣ.ㄗㄛ.ㄎㄨ.ㄋY

感動

かんどう
感動する

ka.n.do.u.su.ru

ㄎㄚˋㄣˊㄉㄛˋㄨˋㄙˊㄌㄨ

感激

かんげき
感激する

ka.n.ge.ki.su.ru

ㄎㄚˋㄣˊㄍㄜˋㄎㄧ.ㄙˊㄌㄨ

期待

き たい
期待する

ki.ta.i.su.ru

ㄎㄧˊ.ㄊㄚˋ.ㄧ.ㄙˊㄌㄨ

興奮

こうふん
興奮する

ko.u.fu.n.su.ru

ㄎㄛˊㄨ.ㄏㄨˋㄣˊㄙˊㄌㄨ

放心

あんしん
安心する

a.n.shi.n.su.ru

ㄚˋㄣˊㄒㄧˋㄣˊㄙˊㄌㄨ

擔心

しんぱい
心配する

shi.n.pa.i.su.ru

ㄒㄧˋㄣˊㄆㄚˋ.ㄧ.ㄙˊㄌㄨ

絕望

ぜつぼう
絕望する

ze.tsu.bo.u.su.ru

ㄉㄜㄘˋㄅㄛˋㄨˋㄙˊㄌㄨ

期望

のぞ
望む

no.zo.mu

ㄋㄛˊㄗㄛˋㄇㄨ

356

尊敬

そんけい
尊敬する

so.n.ke.i.su.ru

ㄙㄛ.ㄣ.ㄎㄝ.ㄧ.ㄙㄨ.ㄌㄨ

蔑視

けいべつ
軽蔑する

ke.i.be.tsu.su.ru

ㄎㄝ.ㄧ.ㄅㄝ.ㄘ.ㄙㄨ.ㄌㄨ

心情-名詞

期待

たの
楽しみ

ta.no.shi.mi

ㄊㄚ.ㄋㄛ.ㄒㄧ.ㄇㄧ

喜悅

よろこ
喜び

yo.ro.ko.bi

ㄧㄛ.ㄌㄛ.ㄎㄛ.ㄅㄧ

無聊

たいくつ
退屈

ta.i.ku.tsu

ㄊㄚ.ㄧ.ㄎㄨ.ㄘ

孤獨

こ どく
孤独

ko.do.ku

ㄎㄛ.ㄌㄛ.ㄎㄨ

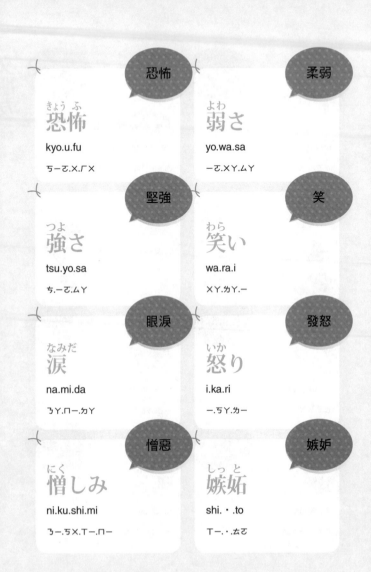

恐怖

きょう ふ
恐怖

kyo.u.fu

ㄎㄧㄡ.ㄨ.ㄈㄨ

柔弱

よわ
弱さ

yo.wa.sa

ㄧㄛ.ㄨㄚ.ㄙㄚ

堅強

つよ
強さ

tsu.yo.sa

ㄘ.ㄧㄛ.ㄙㄚ

笑

わら
笑い

wa.ra.i

ㄨㄚ.ㄌㄚ.ㄧ

眼淚

なみだ
涙

na.mi.da

ㄋㄚ.ㄇㄧ.ㄉㄚ

發怒

いか
怒り

i.ka.ri

ㄧ.ㄎㄚ.ㄌㄧ

憎惡

にく
憎しみ

ni.ku.shi.mi

ㄋㄧ.ㄎㄨ.ㄒㄧ.ㄇㄧ

嫉妒

しっ と
嫉妬

shi.・.to

ㄒㄧ.・.ㄊㄛ

不安

不安
ふ あん
fu.a.n
ㄈㄨ.ㄚ.ㄅ

願望

願望
がんぼう
ga.n.bo.u
ㄍㄚ.ㄅ.ㄅㄛ.ㄨ

感情

感情
かんじょう
ka.n.jo.u
ㄎㄚ.ㄅ.ㄐㄧㄛ.ㄨ

意見

考え
かんが
ka.n.ga.e
ㄎㄚ.ㄅ.ㄍㄚㄝ

勇敢

勇敢
ゆうかん
yu.u.ka.n
ㄧㄨ.ㄨ.ㄎㄚ.ㄅ

好感

好感
こうかん
ko.u.ka.n
ㄎㄛ.ㄨ.ㄎㄚ.ㄅ

體諒

思いやり
おも
o.mo.i.ya.ri
ㄛ.ㄇㄛ.ㄧ.ㄧㄚ.ㄌㄧ

幸福

幸せ
しあわ
shi.a.wa.se
ㄒㄧ.ㄚ.ㄨㄚ.ㄙㄝ

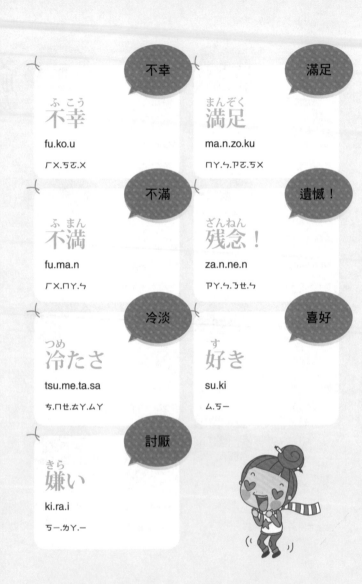

不幸
ふこう
不幸
fu.ko.u
ㄈㄨˋㄎㄛˋㄨˋ

滿足
まんぞく
満足
ma.n.zo.ku
ㄇㄚˋㄣˋㄗㄛˋㄎㄨ

不滿
ふまん
不満
fu.ma.n
ㄈㄨˋㄇㄚˋㄣ

遺憾！
ざんねん
残念！
za.n.ne.n
ㄗㄚˋㄣˋㄋㄝˋㄣ

冷淡
つめ
冷たさ
tsu.me.ta.sa
ㄘˋㄇㄝˋㄊㄚˋㄙㄚ

喜好
す
好き
su.ki
ㄙˋㄎㄧ

討厭
きら
嫌い
ki.ra.i
ㄎㄧˋㄌㄚˋㄧˋ

360

戀愛・結婚

交際

こうさい
交際

ko.u.sa.i

ㄎㄛ.ㄨ.ㄙㄚ.ㄧ

戀愛

れんあい
恋愛

re.n.a.i

ㄌㄝ.ㄣ.ㄚ.ㄧ

認識

し　あ
知り合う

shi.ri.a.u

ㄒㄧ.ㄌㄧ.ㄚ.ㄨ

邀請

さそ
誘う

sa.so.u

ㄙㄚ.ㄙㄛ.ㄨ

約會

デートする

de.-.to.su.ru

ㄉㄝ.～.ㄊㄛ.ㄙㄨ.ㄌㄨ

交往

　　あ
つき合う

tsu.ki.a.u

ㄘ.ㄎㄧ.ㄚ.ㄨ

戀人

こいびと
恋人

ko.i.bi.to

ㄎㄛ.ㄧ.ㄅㄧ.ㄊㄛ

分手

わか
別れ

wa.ka.re

ㄨㄚ.ㄎㄚ.ㄌㄝ

キス
接吻

ki.su

ㄎㄧ.ㄙㄨ

キスをする
親吻

ki.su.wo.su.ru

ㄎㄧ.ㄙㄨ.ㄛ.ㄙㄨ.ㄌㄨ

プロポーズする
求婚

pu.ro.po.-.zu.su.ru

ㄆㄨ.ㄌㄛ.ㄆㄛ.～.ㄗㄨ.ㄙㄨ.ㄌㄨ

こんやく
婚約する
訂婚

ko.n.ya.ku.su.ru

ㄎㄛ.ㄅ.ㄧㄚ.ㄎㄨ.ㄙㄨ.ㄌㄨ

こんやくしゃ
婚約者
未婚夫（妻）

ko.n.ya.ku.sha

ㄎㄛ.ㄅ.ㄧㄚ.ㄎㄨ.ㄒㄧㄚ

こんやくゆびわ
婚約指輪
訂婚戒指

ko.n.ya.ku.yu.bi.wa

ㄎㄛ.ㄅ.ㄧㄚ.ㄎㄨ.ㄧㄨ.ㄅㄧ.ㄨㄚ

けっこん ゆびわ
結婚指輪
結婚戒指

ke.・.ko.n.yu.bi.wa

ㄎㄝ.・.ㄎㄛ.ㄅ.ㄧㄨ.ㄅㄧ.ㄨㄚ

しんろう
新郎
新郎

shi.n.ro.u

ㄒㄧ.ㄅ.ㄌㄛ.ㄨ

交朋友

新娘
しん ぷ
新婦
shi.n.pu
ㄒㄧ.ㄅ.ㄆㄨ

媒人
なこうど
仲人
na.ko.u.do
ㄋㄚ.ㄎㄛ.ㄨ.ㄉㄛ

婚禮
けっこんしき
結婚式
ke.‧.ko.n.shi.ki
ㄎㄝ.‧.ㄎㄛ.ㄅ.ㄒㄧ.ㄎㄧ

新娘服
はなよめ い しょう
花嫁衣装
ha.na.yo.me.i.sho.u
ㄏㄚ.ㄋㄚ.ㄧ-ㄛ.ㄇㄝ.ㄧ.ㄒㄧ-ㄛ.ㄨ

蜜月旅行
しんこんりょこう
新婚旅行
shi.n.ko.n.ryo.ko.u
ㄒㄧ.ㄅ.ㄎㄛ.ㄅ.ㄌㄧ-ㄛ.ㄎㄛ.ㄨ

結婚證書
こんいんとどけ
婚姻届
ko.n.i.n.to.do.ke
ㄎㄛ.ㄅ.ㄧ-.ㄅ.ㄊㄛ.ㄉㄛ.ㄎㄝ

離婚證書
り こんとどけ
離婚届
ri.ko.n.to.do.ke
ㄌㄧ.ㄎㄛ.ㄅ.ㄊㄛ.ㄉㄛ.ㄎㄝ

離婚
り こん
離婚する
ri.ko.n.su.ru
ㄌㄧ.ㄎㄛ.ㄅ.ㄙ.ㄌㄨ

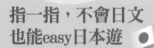

國家圖書館出版品預行編目資料

雙拼音立可説！旅遊日語1秒開口説／三木勳著.
-- 初版. -- 新北市中和區：知識工場出版, 采舍國
際有限公司發行, 2016.05
面；　公分（Japanese攜帶本；05）
ISBN　978-986-271-684-7（平裝）

1.日語　　　　2.旅遊　　　　3.會話

803.188　　　　　　　　　　　　105004234

ABC ㄅㄆㄇ
雙拼音立可説！
旅遊日語
1秒 開口説

知識工場・Japanese攜帶本05

雙拼音立可說！
旅遊日語1秒開口說

出 版 者／全球華文聯合出版平台・知識工場
作 者／三木勳　　　　　審 訂／陳泳家
出版總監／王寶玲
總 編 輯／歐綾纖
文字編輯／蔡靜怡　　　　　　　　美術設計／吳佩真

本書採減碳印製流程並使用優質中性紙（Acid & Alkali Free）最符環保需求。

郵撥帳號／50017206 采舍國際有限公司（郵撥購買，請另付一成郵資）
台灣出版中心／新北市中和區中山路 2 段 366 巷 10 號 10 樓
電　　話／(02) 2248-7896
傳　　真／(02) 2248-7758
I S B N／978-986-271-684-7
出版年度／2016 年 5 月

全球華文市場總代理／采舍國際
地　　址／新北市中和區中山路 2 段 366 巷 10 號 3 樓
電　　話／(02) 8245-8786
傳　　真／(02) 8245-8718

港澳地區總經銷／和平圖書
地　　址／香港柴灣嘉業街 12 號百樂門大廈 17 樓
電　　話／(852) 2804-6687
傳　　真／(852) 2804-6409

全系列書系特約展示
新絲路網路書店
地　　址／新北市中和區中山路 2 段 366 巷 10 號 10 樓
電　　話／(02) 8245-9896
網　　址／www.silkbook.com

本書全程採減碳印製流程並使用優質中性紙（Acid & Alkali Free）最符環保需求。

本書為日語名師及出版社編輯小組精心編著覆核，如仍有疏漏，請各位先進不吝指正。
來函請寄iris@mail.book4u.com.tw，若經查證無誤，我們將有精美小禮物贈送！